MARTIN OPITZ

Gedichte

EINE AUSWAHL

HERAUSGEGEBEN VON
JAN-DIRK MÜLLER

PHILIPP RECLAM JUN. STUTTGART

Umschlagabbildung: Martin Opitz nach einem Stich von Jakob von Heyden, 1631.

Universal-Bibliothek Nr. 361 [4]

Gesamtherstellung: Reclam, Ditzingen. Printed in Germany 1985
ISBN 3-15-000361-X

Martini Opitii

Geistliche Poëmata,

Von jhm selbst anjetzo zusammen gelesen / verbessert vnd absonderlich herauß gegeben.

In Verlegung
David Müllers Buchhändlers S. Erben.
M. DC. XXXVIII.

Salomons hohes Lied

Von Martin Opitzen in Reime gebracht.

Das Erste Liedt.

Die Sulamithinn.

LIebster (sagt in sůssem Schmertzen
Deine Sulamithinn dir)
Komm doch / saget sie von Hertzen /
Kůsse mich / O meine Zier.
Deine Huld ist zu erheben
Fůr deß schônsten Weines Reben.
Dein Geruch der ist viel besser
Als der feist' Olivensafft
An dem Syrischen Gewåsser /
Als deß Balsams edle Krafft.
Darumb můssen auff dich schawen
Vnd dich lieben die Jungfrawen.
Zeuch mich hinter dir: wir kommen /
Folgen deinen Hånden nach:
Nun er hat mich eingenommen
In sein heilges Schlaffgemach /
Will mich wissen an den enden
Wo sich meine Brunst kan wenden.
Wem darff ich am Glůcke weichen /
Weil mich der so sehnlich liebt
Dem kein Wein ist zuvergleichen
Den die beste Traube gibt?
Alle Leute welche leben
Můssen meinen Freund erheben.
Weint jhr daß ich minder gelte /
O jhr Tôchter Solyme[1] /

1. Jerusalem.

Weil ich schwartz bin wie die Zelte
An der heissen Morensee?
Köndt' ich Schönheit doch noch leihen
Salomons Tapezereyen.
Daß ich braune Haut gewonnen
Seht mich darumb nicht so an:
Ich bin schwartzbraun von der Sonnen /
Jhre Brunst hat diß gethan /
Seit daß mich in Zorn vnd Hassen
Meiner Mutter Kinder fassen.
Ich must' jhnen stets verwachen
Jhre Berg' vnd jhren Wein;
Jhre Berge welche machen
Daß ich jetzund schwartz soll seyn.
Aber mein Berg blieb nur liegen
Weil ich muste sie vergnügen.
Sag' / O Sonne meiner Seele /
Sage doch / wo weidest du?
Welchem Thale / welcher Höle
Gönnst du deine Mittagsrhue?
Wo doch pflegst du jetzt zu schlaffen /
Mein gantz Ich / mit deinen Schaffen?
Soll ich dann in frembden Stellen
Jrrig gehen auß vnd ein
Weit von deinen Mitgesellen
So dir pflegen huldt zu seyn?
Soll ich vngebührlich lauffen
Von der guten Freunde Hauffen?

Salomon.

O du schönest' aller Frawen /
Weissest du nicht wo ich bin /
Den du wüntschest anzuschawen /
So verfüge bald dich hin
In den Fußpfadt meiner Herde /
Da ich mich befinden werde.

Treib du deine junge Ziegen
Wo die schönen Wiesen stehn /
Wo die andern Hirten liegen /
Oder in dem Grase gehn.
Wo sie jhre dicke[1a] Scharen
Lustig weiden vnd bewahren.
Wie für andern Wagenpferden
König Pharons seine Schlacht[2]
Billich soll gelobet werden;
So muß ich auch deine Pracht /
Deinen güldnen Glantz erheben /
O mein Liecht / mein Trost vnd Leben.
Deine bräunlicht rote Wangen /
Welche meine machen bleich /
Stehen lieblich in den Spangen /
Sind durch grossen Zierath reich:
Vnd dein Halß trägt edle Steine /
Die er vbertrifft am Scheine.
Nun wir wollen noch mehr Sachen
Bringen lassen dir zur Zier /
Vnd ein newes Halßbandt machen
Daß für allen leuchte für:
Spangen sollen dir gefallen
Von den köstlichen Metallen.

Die Sulamithinn.

Weil[3] der König vnd sein Leben
Sich gebrauchten jhrer Zeit /
Muste meine Narden geben
Den Geruch der Liebligkeit /
Muste Lufft vnd Ort erfüllen
Weil sie jhre Liebe stillen.

1a. zahlreiche Scharen.
2. Geschlecht, Art.
3. Während.

Kônte mein Gemûth auch jrren?
  Mein Hertzliebster kompt mir fûr
  Als ein Bûschlein frischer Myrrhen
  Zwischen meiner Brûste Zier /
  Als die Trauben welche stehen
  Auff deß Flecken Engadts Hôhen.

Salomon.

Meine schônste / meine Wonne /
  Deines gleichen lebet nicht;
  Du bist aller Schônheit Sonne;
  Deinen Augen / O mein Liecht /
  Mûssen Taubenaugen weichen /
  Jhrem Glantz' ist nichts zugleichen.

Die Sulamithinn.

Du bist schôn' vnd außerlesen;
  Vnser Bette grûnet wol;
  Vnser Cedern Zimmerwesen
  Vnd der Baw ist schônheit voll;
  Zu den Decken sind Cypressen;
  Nichts ist an der lust vergessen.

Das dritte Lied.

Die Sulamithinn.

NAch dem ich lag in meinem Oeden Bette /
  Sucht' ich mein edles Liecht /
Ich sucht' ob ich den Liebsten bey mir hette /
  Ich fant jhn aber nicht.
Mich zwang die Brunst das Lager zu verlassen:
  Ich lauffe was ich kan
Hin durch die Statt / such' vmb auff allen Gassen /
  Vnd treff' jhn doch nicht an.

Ich fragte drauff die Wächter auß verlangen:
  Wißt jhr mein Leben nicht?
Vnd als ich war ein wenig fortgegangen
  Da fandt ich erst mein Liecht.
Ich grieff jhn an / begierig jhn zu zwingen
  Zu meiner Mutter hin;
Ich must' jhn doch biß in jhr Hauß heimbringen
  Vnd in die Kammer ziehn.
So grosse lust jhr habt zun Reheböcken /
  Jhr Töchter Solyme /
So wenig solt jhr meinen Liebsten wecken /
  Biß daß er selbst auffsteh.

Salomon.

Wer ist sie doch die jhre Schönheit zeiget /
  Kömpt auß der Wüsteney /
Wie Rauch empor von thewren Myrrhen steiget /
  Vnd vieler Specerey?

Die Sulamithinn.

Läst Salomon sein Bette nicht vmbgeben?
  Stehn sechtzig nicht allhier
Auß Jsrael / die stärcksten so da leben /
  Vnd wachen stets darfür?
Sie alle sampt sind ritterlich geübet /
  Sind jhres Königs macht /
Vnd schützen jhn in dem er liegt verliebet /
  Behüten jhm die Nacht.
Der Salomon ließ schönes Holtz abhawen
  Vom grünen Libanon /
Vom Silber ließ er edle Säulen bawen /
  An seinen Bettethron.
Die Deck ist Goldt / vnd Purpur ist sein Küssen;
  Der Grund ist Lieb' vnd Gunst /
Auß Solyma von Töchtern die wol wissen /
  Zu sticken nach der Kunst.

Kompt doch herauß / kompt her doch / jhr Jungfrawen /
Jhr Tôchter von Zion!
Ach såumet nicht / kompt eilends anzuschawen
Den Kônig Salomon!
Seht auff sein Haupt / seht an die schône Krone
Auff seine Heyrathzeit /
Die jetzund gibt die Mutter jhrem Sohne.
Zu rechter Frôligkeit.

Das Siebende Liedt.

WIe schône Fûß' vnd auch wie schône Schue
Sind deine doch / du Fûrstentochter du!
Wie Spangen stehn beysammen deine Lenden /
Sehr wol gemacht von guten Meisterhånden.
Dein Nabel wie ein runter Becher steht /
Dem niemals Tranck vnd sûsser Wein abgeht;
Der Bauch gleicht sich dem Weitzenhauffen eben /
Der rings vmbher mit Rosen ist vmbgeben.
Gleich wie man sicht[4] zwey junge Rehe sich
Mit geilem Spiel' ergetzen lustiglich /
Vnd frôlich sein an einer grûnen Wûste /
So stehn dir auch die rundterhabnen Brûste.
Dein weisser Hals giebt von sich solchen schein
Als wie ein Thurn gemacht auß Helffenbein.
Die Wangen sind wie Hesbons schône Teiche
Am Bathrabs Thor' in Armons seinem Reiche.
Die Nas' ist dir wie Libans[5] Thurn erhôht
Hier wo der Weg hin nach Damascus geht:
Das Haupt sieht auß wie Karmel an dem Strande
Der Mittelsee im Palestiner Lande.
Das edle Haar mit dem du / Liebste / blûhst /

4. sieht.
5. *C*; wir Libans *D*.

Hat einen Glantz wie Kônigs purpur ist.
Du hast doch nichts als lauter solche Gaben
Die manch' jhr wůndscht / vnd du kanst einig haben.
Was ist es nun das dir an lenge gleicht?
Ein Palmenbawm der keiner last nicht weicht.
Die Brůste stehn wie Trauben die noch reiffen /
Vnd harte sind zum ersten anzugreiffen.
Was geb' ich doch dem såumen weiter raum /
Vnd steige nicht auff meinen Palmenbawm?
Laß deine Brůst' als junge Trauben stehen /
Der Nasen ruch fůr schmeckend' Oepffel gehen.
Dein zarter Schlund sey wie ein sůsser Wein
Der vns erquickt vnd schlåfft[6] die Sinnen ein /
Vnd machet das dein Buhle sachen saget /
Wie einer der im Traume nach was fraget.

Die Sulamithinn.

Ich bleib' vnd bin deß Liebsten fůr vnd fůr /
Dann seine lust beruhet gantz auff mir.
Komm / Hertze / komm; laß vns zu Felde bleiben
In feister[7] Rhue / vnd da die Zeit vertreiben.
Wir lassen nur der Statt nicht-rechten-schein /
Jhr eitels thun vnd falsche Frewde sein;
Wir wolln mit dir / O Morgenrôth' / auffstehen /
Vnd frôlich hin in vnsern Weinberg gehen.
Wir wollen sehn ob nicht der Stock schier blůht /
Vnd ob er nicht mit newen Augen sieht;
Ob dieses Jahr wird Granatôpffel tragen /
Ob jhre Haut beginnet außzuschlagen.
Alsdann will ich dir reichen meine Brust /
Vnd einen Kuß; will alle Feldeslust
Dich lassen sehn / dir alle Frůchte geben
So ich fůr dich pfleg' heilig auffzuheben.

6. Kausativum: einschlafen machen.
7. C; Im feister *D.* – üppig, reichlich.

Die KlageLieder
JEREMIA:

Poetisch gesetzt Durch Martin Opitzen.

Das Dritte KlageLied.

O Ich betrůbter mann / der ich mit kranckem muthe
Muß seinen eyfer sehn / vnd seines grimmes ruthe!
Er hat mich nur hieher in finsterniß gefůhrt /
Da niemand weder liecht / noch tag / noch Sonne spůrt;
Ist gåntzlich wider mich / wer hett' es glauben sollen /
Das er mich fůr vnd fůr so ůbel halten sollen?
Er hat mein fleisch vnd haut verwelckt vnd alt gemacht /
Zerschlagen mein gebein / vnd gantz mich hingebracht.
Er hat mich so verbawt / mit gall' vnd můh vmbgeben /
In[1] finsterniß gelegt / als die so nicht mehr leben /
Vnd liegen schon verdeckt: er hat mich vmb vnd an
Vermauret[1a] vnd bestrickt; daß ich nicht loß gehn kan
Mir fessel angelegt / im fall ich gleich will ruffen /
So låst er dennoch mich vergebens auff jhn hoffen /
Vnd stopfft die ohren zu. er hat mir meinen Weg
Mit steinen hoch vermaurt / vnd alle straß' vnd steg
Zersto̊rt[2] vnd vmbgekehrt. er ist mir nach geschlichen
Als wie ein Beer sich pflegt im holtze zu verkriechen /
Vnd wie ein grimmer lo̊w' an seiner ho̊len liegt /
Biß er ein schwåcher wild in seinen rachen kriegt.
Er hat noch lust daran im fall er mich berůcket
Das ich deß weges fehl': er hat mich gantz zerstůcket /
Vnd endlich durchgebracht[3]. er hat als auff ein spiel

1. *C*; Im *D*.
1a. *C*; Vermaurt *D*.
2. *C*; Zerstårt *D*.
3. zerstört, zugrunde gerichtet.

Den bogen auffgespannt / auß mir gemacht ein ziel /
Den köcher außgeleert / vnd mir durchschiessen lassen
Die nieren in dem leib'. Ich bin[4] ein spott vnd hassen /
Ein täglich lied deß volcks. er hat mir auch geschenckt
Zur speise bitterkeit / mit wermut mich getrenckt /
Die zähne mir zermalmt / in asche mich verschorren:
Jetzt ist nun meine seel' / jetzt ist sie gantz verworren
Ohn allen rast vnd rhue: ich muß ins elend ziehn /
Muß lernen ärmer sein. Ich sprach / Mein schutz ist hin /
Vnd hoffnung auff den Herrn. sieh' her doch / vnnd bedencke
Wie gar verwaist ich sey / wie wermut mein getrencke
Vnd herbe galle war. du denckst[5] ja noch daran;
Mein Hertze sagt es mir das deines doch nicht kan
So gar mich lassen gehn. diß tröstet meine sinnen;
Drumb hoff' ich fest' vnd steiff ich will dich noch gewinnen.
Deß Herren gnade macht daß vns kein Trost gebricht /
Vnd seine Gütigkeit die hat kein Ende nicht:
So offt es morgen wird so offt auch wird sie newe /
Vnd scheinet über vns. Sehr groß ist deine trewe.
Der Herr der ist mein theil / spricht meine seel in mir;
Drumb will ich auch auff jhn mich lassen für vnd für.
Der Herr ist freundlich dem der hertzlich auff jhn bawet;
Er ist der seelen trost die nach jhm fragt vnd schawet.
Es ist ein köstlichs ding in aller Noth vnd Pein
Vertrawen auff den Herrn / vnd recht gedültig sein.
Es ist ein köstlichs ding noch in den jungen Jahren /
Im Lentzen seiner Zeit / viel leiden vnd erfahren /
Nicht widerspenstig sein wann sich die Sonne stellt
Als scheine sie nicht mehr / vnd vns was vberfellt;
Den Mund thun in den Staub / die Zeit mit Hoffnung tragen /
Sich lassen schmach anthun / vnd auff die Backen schlagen:
Dann Gott ist nicht ein Herr der ewig zürnen kan /
Vnd ob er schon betrübt / doch nimpt er wider an /
Vnd liebt vns mehr als vor nach seiner grossen Güte:

4. *C*; In bin *D*.
5. *C*; denckest *D*.

Ja wann er vns schon plagt so gehts nicht von Gemůte;
Das Hertz ist nicht darbey: So muß ein Vatter sein /
Verstecken seine lieb' / vnd nach dem Augenschein
Vns hassen noch so sehr. Er thut als all' auff erden
Die so gefangen sind zertretten musten werden
Von seiner Fůsse krafft / vnd gåntzlich vmbgebracht;
Als eines mannes recht fůr Gottes starcker macht
Gebeuget muste sein / vnd dem zuviel geschehen
Der gute sache hat / als kőndt er diß nicht sehen
Der Herr der alles sieht / dem nichts sich bergen kan
So weit von Ost in West die Sonn' auff jhrer bahn
Was Welt heist ůberschawt. Wer darff dann nun wol sagen /
Daß diß ohn sein gebott bey vns sich zu kan tragen?
Das dieser Erden baw ist ausser seiner hut /
Vnd macht vns nichts zu thun / auch selber nichts nit thut?
Wie murren dann die Leut' in jhrem sichern leben?
Ein jeder der mag zanck mit seiner Sůnd anheben.
Last vns in vnsern sinn vnd in vns selber gehn /
Zu suchen was wir thun / vnd fůr den Herren stehn
Mit wahrer buß vnd rew / hin nach dem Himmel wenden
Vnd heben zu jhm auff das Hertze mit den Hånden.
Wir haben deinen Zorn durch sůnd herfůr gelockt /
Drumb hast du vns gar recht mit schwerer Handt gedruckt.
Hast billich dich ergrimmt / vnd vnder deinem volcke
So sehr herumb gewůrgt; hast eine dicke wolcke
Rings vmb dich her gespannt; hast allen weg vnd bahn
Dem beten abgestrickt[6] / daß niemand fůr dich kan.
Wir sind durch deinen Grimm koth / wust vnd vnflat worden
Fůr dieser gantzen welt / vnd aller vőlcker orden.
Sie sperren auff jhr maul so viel der Feinde sind;
Vns plaget noth vnd angst; die bach der thrånen rinnt
Mir strőmig tag vnd nacht / im fall ich solche schmertzen
Der tochter meines volcks mir neme recht zu hertzen.
Mein' augen sind ein see / ein quell das nicht vergeht /

6. abgeschnitten.

Das allzeit weiter fleust / vnd doch voll wassers steht /
Biß daß mir noch[7] der Herr hoch auß der lufft wird geben
Den anblick seiner gunst. Mein auge frist mein leben /
Weil sie so elend' ist die tochter meiner Statt.
Wie wann ein steller sich bey seinem garne hat
In den gemachten pusch betrůglich hingesetzet / [8]
Vnd růckt die vŏgel weg; so hat mich auch behetzet[8a]
Deß argen feindes list: sie haben eine grufft
Vnd grube mir gemacht; daselbsten vnverhofft
Mein leben hingeraubt / vnd mich vmbher verschlossen
Mit steinen allerseits / mit wasser vbergossen
Mein kranckes hǎupt vnd mich / daß ich versuncken bin;
Da sprach ich bey mir selbst:[9] Nun bin ich gar dahin.
Doch rief ich gleichwol noch / Herr / auß dem tieffen grunde
Auff deinen Namen zu / vnd du hast auff der stunde
Mein flehen angehŏrt. O meines lebens liecht /
Verstopffe ja dein Ohr fůr meinem seufftzen nicht:
Komm nahe dich zu mir / komm wann ich sehnlich ruffe;
Sprich zu mir: Sey getrost / erharre mein vnd hoffe.
Herr / rette meine seel' / vnd fůhr' jhr recht hinauß;
Sey meines lebens schutz / sonst ist es mit jhm auß.
Herr laß mich weiter nicht so grosses vnrecht leiden;
Sitz'[9a] auff den richterstul / hilff meine sach entscheiden.
Du siehest wie sie sind / wie falsch vnd listiglich
Sie wenden alles thun / vnd trachten wider mich.
Du hŏrest jhre schmach / es ist dir vnverborgen
(Was birget sich vor dir?) das jhre gantze sorgen
Auff meinen schaden gehn / daß sie sich wann die Nacht
Vns ůberschatten will / vnd wann Aurora wacht /
Bereden wider mich: all' jhre red' vnd sagen

7. *C*; mich noch *D*.
8. *C*; hingesetzet? *D*. – gemacht: künstlich zur Tarnung hergerichtet.
8a. Netz rücken: Ausdruck aus der Vogelstellerei (d. h., er fängt die Vögel) – behetzet: gejagt.
9. *C*; selbst; *D*.
9a. *C*; Sitz, *D*.

Gehn einig nur dahin wie sie zusammen tragen /
Was mein verderben sey: wann man sie auffstehn sieht /
Vnd gleichfals schlaffen gehn / so muß ich sein jhr lied.[10]
Vergilt es jhnen / Herr / vnd gib was sie erwerben /
Laß sie in furcht vnd angst durch deinen fluch verderben;
Verfolge sie mit grimm; o grosser starcker Heldt /
Tilg' jhren nahmen auß auff dieser gantzen welt.

Deß Propheten Jeremias Gebett.

O HErr / bedencke doch / Herr / nim dir doch zu hertzen
Das leydt so vns betrifft: schaw' vnsre schmach vnd schmertzen
Mit vatteraugen an / sieh' vnser gůld'nes land /
Das milch vnd honig trug ist nun in frembder hand /
Vnd vnsre häuser auch. wir sind zu waisen worden /
Vnd vnsre mütter sind im armen widwen Orden /
Sie haben keinen mann / wir keine vätter nicht /
Vnd sind ohn hůlff' vnd trost: wann wasser vns gebricht /
Das dennoch vnser ist / so lassen wir es bringen
Vmb vnser eygnes Geld / vnd mussen holtz erzwingen /
Das vns im pusche wächst / vmb grossen werth vnd preiß.[11]
Man treibt[12] vns vber halß; vnd wann wir allen fleiß
Zur Arbeit angewandt / so daß wir fast erliegen /
Je dennoch sind wir faul / vnd thun nicht nach genügen.
Wir mussen jetzt auß noth Egypten dienstbar sein /
Vnd Assur gutes thun / damit vns Brod allein
Zu essen wird gereicht. es wird an vns gerochen
Was vnsre vätter schon für langer zeit verbrochen:
Sie schlaffen vnbesorgt / vnd dencken nicht mehr her /
Jhr ůbel aber wird vns kindern nun zu schwer.

10. *C*; lied *D*.
11. *C*; preiß *D*.
12. *C*; treibs *D*.

Wir dienen[13] knechten jetzt / schand über alle schande!
Vnd niemand rettet vns in diesem gantzen lande
Von jhrer Dienstbarkeit; wir holen vnser brod
Mit ängsten vnd gefahr / weil beydes schwerd vnd todt
Hier in der wüsten sind. daß fleisch vnd beine knacken /
Die schwartze haut sieht auß als were sie gebacken
Im ofen vnd gedört / für mangel an der kost
Vnd hunger der vns plagt. sie haben schnöde lust
Vnd üppigkeit verübt mit Zions schönen weibern /
Den Jungfrawn Juda auch von jhren zarten leibern
Den besten schatz geraubt / die Fürsten auffgeschnürt[14] /
Die alten nicht geehrt als wie sich wol gebührt.
Das arme junge volck hat müller müssen werden:
Die knaben bleiben schier erliegen auff der erden /
So das jhr hals für last deß holtzes brechen wil.[15]
Kein alter sitzt am thor' / es wird kein seitenspiel[16]
Von vnsrer jugend mehr / wie zwar zuvor / gerühret /
Die laut' ist ohne laut: kein reigen wird geführet /
Kein tantz nicht mehr gehegt: die frewden sind nun auß /
Vnd vnser schawspielplatz wird jetzt ein klagehauß:
Die Cron ist auch dahin / ach! ach! daß vnser leben
Sich also gantz vnd gar den sünden hat ergeben![17]
Drumb sind wir jetzt betrübt / drumb bricht das Hertz vns schier /
Vnd vnsern Augen kömpt fast alles finster für;
Weil Zion wüste liegt / weil füchs' jhn vntergraben /
Vnd an der heylgen statt die schlauen hölen haben.
Du aber / du / o Herr / verbleibst in ewigkeit /
Du bleibest / vnd dein thron wird stehn zu aller zeit.
Wie dann vermagst du vns so gäntzlich zu verlassen /
Vnd länger als du pflegst den harten sinn zu fassen?

13. *C*; Wie dienen *D*.
14. gefesselt, gefangengesetzt.
15. *C*; wil *D*.
16. *C*; Seitenspiel / *D*.
17. Konj.; ergeben? *CD*.

Ists mŏglich daß dein zorn noch weiter brennen kan?
Herr / bring' vns doch nun heim / vnd nim vns wider an:
Verjůng' vns widerumb / beschenck vns mit den Jahren
Die also glůcklich sind als jene vormals waren:
Dann / Herr / du bist vns feind / hast keine masse mehr
Zu straffen vns dein volck / vnd zůrnest gar zu sehr.

Die Episteln
Der Sontage / vnd fůrnembsten Fest
deß gantzen Jahrs /

Auff die gemeine Weisen der Psalmen gefasset /
Von Martin Opitzen.

Am Ersten Advent /

Zun Rŏmern am 13.
Auff den 9 Psalm.

Ich wil dich HERR von Hertzen Grund.

AVff / auff / die rechte Zeit ist hier /
Die Stunde wartet fůr der Thůr:
Jhr Brůder / lasset vns erwachen /
Vergeßt der Welt vnd jhrer Sachen.
Bezwingt den Schlaff vnd kompt in Eyl /
Denn vnser Liecht vnd Gnadenheyl /
Der rechte Trost vnd Schutz der seinen /
Ist nåher / als wir selber meynen.
Die vngestirnte schwartze Nacht /
Hat jhren schwåren Lauff vollbracht:

Der vielbegehrte Tag ist kommen /
Vnd hat das Leyd hinweg genommen.
  Legt jhr auch ab den danckeln Schein
Der Wercke die verborgen seyn:
Zieht an deß Liechtes helle Waffen /
Laßt nichts / als nur die Sůnden schlaffen.
  Geht auff dem Weg der Erbarkeit /
Denckt / daß jetzt sey die Tageszeit /
Laßt wilde Saufferey vnd Fressen /
Dardurch wir vnser selbst vergessen.
  Lescht auß deß Leibes schnőde Brunst /
Seyt feind der falschen Liebesgunst /
Auch liebet nicht Zorn / Haß vnd Zancken /
Entsagt den neydischen Gedancken.
  Zieht JEsus Christ den HERREN an /
Sein Leben sey deß ewren Bahn:
Versorgt den Leib das Theil der Erden /
Vnd laßt jhn doch zu geyl nicht werden.

Am vierdten Advent.

1. Philip. 4.

Auff den 140. Psalm.

Errette mich / O mein lieber HERRE.

  NVn frewet / frewet euch im HERREN /
Nun frewt euch / sag ich / fůr vnd fůr:
Zeigt ewren Glimpff[1] von nah vnd ferren:
Sorgt nicht / der HERR ist bald allhier.
  Laßt ewre Bitt im heissen flehen
Mit Danckbarkeit am Tage stehn:

1. Güte, Milde.

Laßt wahren Ernst vnd Eyffer sehen /
Der GOtt kan vnter Augen gehn.
Der Friede Gottes / der die Schrancken /
Deß Witzes hinter sich lässt weit /
Bewahr euch Sinn / Hertz vnd Gedancken /
In Christo JEsu jederzeit.

An der H. Drey König tage.

Jesai. am 60.

Auff den 6. Psalm.

In deinem grossen Zoren.

BRich auff vnd werde Liechte /
Laß gehn die Nacht zu nichte /
Dein Liecht kömpt her zu dir:
Die Herrligkeit deß HErren
Gläntzt prächtig weit vnd ferren /
Vnd zeigt sich vber dir.
Zwar finster ist die Erde /
Der armen Heyden Herde
Ligt tunckel weit vnd breit:
Dich hat der HERR / dein Leben /
Dein Heil vnd Trost / vmbgeben
Mit grosser Herrligkeit.
Die Völcker auff der Erden /
So je beschienen werden
Durchs klare SonnenLiecht /
Die sollen dein Liecht kennen /
Zum Glantze frölich rennen /
Der auß der Höhe bricht.
Heb auff / heb dein Gesichte /
Das Volck folgt deinem Liechte /
Die Welt kömpt gantz zu dir:

Sie hat von dir vernommen /
Die Söhn vnd Töchter kommen /
Vnd suchen deine Ziehr.
  Dein Hertze wird dir wallen /
Wenn dir kömpt zu gefallen
Die anzahl vmb das Meer:
Du wirst die Augen weiden
Am Volcke deiner Heyden /
So gantz dringt zu dir her.
  Es kommen alle Seelen
Auß Efa[2] mit Camelen /
Mit Läuffern Midian[3]:
Gold wird dir Saba bringen /
Vnd Weyrauch: es wird singen
Dein Lob ein jederman.

Am PalmTage.

Phil. 2.

Auff den 87. Psalm.

Gott seine Wohnung vnd sein Habitackel[4].

  EIn jeder soll wie Christus Sinnes werden /
Der ob er schon war Göttlicher Gestalt /
Hielt er's doch nicht für Raub noch für Gewalt /
Gott gleiche seyn / vnd ähnlich auch der Erden.
  Die Güte hat sein' hoheit vberwunden /
Er ward ein Knecht / ein armes Menschenkind /
Nam vnser Fleisch / ward gantz wie wir sonst sind /
Geberd' vnnd Thun ward Menschlich an jhm funden.

2. Stadt und Landschaft in Arabien.
3. Landschaft in Arabien.
4. habitaculum: Wohnung.

Er hat das Kleid der Niedrigkeit genommen /
Hat seinen Thron der Ehren lassen stehn /
Fůr vns're schuld zum Tode wollen gehn /
Ein Opffer seyn / vnd an das Creutze kommen.
Drumb hat jhm Gott den Namen auch gegeben /
Der Herrligkeit / fůr dem der Himmel heer
Neigt seine Knie / was Erde / Lufft vnd Meer
In sich beschleust / vnd vnter vns kan leben.
Es muß jhn nun was Athem hat erkennen /
Was lebt vnd schwebt muß sagen recht vnd frey /
Das JEsus Christ ein HERR der HErren sey /
Man muß jhn Gott zur ehre Gottes nennen.

MART. OPITII
Geistliche Oden / oder Gesånge: Bevorauß / Vnderschiedene Psalmen Davids:

Auß dem eygentlichen Verstand der Schrifft / auff anderer Psalmen vnd Gesånge gewǒhnliche Weisen gesetzt.

Der 42. Psalm.

Auff die Weise deß 24.

Dem HErren der Erdkreiß zusteht.

GLeich wie ein Hirsch mit schneller flucht
Ein frisches quell im Walde sucht /
Vnd embsig låufft nach kůhlen båchen;
So ist auch meine Seel' / O Gott /
Sie důrstet nach dir in der Noth /
Vnd sehnet sich dich anzusprechen.

2. Sie stirbt fuͤr durst' / vnd wuͤndscht zu sein
Vmb jhren Gott: er ists allein
Durch den jhr trawren wird benommen.
Ach! soll ich dann nicht bald hin gehn /
Vnd jhm fuͤr seinen augen stehn?
Will nicht der schoͤne Tag schier kommen?
3. Ich weine durch die gantze Nacht /
Vnd wann der Tag sich zu vns macht
So sind mein Morgenbrod die Threnen;
Dieweil man allzeit zu mir spricht:
Wo ist dein Gott? nun koͤmpt er nicht /
Nach dem du dich so pflegst zu sehnen?
4. Mein Hertze springt im Leib' entzwey /
Wann ich bedencke wie ich sey
In meines Gottes Hauß getretten /
Vnd wie ich voller Frewdigkeit
Vmbringt vom Volcke fuͤr der Zeit
Geopffert habe mit gebeten.
5. Doch sorge nicht wirff alles hin /
O meine Seel' / vnd hoff' auff jhn:
Warumb wilst du solch leidt erweisen?
Er lebet noch / vnd wird sich bald
Erzeigen als dein auffenthalt /
Vnd du wirst jhn in kuͤrtzen preisen.
6. Mein Geist ist gantz bestuͤrtzt in sich /
Weil ich / mein Gott / gedenck' an dich /
Vnd muß verjagt ins elendt gehen /
Hier wo man jenseit den Jordan
Den Misarsberg auff wuͤster Bahn /
Vnd Hermons huͤbel[1] siehet stehen.
7. Doch wann ein schwartzer Abgrund schon
Den andern rufft / daß auch darvon
Nichts vnerschuͤttert bleibt auff Erden;
Wann gleich der tieffen schleusen schaum

1. Hügel, Berg.

So hoch schlägt das die Felsen kaum
Für jhm erblicket mögen werden;
8. Wann alle deine ströme sich
Erhüben / vnd bedeckten mich
Mit jhrem Sturm' vnd rawen Wellen;
So würde doch mein Athem hier /
Mein Geist der würde für vnd für
Auff dich nur seine Hoffnung stellen.
9. Ich weiß daß deine Gütigkeit
Sich liesse sehn bey tagezeit /
Daß ich befreyt von andern dingen
Mit rhue hernachmals auff die Nacht
Von deiner güt' vnd grossen macht /
O höchster Vatter / köndte singen.
10. Mein Felß / auff den ich gantz gebawt /
O Gott / dem meine Seele trawt /
Will ich mit Eyfer zu jhm sagen:
Gedenckst du dann an mich jetzt nicht?
Gestehst du[2] das mein Hertze bricht /
In dem die Feinde mich so plagen?
11. Es scheint ein scharffes Schwerd zu seyn /
Vnd dringet mir durch Marck vnd Bein /
Wann ich die grosse Schmach muß hören /
Daß mich der Feind in meiner Noht
Noch höhnt / vnd spricht: Wo ist dein Gott /
Den du so heilig pflegst zu ehren?
12. Doch sorge nicht: wirff alles hin /
O meine Seel' / vnd hoff' auff jhn:
Warumb wilst du solch Leidt erweisen?
Er lebet noch / vnd wird sich bald
Erzeigen als dein Auffenthalt
Vnd du wirst jhn mit Frewden preisen.

2. Läßt du zu.

Der 85. Psalm.

Auff die Weise deß 74.

Warumb verstôßt du mich / O HErr / so gar.

DV hast / o HErr / dein Land zuvor geliebt /
Hast[3] Jacobs Volck erlôset auß den Banden /
Vnd deiner Schar vergeben jhre Schanden /
Die Schuld bedeckt mit der sie dich betrůbt.
2. Du hast den Zorn von dir weit abgethan /
Es legte sich dein grosser Eyfer nieder:
O Heyland komm / GOtt / trôste ja vns wider /
Nim vns doch auch genâdig bey dir an.
3. Soll nun dein Haß stets brennen Nacht vnd Tag?
Soll dieser Grimm vns jetzt vnd jmmer drůcken?
Wilt du vns denn nicht wiederumb erquicken /
Auff daß dein Volck sich deiner frewen mag?
4. Wir sind ja wol gar kaum erbarmens werth /
Doch laß dein Recht die Schârffe dißmal sparen /
Vnd lieber noch Genade wiederfahren;
Nim weg die Last die vns so sehr beschwert.
5. Ich hoff[4] es selbst zu hôren was GOtt nun
Wird seinem Volck vnd Heiligen versprechen /
Daß Fried vnd Ruh bey jhnen an soll brechen /
Auff daß sie nicht auß Thorheit Sůnde thun.
6. Doch seine Hůlff ist denen gar nicht weit /
Die vnverfâlscht in seiner Furchte bleiben /
Damit sein Lob mag / vnter vns bekleiben[5] /
Vnd vnser Land bewohnen jederzeit.
7. Es wird ein Bund mit Gůt vnd Trew geschehn /
Gerechtigkeit vnd Fried einander kůssen /
Die Warheit wird auff Erden weit entspriessen /
Vnd Billigkeit vom hohen Himmel sehn.

3. *E*; Hat *D*.
4. *E*; hoffe *D*.
5. bleiben, bestehen.

8. Der HErr wird auch mit Segen bey vns stehn /
Damit das Land mag sein Gewächse geben:
Gerechtigkeit wird jmmer bey jhm schweben /
Vnd für vnd für in vollem Schwange gehn.

Der 148. Psalm.

Auff die Weise deß 128.

Selig ist der gepreiset.

ES soll den HErren loben
Deß gantzen Himmels Feld:
Jhn rühme was dort oben
Die weite Wohnung hält:
Es müsse von jhm schallen
Der Engel süsses Chor;
Jhn hebe hoch für allen
Diß starcke Heer empor.
2. Jhn lobe sampt der Sonne /
Deß Mondens bleiche Ziehr:
Jm gebe seine Wonne
Der Sternen Schaar herfür;
Der Himmel Lauff erhebe
Den welcher jhn erhöht:
Das Wasser jhm Lob gebe
Das auff dem Himmel steht.
3. Sie sollen nicht verhälen
Deß HErren Namens Pracht /
Weil sie auff sein Befehlen
Erschaffen vnd gemacht:
Er hat sie steiff gegründet
Für Zeit vnd Noth zu stehn:
Durch seine Satzung bindet
Er sie schnurrecht zu gehn.

4. Du solt jhm Lob erfinden /
Der Erden grosses Heer:
Jhr Wallfisch in den Gründen /
Jhr Flüsse / Quell vnd Meer.
Das Fewer sampt dem Rauche /
Schloß[6] / Hagel / Schnee vond Eiß /
Der Sturm so auß Gebrauche
Jhm zu gehorchen weiß.
5. Die Berge so hoch ragen /
Die Hügel allzumal /
Die Bäume so viel tragen /
Der Cedern grosse Zahl:
Das Wild in Pusch[7] vnd Brüchen[8] /
Das Haußvieh was man hegt /
Die Würme[9] welche kriechen[10] /
Das Heer das Flügel trägt:
6. Die so gekrönet werden /
Die Menschen allerhand /
Die Fürsten auff der Erden /
Die Richter durch das Land /
Auch Jüngling vnd Jungfrawen
An Sinn vnd Jahren zart /
Die an dem Alter bawen /
Vnd Knaben frischer Art:
7. Die sollen einig loben
Den HErren für vnd für:
Sein Name schwebet oben
Ob[11] Welt vnd Himmels Ziehr:
Das Volck hat er erhaben /
Das jhm sein Lob erkiest /
Israel dem an Gaben
Vnd Gunst er Nachbar ist.

6. Hagelschloße.
7. *E*; Puß *D*.
8. Sümpfe.
9. Schlangen, Kriechtiere.
10. *E*; kriegen *D*.
11. Über.

[Andere geistliche Gedichte]

Auff den ersten Januarij / 1625.

DIe Jahre pflegen zwar jhr rechtes Ziel zu finden /
Vnd werden fortgeführt als eine schnelle Flut /
Die ehe fleucht als kömpt: der Menschen rawer Muth
Wird / ist vnd bleibt verstockt in mehr als tausendt Sünden.
Der Geist will öffters zwar sich etwas vnterwinden /
Dem Himmel zu zugehn; doch was er macht vnd thut
Ist schwach / vnd wird gehemmt durch vnser Fleisch vnnd Blut.
Der Geist von oben her muß einig vns entzünden
Mit seiner starcken Brunst / muß dämpffen vnsern Wahn
Der keine Frömmigkeit vnd Tugend fassen kan.
O Gott / nim mit der Zeit deß alten Jahres hin[1]
Mein' alte grosse Schuld; gib daß ich Rew vnd Schmertzen
Hierüber tragen mag / vnd schicke meinem Hertzen
Mit diesem newen Jahr' auch einen newen Sinn.

Klage bey dem Creutze vnsers Erlösers.

JHr armen Sterblichen / habt jhr / wann jhr gesehen
Die Sonne liechte seyn / die starcken Winde wehen /
Deß Mondes Glantz auffgehn / die Sternen bey der Nacht
Vns leuchten auß der Lufft / auch je bey euch gedacht
Daß einer vber vns das grosse rundt verwalte /
Der Himmel / Erd' vnd See bey jhrem thun erhalte /
Der durch sein Regiment vnd Scepter für vnd für
Beherrsche dieses Reich / denselben seht nun hier.

1. *BC*; hin. *D*.

Seht ewren Schöpffer an / den Gott von allen Zeiten /
Den König der Natur / seht seine weisse[2] Seiten
So jämmerlich durchbohrt / das Haupt / das güldne Haar /
Die Hände / welchen vor das Meer gehorsam war /
Vnd Eolus[3] darzu / den Leib / die zarten Füsse.
Ein jeder mache sich zu vns her / vnd vergiesse
Die Zehren / wie er auch vor vns vergossen hat /
Als Blut jhm vor den Schweiß auff seine Stirne trat /
Vnd diese gantze Welt / ja das noch mehr zu sagen /
Die Sünden allesampt jhm auff dem Halse lagen /
Vnd druckten jhn für vns. ach Schand! ach Laster! ach!
Der Baw deß Himmels knackt / die Wolcken geben nach /
Lufft / Fewer / Erd' vnd Meer die scheinen auch zu leiden /
Vnd liegen gantz verwirrt / die Sonne selbst muß scheiden /
Vnd kan das Leid nicht sehn. Du wilde Nation /
Jhr teufflisches Geschlecht / ist das nun dessen Lohn /
Der auß Egypten dich / O Israel geführet /
Durch Wüsten da kein Mann vor jemals ward gespühret /
Da nie kein Mensch gewohnt: der dir in deiner Noht
Die Felsen quellen ließ / vnd gab dir Himmels Brod?
Das Antlitz das jhr nicht auff Horeb kundtet schawen /
Für dem die Cherubin zu stehen nicht getrawen /
Das speyet jhr nun an. Jehova / den jhr nicht
Auch sonst nur nennen dürfft / die Warheit vnnd das Liecht /
Der Löw auß Juda her / wird jetzt von euch vernichtet /
Gehönet / außgelacht / vnd schändlich hingerichtet:
O du verdamptes Volck! soll der dein Gott nicht seyn /
Der so viel Wunder thut / macht auß dem Wasser Wein /
Läßt in dem Munde schon das Brod erst grösser werden /
Ißt viertzig Tage nicht / geht wie auff platter Erden
Auff Wässern vberhin / heist Blinde wieder sehn /
Treibt böse Geister auß; vnnd was sonst mehr geschehn
Das nit bey Menschen steht: jetzt kommen sie mit Hauffen
Das heilig' Osterlamb zu schlachten zugelauffen /

2. *B*; weise *CD*.
3. der Hüter der Winde.

Von Tyrus / von Sidon / von Idumea her /
Vom[3a] feisten Syrien / vnd wo das faule Meer[4]
Nichts vndersincken låst / wo Sodoma verbrunnen
Dem sie zugleichen sind / wo Libanus der Sonnen
Fast in dem Wege steht: daß ja die Tyranney
Nicht deine / Solyma[5] / so gar alleine sey.
Kein Mensch beschützet ihn: es ist nun gantz vergessen
Die Güte seiner Hand: er gab den Leuten essen /
Jetzt klagt er vber Durst: die Stummen kamen hin /
Vnd giengen redend weg / nun schreyen sie auff jhn /
Vnd fördern seinen Todt; er hieß die Lahmen gehen /
Die lauffen nun für jhm; hieß Todten aufferstehen /
Jetzt tödten sie jhn selbst. ach! ach! das schöne Haar /
Das Haupt / das edle Haupt / das vor gezieret war
Wormit? mit Golde? nein / mit deß Gestirnes Krone /
Mit Stralen voller Glantz / der Leib wird nun zu Hohne /
Den eine Jungfraw trug: der Bart / die starcke Brust /
Für der Alcides[6] schwach / sind Eiter / Koth vnd Wust.
Vnd wir sind noch verstockt? was haben wir vor Sinnen /
Daß solche höchste Noth sie noch nicht kan gewinnen?
Kein Tieger ist so grimm.[7] wie wann der grosse Heldt
In dieses Mittel sich nicht hette dargestelt?
So kräfftig war die Gunst den Menschen zu erhalten /
Der jetzund sein Gemüt' hergegen läßt erkalten /
Schlägt alles in den Wind. auff / auff doch / vnnd erwacht /
Thut weg von euch den Schlaf der all zu sichern Macht /
Ey legt die Faulheit hin! es wird doch nicht begehret
Daß jhr ein sterblichs Ding zum Opffer jhm gewehret:
Stecht gar kein Lamb nicht ab / schlagt keinen Ochsen nicht;
Kein Weyrauch darff hier seyn / kein eingeweihtes Liecht;

3a. *BC*; Von *D*.
4. das Tote Meer.
5. Jerusalem.
6. Beiname des Herakles.
7. Konj., Welch Tiger ist so grimm? *BC*. Kein Tieger ist so grimm? *D*.

Gott siht im Finstern auch; er fraget nach dem Hertzen /
Er fordert einig nur den Sinn der Rew vnd Schmertzen
Vor seine Laster trågt / er will gebetten seyn
Mit eyffriger Begihr; nur diß gefålt allein
In seinen Augen wol. Diß sind die rechten Gaben /
Das Zeichen wahrer Trew / diß will er einig haben.
Wie neigt er doch das Håupt so sehnlich zu vns her?
Wie freundlich zeigt Er doch die Seiten so der Sper
Vns gantz erőffnet hat? wie weiset er die Hånde /
So vns durchnagelt sind? wie rufft er vor dem Ende /
Wie mit den Kindern dann ein Vatter sich bespricht
Wenn jhm nun Atropos[8] die matten Augen bricht
Vnd reißt den Faden ab? wie strecket er die Armen
Nach seinen Sőhnen auß? kan da auch sein Erbarmen
Nicht lassen da sich sein kein Mensch erbarmen will?
Da jhn das Leben låst / hat doch die Gunst kein Ziel[8a]
In die er vns gefaßt. wir aber haben Ohren /
Vnd hőren gleichwol nicht / wir sind verstockte Thoren /
Vnd dencken gantz nicht nach was kůnfftig werden soll /
Wann eben dieser Fůrst den anvertrawten Zoll[9]
Deß Lebens fordern wird / vnd Rechnung mit vns machen /
Wann dieser schőne Baw wird in der Flamme krachen /
Vnd ůber Hauffen gehn! Da wird nicht einer seyn /
Von denen die verdammt der in die Glut hienein
Wird kőnnen auffrecht sehn. sie můssen alle gehen
Wo Styx[10] der schwartze Fluß pflegt vnbewegt zu stehen /
Vnd wo Cocytus[11] laufft. da wird zu spates Leid
Vnd Rew erst bey euch seyn / da wird die rechte Zeit
Nicht mehr zurůcke gehn. jhr werdet gerne wollen
Daß Felsen vnd Gebirg' euch ůberfallen sollen;

8. Die dritte der Parzen, die den Schicksalsfaden abschneidet.
8a. Keine Grenzen.
9. *BC*; Zoll / *D*.
10. Fluß in der Unterwelt.
11. Fluß in der Unterwelt.

Vmbsonst / gewiß vmbsonst. so seht nun / weil jhr lebt /
Vnd das Vermögen ist / daß jhr nur einig strebt /
Zu bessern ewern Sinn / zu dencken an die Stelle
Der Seelen die Gott liebt / da nichts ist von der Hölle /
Da frewden übrig[12] sind: so wird sich Christus auch
Erweisen brüderlich / wie sonsten sein Gebrauch
Gewesen von begin / wird selber in euch wohnen /
Nach vieler Müh' vnd Angst euch zieren mit den Kronen
Der alten Ewigkeit / vnd wird euch lassen gehn
Wo das Gestirne soll zu ewren Füssen stehn.

Martin Opitzen

Trostgedicht In Widerwertigkeit Deß Kriegs:

In vier Bücher abgetheilt /
Vnd vor etlichen Jahren anderwerts geschrieben.[1]

DEß schweren Krieges Last / den Teutschland jetzt empfindet /
Vnd daß Gott nicht vmbsonst so hefftig angezündet
Den Eyffer seiner Macht / auch wo in solcher Pein
Trost her zuholen ist / sol mein Gedichte seyn.
Diß hab ich mir anjetzt zuschreiben vorgenommen:
Ich bitte / wollest mir geneigt zu hülffe kommen /
Du höchster Trost der Welt / du Zuversicht in Noht /
Du Geist von Gott gesand / ja selber wahrer Gott.
Gib meiner Zungen doch mit deiner Glut zubrennen /
Regiere meine Faust / laß meine Jugend rennen

12. im Übermaß.
1. Im Gegensatz zu *E* enthält *D* zum ersten Buch des Trostgedichts keine Inhaltsangabe.

Durch diese wůste Bahn / durch dieses newe Feld /
Darauff noch keiner hat fůr mir den Fuß gestellt.
Das ander' ist bekant: Wer hat doch nicht geschrieben
Von Venus Eytelkeit / vnd von dem schno̊den Lieben
Der blinden Jugend Lust? Wer hat noch nie geho̊rt /
Wie das Poeten-Volck die grossen Herren ehrt /
Erhebt sie an[1a] die Lufft / vnd weiß herauß zustreichen /
Was besser schweigens werth / låßt seine Feder reichen /
Wo Menschen-Tapfferkeit noch niemals hingelangt;
Macht also daß die Welt mit blossen Lůgen prangt?
Wer hat zuvor auch nicht von Riesen ho̊ren sagen /
Die Wald vnd Berg zugleich auff einen Ort getragen[1b] /
Zu stůrtzen Jupitern mit aller seiner Macht /
Vnd was deß Wesens mehr? Nun bin ich auch bedacht
Zusehen / ob ich mich kan auß dem Staube schwingen /
Vnd von der grossen Zahl deß armen Volckes tringen /
So an der Erden klebt; Ich bin Begierde voll
Zu schreiben / wie man sich im Creutz' auch frewen sol /
Sein Meister seiner selbst. Ich wil die Pierinnen[2] /
Die nie nach Teutscher Art noch haben reden ko̊nnen /
Sampt jhrem Helicon[3] mit dieser meiner Hand
Versetzen biß hieher in vnser Vatterland.
Es wird inkůnfftig noch die Bahn / so ich gebrochen
Der / so geschickter ist nach mir zubessern suchen /
Wann dieser harte Krieg wird werden hingelegt /
Vnd die gewůndschte Ruh zu Land' vnd See gehegt.
Da aber ich vielleicht mich ho̊her mo̊chte wenden /
Als daß mir můglich sey recht wider anzulenden[4] /
So sey es doch genug / was ich zuthun begehrt:
In grossen Sachen ist auch wollen Lobens werth.

1a. *E*; sich an *D*.

1b. Die Giganten türmten Berge aufeinander, um den Himmel zu ersteigen und die Götter zu stürzen.

2. die Musen (nach ihrer Heimat Pierien am Nordabhang des Olymps).

3. Sitz Apolls und der Musen.

4. ans Land, ans Ziel zu kommen.

Doch nein; der / den ich mir erkoren anzuflehen /
Wird seiner Gnaden Wind in meine Sågel wehen /
So daß mein kůhnes Schiff / das jetzund fertig steht /
Vnd auff die Hôhe wil / nicht an den Boden geht.
Wann dieser Stewermann das Ruder vns regieret /
Wann dieser sanffte West wird auff der See gespůret /
Da kômpt man wol zu Port / es ist kein Stůrmen nicht /
Kein Kieß / kein harter Grund an dem das Schiff zerbricht.
Die grosse Sonne hat mit jhren schônen Pferden
Gemessen drey mal nun den weiten Kreiß der Erden[5] /
Seyt / daß der strenge Mars in vnser Teutschland kam /
Vnd dieser schwere Krig den ersten Anfang nam.
Ich wil den harten Fall / den wir seyther empfunden /
Vnd månniglich[6] gefůhlt (wiewol man frische Wunden
Nicht viel betasten sol) durch keinen blawen Dunst
Vnd Nebel vberziehn / wie der Beredten Kunst[7]
Zwar sonsten mit sich bringt. Wir haben viel erlitten /
Mit andern vnd mit vns selbst vnter vns gestritten.
Mein Haar das steigt empor / mein Hertze zittert mir /
Nem ich mir diese Zeit in meinen Sinnen fůr.
Das edle Teutsche Land / mit vnerschôpfften Gaben
Von Gott / vnd der Natur auff Erden hoch erhaben /
Dem niemand vor der Zeit an Krieges-Thaten gleich' /
Vnd das viel Jahre her an Friedens-Kůnsten reich
In voller Blůte stund / ward / vnd ist auch noch heute /
Sein Widerpart[8] selbselbst / vnd frembder Vôlcker Beute.
Ist noch ein Ort dahin der Krieg nicht kommen sey /
So ist er dennoch nicht gewesen Furchte frey.
Das Land hat grausamlich von Reuterey erklungen /
Der vbergrossen Last zuweichen fast getrungen.
Kein Vorgebůrge hat sich weit genug erstreckt /
Kein weiter Wald die Zahl deß Heeres gantz bedeckt.

5. also 1621.
6. jedermann, allesamt.
7. *E*; beredten Kunst / *D*.
8. *E*; Widerbart *D*.

Waß hilfft es / daß jetzund die Wiesen grüne werden /
Vnd daß der weisse Stier[9] entdeckt die Schoß der Erden
  Mit seiner Hörner Krafft / daß aller Platz der Welt /
  Wie newgeboren wird? Das Feld steht ohne Feld[10] /
Der Acker fraget nun nach keinem grossen bawen /
Mit Leichen zugesät; er fragt nach keinem Tawen /
  Nach keinem düngen nicht: Was sonst der Regen thut /
  Wird jetzt genug gethan durch faistes Menschenblut.
Wo Tityrus vorhin im Schatten pflag zusingen /
Vnd ließ von Galathee Wald / Thal vnd Berg erklingen /
  Wo vor das süsse Lied der schönen Nachtigall /
  Wo aller Vögel Thon biß in die Lufft erschall /
Ach! ach! da hört man jetzt die grausamen Posaunen /
Den Donner vnd den Plitz der fewrigen Carthaunen /
  Das wilde Feldgeschrey: Wo vormals Laub vnnd Graß
  Das Land vmbcrönet hat / da ligt ein faules Aaß.
Der arme Bawersmann hat alles lassen ligen /
Wie / wann die Taube sieht den Habicht auff sich fliegen /
  Vnd gibet Fersengelt; er selbst ist in das Land /
  Sein Gut ist fort geraubt / sein Hof hinweg gebrandt /
Sein Vieh hindurch gebracht / die Schewren vmbgeschmissen /
Der edle Rebenstock tyrannisch außgerissen /
  Die Bäume stehn nicht mehr / die Gärten sind verheert;
  Die Sichel vnd der Pflug sind jetzt ein scharffes Schwert.
Vnd dieses ist das Dorff: Wer aber wil doch sagen
Der Stätte schwere Noht / den Jammer / Weh vnd Klagen /
  So männiglich geführt / das vnerhörte Leid /
  Deß Feindes Vbermuht vnd harte Grausamkeit?
Das alte Mawerwerck ist worden auffgesetzet /
Die Thore starck verwahrt / die Degen scharff gewetzet /
  Die Waffen außgebutzt / die Wälle gantz gemacht /
  Die Pässe[10a] weit vmbher verhawen vnd bewacht.

9. das Tierkreiszeichen des Stiers (April/Mai).
10. Wortspiel mit der doppelten Bedeutung von Feld: bebautes bzw. offenes Land.
10a. Weg, Durchgang.

Ein jeder ist verzagt: Eh' / als der Feind noch kommen /
Da hat die Furchte schon viel Oerter eingenommen /
Vnd Oberhand gehabt. Mir schüttert Haar vnd Haut /
Wann / daß ich dencken wil / was ich nur angeschawt.
Das Volck ist hin vnd her geflohn mit hellem Hauffen /
Die Töchter sind bey Nacht auff Berge zugelauffen /
Schon halb für Schrecken todt[11] / die Mutter hat die Zeit /
In der sie einen Mann erkant / vermaledeyt.
Die Männer haben selbst erbärmlich müssen flehen /
Wann sie jhr liebes Weib vnd Kinder angesehen.
Die kleinen Kinderlein / gelegen an der Brust /
So noch von keinem Krieg' vnd Kriegesmacht gewust /
Sind durch der Mutter Leyd auch worden angereget /
Vnd haben allesampt durch jhr Geschrey beweget;
Der Mann hat seine Fraw beweynt / die Fraw den Mann /
Vnd was ich weiter nicht auß Wehmuht sagen kan.
Viel minder werd' ich nun deß Feindes harte Sinnen /
Vnd grosse Tyranney genug beschreiben können /
Dergleichen nie gehört: Wie manche schöne Statt /
Die sonst das gantze Land durch Pracht gezieret hat /
Ist jetzund Asch vnnd Staub? Die Mawren sind verheeret /
Die Kirchen hingelegt / die Häuser vmbgekehret.
Wie / wann ein starcker Fluß / der vnvorsehens kömpt /
Die frische Saate stürtzt / die äcker mit sich nimpt /
Die Wälder niderreißt / läufft ausser seinen Wegen /
So hat man auch den Plitz vnd schwefelichte Regen /
Durch der Geschütze Schlund mit grimmiger Gewalt /
Daß alles Land vmbher erzittert vnd erschallt /
Gesehen mit der Lufft hin in die Stätte fliegen:
Deß Rauches Wolcken sind den Wolcken gleich gestiegen /
Der Fewerflocken See hat alles vberdeckt /
Vnd auch den wilden Feind im Lager selbst erschreckt.
Das harte Pflaster hat geglüet vnd gehitzet /
Die Thürne selbst gewanckt / das Ertz darauff geschwitzet;

11. *E*; Tod *D*.

Viel Menschen / die der Schaar der Kugeln sind entrannt /
Sind mitten in die Glut gerahten vnd verbrannt /
Sind durch den Dampff erstickt / verfallen durch die Waͤnde:
Was vbrig blieben ist / ist kommen in die Haͤnde
Der aͤrgsten Wuͤterey / so / seyt die Welt erbawt
Von Gott / gestanden ist / die Sonne hat geschawt.
Der Alten grawes Haar / der jungen Leute Weynen /
Das Klagen / Ach vnd Weh / der Grossen vnd der Kleinen /
Das schreyen in gemein von Reich vnd Arm gefuͤhrt
Hat diese Bestien im minsten nicht geruͤhrt.
Hier halff kein Adel nicht / hier ward kein Stand geachtet /
Sie musten alle fort / sie wurden hingeschlachtet;
Wie / wann ein grimmer Wolff / der in den Schaffstall reißt /
Ohn allen Vnterscheyd die Laͤmmer nider beißt.
Der Mann hat muͤssen sehn sein Ehebette schwaͤchen /
Der Toͤchter Ehrenbluͤht' in seinen Augen brechen /
Vnd sie / wann die Begier nicht weiter ist entbrandt /
Vnmenschlich vntergehn durch jhres Schaͤnders Hand.
Die Schwester ward entleibt in jhres Bruders Armen /
Herr / Diener / Fraw vnnd Magd erwuͤrget ohn Erbarmen:
Ja / die auch nicht geborn / die wurden vmbgebracht /
Die Kinder so vmbringt gelegen mit der Nacht
In jhrer Mutter Schoß: Eh[12] sie zum Leben kommen /
Da hat man jhnen schon das Leben hingenommen:
Viel sind / auch Weib vnd Kind / von Felsen abgestuͤrtzt /
Vnd haben jhnen selbst die schwere Zeit verkuͤrtzt /
Dem Feinde zu entgehn. Was darff ich aber sagen /
Was die fuͤr Hertzenleyd / so noch gelebt / ertragen?
Jhr Heyden reicht nicht zu mit ewrer Grausamkeit:
Was jhr noch nicht gethan das thut die Christenheit /
Wo solcher Mensch auch kan den Christen-Namen haben /
Die Leichen haben sie / die Leichen auffgegraben /
Die Glieder / so die Erd' vnd die Natur versteckt /
Sind worden vnverschaͤmt von jhnen auffgedeckt.

12. *E*; Ehe *D*.

Mehr hat mich Graw vnnd Schew nicht schreiben lassen wollen /
Vnd derer wegen auch die nach vns kommen sollen;
(Wo daß die schlimme Welt noch långer kan bestehn)
Wil ich vnd muß auch viel mit schweigen vbergehn.
Ey! ey! du werthes Land / was kanstu doch erfahren /
Das nicht genugsam schon in diesen kurtzen Jahren
An dir verůbet sey? Wie hat dein alter Stand
In solcher kurtzen Zeit so sehr sich vmbgewand?
Du warest sonst der Marckt vnd Schawplatz aller Sachen /
Dardurch ein scho̊ner Ort sich kan beruffen[13] machen:
Du giengest vberhoch den andern Låndern fůr;
Was allenthalben ist das sahe man bey dir.
Diß Lob ist jetzt dahin: die Kirchen sind beraubet /
Die Cammern sind ersch̊opfft / das Gold ist auffgeklaubet /
Viel Weiber jhrer Ehr' vnd Månner quit gemacht /
Sehr vielen Kindern sind die Våtter vmbgebracht;
Vnd nicht nur durch das Schwert: die Lufft ist schådlich worden /
Hat auch das Feld geråumt / vnd jåmmerliches Morden /
Durch strenge Pestilentz vnd Kranckheit angestelt.
Wie mancher kůhner Mann / wie mancher freyer Held /
Der hohes Lob gehofft mit streiten zuerwerben /
Hat můssen ohne Blut deß faulen Todes sterben /
Hat seinem Mo̊rder nicht entgegen ko̊nnen gehn /
Vnd / wie ein Krieger sol / zu seinem Ende stehn.
So ist die Gottesfurcht auch mehrentheils verschwunden /
Vnd die Religion gefangen vnd gebunden /
Das Recht ligt vnterdruckt / die Tugend ist gehemmt /
Die Kůnste sind durch Koht vnd Vnflat vberschwemmt /
Die alte Teutsche Trew hat sich hinweg verloren /
Der Frembden Vbermuht der ist zu allen Thoren
Mit jhnen eingerannt / die Sitten sind verheert /
Was Gott / vnd vns gebůhrt ist alles vmbgekehrt.
Wer hier nicht wird bewegt / wer sonder Weh vnd Schmertzen /
Diß vngerechte Recht deß Krieges kan behertzen /

13. berühmt.

Der ist auß hartem Stahl vnd Kieselstein erzeugt /
Es hat ein Tyger jhn an seiner Brust gesaͤugt.
Daß aber jemand nun vermessen wolte meynen /
Wir waͤren ausser Schuld / vnd vnbedacht verneinen /
Gott habe seinem Volck' vnd Kirchen dieses Leid
Vergeblich zugeschickt / der jrret trefflich weit.
Der HErr von Anbeginn / ein Richter aller Sachen /
Der alles sieht vnd hoͤrt / der Augen hat zuwachen /
Dem niemand kan entgehn / der kraͤfftig vmb vnd an
In allem ist / was ist / was war / vnd werden kan /
Der schickt vns alles zu / der ordnet alle Dinge
Im Himmel vnd bey vns / wie groß / vnd wie geringe
Sie jmmer moͤgen seyn; Gluͤck / Vngluͤck / Leben / Tod /
Krieg / Fried' vnd Einigkeit koͤmpt alles her von Gott.
Was suchen wir viel nach? was darff man zweiffel tragen?
Wie lange sol er auch durch Wunderzeichen sagen
Diß komme nicht ohn jhn? hat nicht die hohe Luft /
Hat nicht der Himmel selbst vns deutlich zugerufft?
Hat der Comete nicht sich grausam außgestrecket?
Hat nicht der Fewerschwantz die Sternen selbst erschrecket /
Daß sie verblasset sind? der Monde stund verzagt:
Vnd meynt' er wuͤrde nun auß seiner Bahn verjagt:
Der weisse Beer[13a] hat fast die Flucht von dar genommen /
Auß Furchte Phaeton[14] der waͤre wider kommen /
Vnd haͤtte / wie zuvor durch seinen Vnverstand
Den Himmel vnd sein Dach gesteckt in newen Brand.
Den scharffen Prediger / den schrecklichen Propheten /
Der niemals sonder Blut / der niemals sonder Toͤdten /
Der niemals sonder Krieg vnd Enderung entsteht /
Den Botten hat vns GOtt / ja hoch genug erhoͤht.
So seyn auch / wie man sagt / die abgeleibten Seelen
In jhrer Menschen-Art[15] auß den betruͤbten Hoͤlen

13a. das Sternbild des Bären.

14. Sohn des Sonnengottes Helios; er raubte den Sonnenwagen, konnte ihn nicht lenken und stürzte ab, wobei er fast den Himmel in Brand gesteckt hätte.

15. Konj.; Meyschen-Art *D.* – die vngluͤckhaften Seelen Der Abgestorbenen *E.*

Getrungen an das Liecht. Was niemand hören mag
Ohn Abschew / Furcht vnd Grauß / ist kommen an den Tag /
Hat sichtbarlich bey vns vnd vnter vns gejrret /
Die Ordnung der Natur ist worden gantz verwirret:
Die Waffen haben selbst auß heimlicher Gewalt /
Von niemand angerührt[16] / geklungen vnd erschallt:
Das Wasser ward verkehrt / die vnbefleckten Brunnen /
Jhr reines Silberquell ist blutig fürgeronnen:
Der Flüsse Vatter auch / der sonsten schöne Rhein /
Hat seine Last gefühlt / das nun für klaren Wein
Das grosse Kriegesheer / der prächtigen Maranen[17]
An seinem Vfer sey / daß jhre stoltze Fahnen
Nun stünden auffgesteckt / wo vor Thriambus[18] war /
Vnd wo man jetzund noch kan sehen sein Altar.
Er hat / der schöne Rhein / auß Scham sich fast verloren /
Ist weit vnd breit vmbher durch kaltes Eiß verfroren;
Wo vor das Sägel pflag auff Niderland zugehn /
Da kunte man jetzund mit Roß vnd Wagen stehn.
Nun laufft / Jhr / welche man nur also muß erweichen /
Laufft hin vnd saget jetzt es mangelt euch an Zeichen.
GOtt / GOtt treibt dieses Werck / deß grossen Zornes Brunst
Vnd Rache greifft vns an: vnd solches nicht vmbsunst.
Wir alle sind befleckt mit Schanden vnd mit Sünden
Von Adams Zeiten her; nicht einer ist zufinden
Der sonder Boßheit sey: Wir sind auß Gottes Huld
Entfallen durch vns selbst vmb vnsrer Laster Schuld.
Die Welt lebt in den Tag / begehret nicht zuwissen
Von Zucht vnd Frömmigkeit / ist trotzig außgerissen /
Wie eine wilde Bach / thut was jhr selbst behagt /
Lacht / wann man jhr von GOtt / vnnd Gottes Eyffer[19] sagt.

16. *E*; angerüht *D*.
17. urspr. Schimpfwort für die vor der Inquisition geflüchteten spanischen Juden (= Schweine), hier allg. für: Spanier.
18. Beiname des Dionysos.
19. Zorn.

Vnd darumb läßt er sich an seiner Kirchen sehen /
Schützt loß[20] deß Zornes Strom / verstopfft für jhrem Flehen
Die Ohren seiner Gunst; doch nur auff kleine Zeit:
Sein Grimm ist nicht so groß / als seine Gütigkeit.
Wir können nicht vorbey / vnd müssen alle sagen /
Er gebe billich vns das schwere Joch zutragen;
Er straffe billich vns durch Fewer / Krieg vnd Schwert /
Weil wir auch vns von Jhm zum bösen abgekehrt.
Wie lange[21] hat Er doch die Heucheley geduldet?
Was mag er vns doch thun das wir nicht wol verschuldet?
Ob auch der Sünden Zahl noch grösser wachsen kan?
Klagt das Gewissen sich vnd vns nicht selber an?
Das Gute fliehen wir das wir doch solten fassen /
Das Böse lieben wir das wir doch solten hassen:
Dann kömpt es / daß der HERR / diß Schrecken in vns jagt /
Dann kömpt es / daß er vns mit solchem Jammer plagt.
Drumb sind die Felder jetzt gantz weiß von Todten-Beinen[22] /
Drumb hört man vberall Brand / Mordgeschrey vnnd Weynen /
Drumb sind zugleiche wir vnd vnser schönes Land
Deß Feindes Tyranney gegeben in die Hand.
Doch wird der grosse Zorn nicht nun vnd ewig wären;
Er wird sich widerumb gar gnädig zu vns kehren /
Der Vatter seiner[23] Schar: Nicht einen den Er liebt /
Den läßt Er vngestrafft vnd allzeit vnbetrübt.
So lange dir es hat nach deinem Wundsch ergangen /
So lange hastu auch noch niemals angefangen
Ein rechtes Gottes-Kind / ein rechter Christ zuseyn /
Creutz / Vnglück / Angst vnd Qual ist vnser Prüfestein.
So ist der Frommen Feind der Teuffel auch nicht stille /
Sucht allzeit / wie er sich vnd seinen Haß erfülle /
Macht Gruben in den Weg / hebt Groll vnnd Streiten an /
Stößt Ruh vnd Frieden vmb / thut alles / was er kan /

20. Enthemmt.
21. *E*; lang *D*.
22. *E*; Toden Beinen *D*.
23. *E*; seine *D*.

Sieht / wie er wider vns den gantzen Ruͤstzeug bringet.[23a]
Als wie ein Rosenknopff[24] von Doͤrnern ist vmbringet /
Gepresset vnd gedruͤckt / so muß die Kirche stehn /
So pflegt sie zwischen Noht vnd Truͤbsal auffzugehn.
GOtt wil vns also auch die rechte Strasse lehren /
Die Suͤnden abzuthun / den Glauben zuvermehren /
Zu werden new vnd rein: Bey Frewden / Lust / vnnd Ruh
Verdirbt der Ehren Lob / die Laster nehmen zu.
Wann alles vmb vns scheint[24a] / geht / wie wir vns gedencken /
So schlaͤgt man auß der Art / so pflegt man sich zulencken /
Koͤmpt auff die breite Bahn die zu der Wollust traͤgt /
Vnd Vppigkeit fuͤr Zucht / fuͤr Tugend Laster hegt.
Ein Pferd das jmmerzu bey vollem Futter stehet /
Das nie geritten wird / nie an dem Wagen gehet /
Wird wilde / beißt vnd schlaͤgt / traͤgt keinen Reuter nicht:
So reißt der Mensch auch auß / wann jhn der Haber sticht.
Das Gute waͤchst durch Noht: Ein Quell das stille stehet /
Das nie geraͤumet wird / verstopfft sich vnd zergehet /
Wird Schlamm vnd fauler Koht: Je mehr es wird geruͤhrt /
Je groͤsser wird sein Fluß / je klaͤrer auch gespuͤhrt.
Es ist der Kirchen Art / ja auch die Art der Heyden:
Durch Arbeit / Zwang vnnd Trang / durch Leyden vnd durch Meyden
Steigt jederman empor: durch jmmer gluͤcklich seyn
Schleicht vnser Vntergang / mit boͤsen Sitten eyn.
So kunte Cyrus nicht die Sarder besser straffen
Als nur durch diß Gebott / sie solten bloß mit Schlaffen /
Mit freyer Gasterey / mit Spiel vnd Froͤlichkeit /
Mit Tantzen vnd mit Lust bestatten jhre Zeit.
Der Roͤmer grosses Lob hat schoͤner nie geglissen[25] /
Als wie sie Krieg gefuͤhrt / sich Ritterlich geschmissen[26] /

23a. *E*; bringet *D*.
24. Rosenknospe.
24a. glänzt.
25. gegleißt.
26. geschlagen.

Wie alles alber[27] war / wie jhre Weißheit noch
Nach alter Måssigkeit / nach Brey[28] vnd Knobloch roch:
Alsdann stund alles wol: Die vnverzagte Jugend /
Die Blum vnnd Zier der Statt gieng aller Krieges Tugend /
Gieng Rhum vnd Ehren nach: ein wolgebutztes Pferd /
Ein Kůriß vnd sein Helm / ein Schild vnnd scharffes Schwerd
War jhnen weit mehr lieb / war mehr in jhren Augen /
Als Huren / die das Gelt vnd Kråfften auß vns saugen /
Als Schwelgerey vnd Wein / als Worte voller Pracht /
Als Fluchen vnd Geschrey das keinen Krieger macht.
Da ward Sicilien in jhre Macht verbunden /
Carthago außgebrandt / Corinthus vberwunden /
Numantia zersto̊rt; kein Feind / kein Schrecken kam /
Das jhnen jhren Muht vnd hohe Sinnen nam.
Da ließ sich Mutius[29] / da ließ sich Cocles[30] blicken /
Da hielt Fabritius[31] der gantzen Statt den Růcken;
Da tratt Camillus[32] auff / schlug die Frantzosen auß,
Da ståckte Mutius die Hand nicht ohne Grauß
Deß Feindes in die Glut: Kein Ort war jhnen gleiche /
Es hieß nur alles Rom / es gieng in jhrem Reiche
Zu Abend in die See der gůlden Sonnen Lauff /
Vnd stund zu Morgen auch in jhrer Herrschafft auff.
Was nun die grosse Statt durch Schweiß vnd Blut erworben /
Das ist hernach durch Glůck vnd Wollust gantz verdorben:
Dann wie kein Hannibal nicht mehr verhanden war /
Wie alles stille lag vnd sicher fůr Gefahr /
Da musten endlich sie mit jhren Lastern kriegen:
Die keinem zuvorhin nicht konten vnter ligen /

27. einfach, schlicht.

28. *E*; Bley *D*.

29. M. Scaevola wurde bei einem Anschlag auf den König Porsenna gefangen; er ließ sich beim Verhör eher die rechte Hand verbrennen, als Verrat zu begehen.

30. Horatius Cocles verteidigte die Tiberbrücke gegen die Etrusker.

31. römischer Feldherr gegen Pyrrhus von Epirus; Urbild römischer Rechtlichkeit.

32. Eroberer von Veji; er besiegte 390 v. Chr. die Gallier an der Allia

Verhiengen[33] vber sich den Sůnden jhren Zaum /
Vnd gaben falscher Lust vnd Vppigkeiten Raum.
Da durffte[34] Marius vnd Cinna[35] sich erregen /
Da durffte Cesar Rom zu seinen Fůssen legen:
Die Statt / so alles zwang / so allzeit vnverzagt /
Ward durch den Ehrgeitz zahm / ward jhres Bůrgers Magd.
Die Statt die aller Welt fůr diesem vorgeschrieben /
Vollbrachte was hernach jhm einer ließ belieben.
Es halff kein Cicero / noch tausend Zungen Schar;
Es halff kein Cato zu / wie sawer er auch war.
Die Freyheit gieng nur fort: Nun dieser wird erstochen /
Bezahlet mit der Haut; nicht aber vngerochen:
Octavius wacht auff / vnd nimpt sich seiner an /
Macht was noch ledig ist jhm vollend vnterthan.
Da ward[36] kein Scipio[37] / kein Fabius[38] gehőret /
Kein Bůrgermeister mehr / noch Rahtesherr geehret.
Da war kein Cassius / kein Brutus[39] in der Statt /
Der feindlicher Gewalt frey vnter Augen tratt.
An Tugend statt kam Mord / Neid / List vnnd Hofepossen:
Wie sich Tiberius im Hurenhaus' entschlossen /
Was Claudius befahl / was Nero / was das Schwein
Domitianus hieß / das ließ man Amen seyn.
So hat die schőne Statt zusehend abgenommen /
Vnd ist je mehr vnd mehr biß auff die Neige kommen:
Die sonst in Leydenszeit den Wolcken gleiche stund /
Sanck in der Wolfahrt hin in aller Schanden Grund.
Es ward nach Gottesdienst jetzt weiter nicht gefraget /
Der Raub der gantzen Welt ward vbel durchgejaget.

33. Ließen locker.
34. *E*; dűrffte *D*.
35. die Führer der Volkspartei in Rom um 100 v. Chr.
36. *E*; war *D*.
37. der Sieger über Hannibal bei Zama.
38. der »Cunctator« (Zauderer); römischer Feldherr und Diktator im 2. Punischen Krieg.
39. die Caesarmörder.

Es muste die Natur gantz werden vmbgewand /
Auß Thålern Berg gemacht / auß Bergen glattes Land.
Was wir zu dieser Zeit gar vbel glauben ko̊nnen /
Das durfft' ein schlechter Mann durch Vbermuht beginnen:
Kein Laster war zu groß: zwey Tonnen Goldeswerth /
Vnd mehr / ward durch ein Weib auff einen Trunck verzehrt.
Diß thut der Vberfluß. Was wil man aber sagen
Von sachen / welche sich mit Heyden zugetragen?
Ob billich wol ein Christ jhm diese gantze Welt /
Vnd aller Vo̊lcker Heer fůr seinen Spiegel helt.
Der edle grosse Mann von Isai geboren[40] /
Zum Ko̊nig' Israel vom Himmel selbst erkoren /
Wie wird er zum Gebett' vnd Andacht angeregt /
Als GOtt jhn wegen Mord vnnd schno̊der Vnzucht schlågt?
HERR / spricht er / wasche mich von meinen Missethaten[41]:
Ich muß es nur gestehn: Ich bin zu sehr gerahten
In schwårer Sůnden wust[42]; Es ist von mir gethan /
Was dir zugegen låufft / vnd ich nicht långnen kan.
Ich bin in Vbelthat empfangen vnd erzeuget /
Es hat die Mutter mich mit Sůndenmilch gesåuget.
Du hast die Warheit lieb / vnd bist den Lůgen feind /
Du weissest alles wol / wie sehr man es verneint.
So scheine mir nun zu mit deiner Gnadensonne /
Laß den zerknirschten Geist empfinden Frewd vnd Wonne.
Nimb mich doch wider an / erquicke mein Gebein /
Heb meine Glieder auff die gantz zerschlagen seyn.
Laß nicht dein Angesicht auff meine Sůnden schawen;
Gib mir ein newes Hertz / ein newes Zuvertrawen.
Verwirff nicht deinen Knecht / verstoß mich nicht von dir:
Laß deinen guten Geist mich tro̊sten fůr vnd fůr.
Vnd wie die Worte sind. So[43] heisset Notturfft betten /
So heisset Vnglůck vns fůr Gottes Augen tretten /

40. David.
41. Vgl. Psalm 51 auch für die folgenden Verse.
42. *E*; Sůndenwust *D*.
43. *E*; sind So *D*.

Den Himmel anzusehn / auff den man wenig sieht /
An den man wenig denckt / wann alles grůnt vnd blůht.
Diß / was versehrt das lehrt: Je mehr man Saffran reibet /
Je stårcker schmåckt er auch: Je mehr man Tugend treibet /
Je ho̊her schlågt sie auß: Die Widerwertigkeit
Sol / wie ein Fechtplan[43a] seyn / vnd wie ein ståter streit /
In welchem Gott vns zeigt / wie / vnd mit was fůr Wegen
Vns můglich sey die Macht der Sůnden zuerlegen /
Wie wir der Seelen Feind[44] bestehen nach Gebůhr /
Vnd kommen dann mit Ruhm / Ehr vnd Triumph herfůr.
Es můssen vber diß der Kirchen Qual vnd Plagen
Ein klares Zeugnůß seyn / es sey nach diesen Tagen /
Ein Tag der gro̊sser ist / da diese gantze Welt
Dem Richter vber vns / wird werden fůrgestelt.
O wol dann dem / so hier auff Christus Wort ist kommen /
Gedůltig seine Last / die sanffte Last / genommen!
Wer dieses Joch ertrågt / der sieget vnd besteht:
Wer jetzt nicht ho̊ret: Kompt / wird endlich ho̊ren: Geht.
O wol dem / welchen Gott hier / als ein Vatter quelet /
Der wird hernach gantz frey / gantz quit vnd loß gezehlet[44a]!
Den Gott mit Trewen meynt / den er von Hertzen liebt /
Wird von den Bo̊sen hier gepresset vnd betrůbt.
Die jetzt mit Sicherheit im Rosengarten sitzen /
Die werden anderswo mit schrecken můssen schwitzen.
Wer hier der Christen Schar / durch Schwerd vnnd Fewer jagt /
Wird kůnfftig durch den Wurm der nimmer stirbt / genagt.
So sol die Welt auch sehn / das keine Noht vnd Leyden /
Daß keine Tyranney GOtt vnd sein Volck kan scheyden /
Vnd daß ein solcher Mensch / der die Gewissen zwingt /
Vergeblich vnd vmbsonst die Můh vnd Zeit verbringt;
Daß wir fůr vnser Maul kein Blat nicht důrffen nehmen /
Daß wir fůr keinem vns nicht schewen / oder schåmen /

43a. Fechtplatz.
44. *E*; Seelenfeind *D*.
44a. loß zählen: absolvere.

Er sey auch / wer er wil; daß vnsers Hertzen Grund
Nicht falsch / nicht anders sey / als etwan Red' vnnd Mund.
Kein Wůrgen / keine Schlacht / kein Martern vnnd kein Pressen
Zwingt vns der Frŏmmigkeit vnd Gottes zu vergessen.
Der Zweck der Christenheit muß Gottes Name seyn /
Nicht Eytelkeit der Welt / nicht eusserlicher schein
Vnd gleissend Heucheley: Wir mŭssen kundbar machen /
Daß Christen Noht vnd Tod verhŏnen vnd verlachen;
Wir mŭssen lassen sehn gantz richtig / klar vnd frey /
Daß die Religion kein Råubermantel sey /
Kein falscher Vmbhang nicht. Was macht doch jhr Tyrannen?
Was hilfft / was nutzet euch das Martern / das Verbannen /
Schwerd / Fewer / Galgen / Radt? Gezwungen Werck zerbricht:
Gewalt macht keinen fromm / macht keinen Christen nicht.
Es ist ja nichts so frey / nichts also vngetrungen /
Als wol der Gottesdienst: so bald er wird erzwungen /
So ist er nur ein Schein / ein holer falscher Thon:
Gut von sich selber thun das heist Religion /
Das ist Gott angenehm. Laßt Ketzer / Ketzer bleiben /
Vnd glaubet jhr fůr euch: Begehrt sie nicht zu treiben.
Geheissen[45] willig seyn ist plŏtzlich vmbgewandt /
Trew die auß Furchte kŏmpt hat mißlichen Bestand.
Ein Mensch kan seinen Sinn wol fůr den andern schliessen:
Der Glauben liget tieff. Gott kennet die Gewissen /
Sucht alle Nieren durch / sieht aller Hertzen Raht /
Vnd weiß / was ich vnd du / vnd der verschuldet hat.
Mehr sollen Christen nicht / wo daß sie Christen heissen /
Vnd in der Warheit sind / von Hertzen sich befleissen
Zutragen jhre Noht / wie jhr HERR Christus trug /
Da jhn deß Vatters Grimm von vnsert wegen schlug.[45a]
Das Lamb / das reine Lamb von Anbegin geschlachtet /
Der Fůrst der Seligkeit / hat seiner nicht geachtet /

45. Auf Befehl, gezwungenermaßen.
45a. *E*; schlug? *D*.

Hat willig vber sich genommen frembde Schuld /
Mit Liebe / Nidrigkeit / Gehorsam vnd Gedult.
Deß wahren Gottes Sohn / der Gott von allen Zeiten /
Der auff der hohen Lufft vnd Wolcken pflegt zureiten /
Der Wasser / See vnnd Meer vmbgreifft mit seiner Hand /
Die grossen Huͤgel wiegt / den Himmel vberspannt /
Der kam zu vns herab / ward Mensch der Menschen willen /
Deß Vatters grossen Zorn / der vns betraff zustillen;
Nam auff sich Hunger / [46] Durst / Frost / Hitze / Schmach vnd Spott /
Stund alle Marter auß / gieng endlich in den Todt.
Der Koͤnig aller Welt sich mit Doͤrnern croͤnen;
Fuͤr dem die Erde bebt / ließ schimpfflich sich verhoͤhnen;
Durch den die Sonne sieht der ward als blind verdeckt /
Der vnbegreifflich ist / ward an das Holtz gestreckt.
Den aller Engel Schar mit jhren Stimmen ehren /
Der muste Schimpff vnd Hohn der Laͤstermaͤuler hoͤren;
Der Plitz vnd Donner schickt der ward nur außgelacht /
Der Tod vnd Leben gibt / ward schaͤndlich vmbgebracht.
Sein Haar war voller Blut / der Ruͤcken voller Striemen /
Die Haͤnde blaw vnnd schwartz durch Zwang der harten Riemen:
Kein Glied ist nicht an jhm das nicht gelitten hat;
Die Zunge schließ ich auß / mit der Er fuͤr vns bat.
Hier vnser Creutz ist schlecht / vnd wegen Suͤnd' vnd Schanden;
Der nichts verschuldet hat / hat mehr noch außgestanden /
Mehr Qual vnd Pein gehabt / als jemand leyden kan /
Vnd seinen Mund doch nicht dargegen auffgethan.
Er muß der Spiegel seyn in den wir schawen sollen /
Wo daß wir nach der Zeit auch mit jhm herrschen wollen.
Wer Christus Ebenbild zu werden nicht begehrt /
Wer jhm nicht folgen wil / ist seiner auch nicht werth.
Der Kirchen Eygenschafft ist dulden hier auff Erden;
Jhr Acker muß durch Blut der Frommen faiste werden:

46. *E*; Hunger *D*.

Jhr allererster Grund ist Morden / Blut vnd Pein /
Jhr Fortgang der ist Blut / Blut wird jhr Ende seyn.
Vnd letzlich můssen wir durch dieses Mittel schawen
Daß Gott sey vnser Schild / daß vnser Zuvertrawen /
Allein auff jhm beruht / daß er die seinen liebt /
Daß er bey jhnen ist / vnd trewe Hůlffe giebt.
Ach! lasse niemand doch so schåndlich sich betriegen /
Er wolle fůr gewiß durch Menschen-Beystand siegen.
Wann alles lustig steht / sind Freunde mannigfalt;
Kömpt nur ein kleiner Wind / so wird die Liebe kalt.
Da fållt viel Kummer fůr / da hat man sehr zu fragen /
Wie dieses / vnd wie das sich habe zugetragen;
Da geht es langsam her / eh' als man retten wil.
Wie jener arme Tropff / der in den Brunnen fiel /
Solt' erst / wie sich es doch verlauffen / Antwort geben /
Vnd stund biß an den Halß / trug Sorge fůr sein Leben:
Ach mein Freund / rieff er / schawt / vnd springt mir jetzund bey /
Hernach fragt / wie der Fall doch zugegangen sey.
Hilfft aber jemand ja / so ist doch sein Vermögen
Viel minder noch als nichts / wann Gott nicht ist zugegen /
Vnd jhm den Růcken helt: Der Mensch ist nur ein Raub
Der nimmer stillen Zeit / ist Asche / Koht vnd Staub;
Sein wehren bawt doch nichts; die Krafft der Menschen Hånde /
Vnd auch der Mensch mit jhr / låufft stůndlich zu dem Ende
Das allen ist bestimmt. Drumb setzt vns Gott so zu /
Auff daß man sehen sol / daß er vns Vorschub thu /
Wo Menschen Rettung fehlt / vnd alle von vns lauffen;
Daß er allein vns schůtzt / steht fůr den kleinen Hauffen /
Fengt Spieß vnd Degen auf; daß kein feind weiter kömpt
Als wo er jhm sein Maß vnd letztes Ziel bestimmt.
Wir dichten[47] Tag vnd Nacht / wir jagen[48] / lauffen / traben /
Wir brauchen grossen Fleiß / mit schantzen / bawen / graben /

47. setzen ins Werk, schaffen.
48. *E*; wie jagen *D*.

Wir nehmen hier vnd da / die besten Vortheil ein /
Jetzt dünckt vns dieser Ort / jetzt jener besser seyn.
Da ligt das Dorff nicht gut / da steht der Wald im Wege /
Auß Sorge / daß der Feind sich nicht darhinter lege:
Man krieget diß vnd das wol durch Verrähterey;
Wer fragt / ob Kriegeskunst List[49] oder Tugend sey?
O arme Creatur / mit deinem viel Erfahren /
Mit deiner Embsigkeit! Der Fürst der Himmelsscharen /
Der Wagen Israels sitzt vber vns vnd lacht /
Sieht auff den Erdenkreiß; Jhn jammert deiner Macht
Vnd viel zu schwachen Krafft. Nach allem Thun vnnd Rennen /
Auff so viel Schweiß vnd Blut / da muß man doch erkennen /
Daß aller Menschen Witz / daß alle Macht der Welt
Nichts sey / als Kinderwerck; daß er den Platz behelt.
Laß kommen Pharaon mit seinen Reutereyen /
Laß alle Teuffel auß / laß Pfeil vnd Kugeln schneyen:
Wann Raht vnd That erligt / wann alles ist gethan /
Kömpt Gott doch in das Spiel / vnd nimbt sich vnsrer an.
Er nimbt sich vnsrer an / Er wird sein Volck erhören /
Wird schlagen die / so vns vnd jhn in vns / versehren /
Wird darthun / daß doch der / so vns jetzt thut Verdruß /
Hier zeitlich / vnd hernach dort ewig büssen muß.

Ende deß ersten Buchs.

49. *E*; Kriegeskunst / List / *D*.

Trost-Gedichte In Widerwertigkeit Deß Kriegs:

Das Andere Buch.

Inhalt.

HIER hebet der Poet an zuerzehlen / wie jhm ein Mensch in dieser langwierigen Verfolgung deß Vatterlandes / die Trawrigkeit auß dem Gemůht solle schlagen: Vnd sagt erstlich / von der Go̊ttlichen Versehung: Es můsse so seyn / vnd wåre nur das beste / Gehorsam leysten / vnd bedencken: Wer der vber vns sey: Nåmlich / das jenige vnd ho̊chste Gut / von welchem alle Dinge zu gutem Ende gerichtet werden. Hernach leytet Er vns von der Eytelkeit dieser Welt / auff den Weg der Tugend / vnd lehret / wie ein Weiser Mann in aller Anfechtung vnd Gefahr / sicher vnd vnbewegt stehen ko̊nne.

BIßher nun sey der Krieg / vnd auch vmb wessen wegen
Er vnser Land betrifft: Jetzt / hilfft mir GOttes Segen /
  So wil ich weiter gehn auff dieser newen Bahn /
  Vnd zeigen / wie man sich hinwider tro̊sten kan.
Die scho̊ne Poesie / als die von oben kommen /
Vnnd auß dem Himmel selbst jhr erstes Quell genommen /
  Hat allzeit mir behagt: Ich trage freylich Gunst
  Von meiner Kindheit an zu dieser edlen Kunst:
Doch gleichwol kan vnd wil ich nimmermehr verneinen /
Es sey nicht gåntzlich nichts / was viel Gelehrte meynen;
  Sie wird von manchem kaum zum besten angelegt /
  Der als ein schådlichs Gifft vnnd Pest / sie bey sich trågt.
Poeten sollen mir Bericht von Weißheit geben /
Vnd sagen / wie ich doch in diesem armen Leben

Die bösen Lüsten fliehn / das Creutze tragen soll /
So sind sie Eytelkeit vnd falscher Meynung voll:
Hier sitzt der grosse Fürst Achilles der Vertrawten[1]
In jhrer zarten Schoß / spielt eines auff der Lauten /
Läßt Troja / Troja seyn / helt diese Schlacht für gut /
Die ohne Todes Angst den Feinden Abbruch thut.
Da fasset Jupiter[2] sein Weib bey jhren Füssen /
Vnd hänckt sie in die Lufft / deß Zornes Lust zubüssen.
Da steht der weise Mann Vlysses / seufftzt vnd klagt /
Er werde gar zu weit vom Vatter weg gejagt /
Vnd wolte gerne heim: Da ligt der Kern der Helden
Jhr starcker Hercules[3] / vnd fluchet / wie sie melden /
Auff seiner Frawen List / vnd das vergiffte Kleid
Durch das er sterben muß / weynt / seufftzet / heult vnnd schreyt.
O weg mit solcher Kunst / weg / weg / mit solchen Sachen /
So die Gemühter nur verzagt vnd Weibisch machen /
Die leichtlich / wie man wil durch der Gedichte Schein
Vnd eusserlichen Glantz zu vberreden seyn.
Ich lasse dieses mal die Zuckerworte bleiben /
Wil auf mein Teutsches hier von Teutscher Tugend schreiben /
Von Mannheit / welche steht; wil machen offenbar
Wie keiner vnter vns in Nöhten vnd Gefahr /
Die jetzt für Augen schwebt / so gäntzlich sey verlassen /
Daß er nicht widerumb ein Hertze solle fassen.[4]
Es ist noch Trost genug auff dieser weiten Welt /
Durch welchen sich ein Mann vnnd Christ zu frieden stellt /

1. Um Briseis war zwischen Agamemnon und Achill ein Streit entbrannt, der letzteren veranlaßte, dem Kampf um Troja fernzubleiben.

2. Vgl. Ilias XV, 20 ff.: Zur Strafe dafür, daß Hera den Herakles verfolgte (den Sohn des Zeus und der Alkmene), hing Zeus sie an den Füßen zwischen Himmel und Erde auf.

3. Deianara, die Herkules für untreu hielt, tränkte seine Kleider mit dem vergifteten Blut des Kentauren Nessos. Herkules litt so unerträgliche Qualen, daß er sich auf dem Berge Oita selbst verbrannte.

4. *E*; fassen *D*.

Laßt vns zuförderst doch erkennen vnd bedencken /
Wie diß darumb wir vns so grämen / martern / kräncken /
Nicht anders gehen muß; daß Gottes weiser Raht /
Der nicht zurücke weicht / es so geordnet hat.
Der GOtt von Ewigkeit sitzt auff deß Himmels Vesten /
Streckt seine starcke Hand von Osten biß in Westen;
Von seiner Weißheit Macht / die nimmer vnrecht wil /
Hat diese gantze Welt jhr Wesen / Lauff vnd Ziel.
Diß müssen wir gestehn: Kein Volck ist so verblendet /
Kein Land so gar[5] von Zucht vnd Erbarkeit gewendet /
So wild' vnd vngezähmt / das nicht erkennen kan
Es sey was vber vns dem alles vnterthan.
Sie müssen der Natur sich ja gefangen geben /
Wo daß[6] sie Vnterricht vnd Lehren widerstreben.
Wohin sie jmmer sehn / hoch / nidrig / nah' vnd weit /
Da ist ein Vberweiß[7] vnd Bild der Göttlichkeit.
Schawt jemand vber sich / da geht der Sonnen Wagen /
Kömpt weiter nicht herab den Monden zuverjagen
Von seiner kalten Bahn; Hier steht der weisse Bär[8] /
Helt seinen Platz vor sich[9] / fällt nimmer in das Meer.
Der schöne Lucifer[10] verkündigt vns den Morgen /
Vnd Hesperus[11] zeigt an / die Linderung der Sorgen
Die Nacht sey bey der Hand / die andern Sternen auch /
Die Augen in der Lufft / behalten den Gebrauch[12]
Nach dem sie biß jetzund von Anfang her gelauffen /
Gehn allzeit jhren Weg / vnd kommen nicht zu Hauffen /
Vnd werden nicht vermengt: Jhr Sitz wird nie verwand[13] /
Man spürt an jhnen nichts / als Ordnung vnd Bestand.

5. ganz.
6. Sofern.
7. Beweis.
8. das Sternbild des Bären.
9. Hält seinen Platz ein.
10. der Morgenstern (der Planet Venus, der am Morgen und am Abend am hellsten strahlt).
11. der Abendstern (Venus).
12. Gewohnheit.
13. weggewendet, verändert.

Nun wann wir weiter auch bey vns betrachten werden
Der Elementen Art; Lufft / Fewer / Wasser / Erden /
Wie naß vnd trucken sich / wie kalt vnd warm begehn[14] /
Da wird man der Natur Verbůndnůß[15] wol verstehn.
Auff daß wir auß der Lufft nun auch herunter steigen /
Wer kan den scho̊nen Lauff der Dinge doch verschweigen?
Was auß der Erden wåchst lebt durch der Wurtzel Safft /
Ein jedes hat sein Thun / ein jedes seine Krafft.
Schaw auch den Thieren zu / wie allesampt sich paaren /
Wie alle sind bedeckt mit Schuppen / Federn / Haaren:
Diß hat ein starckes Horn / diß einen scharffen Zahn /
Diß Klawen; jedes was / mit dem es fechten kan.
Diß kreucht / diß fleucht / diß schwimmt / diß geht auff seinen Fůssen;
Ein jedes kan der Speis' / als wie es sol geniessen.
Wer dieses ohngefåhr[16] / so zuzugehen spricht /
Der lebet ohngefåhr / hat seine Sinnen nicht.
Wann daß wir aber dann auch auff vns selber kommen /
Da ko̊nnen wir nicht fort / da můssen wir verstummen:
Deß Menschen scho̊ner Leib / sein himmlischer Verstand
Der zeigt auff Gottes Macht / wie gleichsam mit der Hand.
Diß ist das grosse Buch der armen blinden Heyden;
Wir Christen haben mehr: Wir ko̊nnen vns bescheyden[17]
Von Adams Zeiten her: Wir wissen auß der Schrifft
Was Gott / so viel ein Mensch zwar[18] wissen sol betrifft.
Was wollen wir dann nun vns wider jhn erheben /
Vnd seiner weisen Macht / Befehl vnd Ordnung geben?
Was kůmmern wir vns dann? Was klagen wir dann viel /
Weil GOtt / das ho̊chste Gut es also haben wil?

14. zusammengehen, sich vertragen.
15. Zusammenhang.
16. ohne Absicht, von selbst.
17. Bescheid holen, unterrichten.
18. urspr.: in Wahrheit (also nicht, wie heute, einräumend, sondern bekräftigend).

Was heisset trotzig seyn / vnd mit dem Himmel streiten /
Wie Mimas[19] vnd sein Volck gethan vor alten Zeiten /
Wann dieses nicht so heißt? Es hilfft doch kein Verdruß /
Am besten gerne thun: Dann wer nicht wil / der muß.
GOtt wil / sich außgesetzt[20] / nichts lassen jmmer waͤhren:
Es sol ein Wechsel seyn / es sol sich alles kehren:
Was war / was ist / was wird / hat seinen rechten Lauff:
Wann eines niderfaͤllt / so geht ein anders auff[21].
Wie Faͤulichkeit das Holtz / Rost Eisen pflegt zufressen /
So ist sein Zweck / Maß / Tag vnd Stunde zugemessen
Dem alles / was hier ist: Ein jedes Ort vnd Land /
Ein jedes Koͤnigreich hat seinen Stillestand[22].
Die Vrsach ist zwar auch in eusserlichen Wercken:
Wann Vntrew wird erregt / wann sich die Laster stercken /
Wann weiser Raht gebricht / wann frembdes Volck einschleicht /
Wan Obrigkeit von Art der alten Rechte weicht /
Vnd was noch weiter ist: Doch eygentlich zu schreiben /
Der erste Quell ist GOtt / der thut diß alles treiben /
Der stellet alles an / der hat ein jedes Haar
Der Menschen abgezehlt / geschweige Zeit vnd Jahr.
Er dancket Fuͤrsten ab / setzt ander'[23] an die Stelle:
Da hilfft nun nichts darfuͤr / wie sehr man wider belle[24] /
Wie seltzam man auch thu / wie offt man sage: Nein:
Es ist der alte Lauff / vnd wird auch noch so seyn.
Deß Himmels schoͤner Baw / muß wie ein Kleyd veralten /
Kan seine Zierlichkeit nicht jmmerzu behalten /
Das Firmament gibt nach / vnd vnsrer Erden Kreiß
Nimpt ab je[25] mehr vnd mehr / wird wie ein alter Greiß.

19. Gigant, der sich gegen die olympischen Götter auflehnte, von Zeus oder Ares erschlagen und unter der Insel Prochyta bei Sizilien begraben wurde (vgl. Horaz, Oden III, 4, 53).
20. sich selber ausgenommen.
21. beginnt.
22. Ende.
23. *E*; ander *D*.
24. dagegen sich empört.
25. noch wie mhd.: immer.

Hoch / nidrig / klein vnd groß wird alles fortgerissen /
Kein Regiment / kein Stand vermag sich außzuschliessen /
 Wie pråchtig er auch ist / wie håfftig er sich wehrt:
 Die Ståtte fallen vmb / kein Stein bleibt vnverhert.
Wo ist der Perser Krafft? wo ist die Macht der Griechen?
Wo ist doch jhr Athen / wo Sparta hin gewichen?
 Wo manches edles Reich vnd altes Regiment?
 Ach Gott! sie werden kaum in Bůchern noch genennt.
Wo sind die Wunderwerck' in solcher Pracht gebawet /
Daß einem / welcher sie betrachtet gleichsam grawet?
 Stehn alle Pfeiler noch? Wo ist die schône Grufft[26] /
 So Artemisia erhôhet in die Lufft?
Hat der Dianen Kirch'[27] auch ewig môgen tawren?
Wo ist doch Babylon mit jhren dicken Mawren?
 Wo ist das grosse Bild der Sonnen zu Rhodis[28] /
 Das seinen Daumen auch gar kaum vmbklafftern[29] ließ?
Wo ist der Jupiter[30] den Phidias gegossen?
Hat Cyrus[31] noch sein Hauß[32]? Sie sind / wie Schnee verflossen /
 Auff den zu Frůhlingszeit die heisse Sonne fållt.
 Sie wusten nicht wohin / sie brachten Gold vnd Gelt
Tieff auß der Erden her / vnd schmierten es mit menge
Auch widerumb darauff: diß Wesen[33] war zu enge /
 Sie hinderten der Lufft fast jhren Tageschein /
 Der Himmel schiene selbst fůr sie zu nidrig seyn.
Jetzt ist die hohe Pracht / so die Natur verworren /
Vnd jhre Zier beschåmt / der Erden gleich geschorren[34].

26. Das »Mausoleum« von Halikarnaß, das Artemisia für ihren Gatten, den König Mausolos, erbauen ließ.

27. der Artemis-Tempel in Ephesus, wie das Mausoleum, der Koloß von Rhodos und das Zeus-Standbild des Phidias eines der sieben Weltwunder der Alten Welt.

28. der Koloß von Rhodos.

29. mit den Armen umspannen.

30. die Zeus-Statue des Phidias (5. Jh. v. Chr.) im Tempel von Olympia.

31. der Begründer des persischen Weltreichs.

32. wohl die Königsburg von Babylon.

33. Treiben.

34. von scharren: der Erde gleichgemacht.

Wo dieser Hoffart vor kein Mensch noch Thier genaß[35] /
Da weydet man nun Vieh / da wåchset Laub vnd Graß.
Wo ist das schône Rom / dem nichts auff Erden gleiche /
Nichts nåchst gefunden ward / die Gôttin aller Reiche /
Der Außzug[36] der Natur / das Haupt der gantzen Welt?
Jhr Aaß ist noch zusehn / sie selber ist gefållt.
Wo ist jhr grosser Stoltz / wo sind die Wassergånge?
Wo sind die Gassen doch / so vnerhôrter Långe?
Das Capitolium / die Tempel allzumal /
Vier hundert / wie man sagt / vnnd mehr noch an der Zahl?
Wo Fabius[37] vorhin / wo Scipio[38] gegangen /
Wo Julius[39] den Raub der Vôlcker auffgehangen /
Wo Cicero der Faust mit Worten widerstrebt /
Wo Maro[40] / wo sein Fůrst Octavius[41] gelebt /
Wo mancher thewrer Held / wo so viel hohe Seelen
Erzogen vnd geborn / da sind jetzt alte Hôlen /
Da ist jetzt Mord vnd Raub[42]. Jhr Kôniglicher Raht[43] /
Vnd sie darzu ist hin die vberreiche Statt;
Jhr Wesen hat mit jhr nur můssen gantz verschwinden /
Die Laster nehm' ich auß / die sind noch da zufinden /
So viel man jhrer wil; dann auch die alte Schaar
Wird noch auff diesen Tag vermehret Jahr auff Jahr.
Nichts ist so vberhoch da nicht das Glůck[44] hin reiche
Mit seiner langen Hand; Das Schwerd macht offters gleiche /
Die schon nicht gleiche sind: Das gantze Vatterland
Steht mehrmals[45] besser nicht / als in gewehrter Hand.

35. sich davor rettete.
36. *E*; Außgang *D*. – Quintessenz, Inbegriff.
37. der »Cunctator« (Zauderer), römischer Feldherr und Diktator gegen Hannibal im 2. Punischen Krieg.
38. s. o.: der ältere Scipio, der Besieger Hannibals.
39. Caesar.
40. Vergil.
41. der Kaiser Augustus.
42. *E*; Kaub *D*.
43. der Senat.
44. hier noch ambivalent: Schicksal.
45. oft.

Der Krieg ist Gottes Zeug[46] / mit welchem er zertrette /
Was nicht mehr stehen sol; die allerbesten Ståtte
Sind / wie ein grosser Baum der wåchset lange Zeit /
Vnd wird auff einen Tag hernachmals abgemeyt[47].
So muste Tyrus[48] auch gantz eingeåschert werden /
So ward Jerusalem geleget auff die Erden /
Die GOtt sonst liebe Statt / sein außerwehltes Hauß;
So ist kein Platz so gut er hat noch endlich auß[49].
Was wollen wir vns dann von dessentwegen gråmen
So andern widerfåhrt / vnd der Natur vns schåmen?
Die Welt kan nicht bestehn / die Lånder nicht in jhr /
In Låndern keine Statt / in keinen Ståtten wir.
Das Feld wird durch das Jahr begabt mit reichem Segen /
Auch widerumb verdeckt durch Kålte / Frost vnd Regen:
Der Himmel giebet vns deß scho̊nen Tages Pracht /
Er bringt hergegen auch die schwartze trůbe Nacht.
Zu Zeiten ligt die See gantz stille / glatt vnd eben /
Zu Zeiten pflegt sie sich mit Wellen zu erheben /
Zu stůrmen in die Lufft: Wie dann begehren wir /
Daß vns das gute Glůck ersehe[50] fůr vnd fůr?
Diß ist sein altes Thun; Es steht auff einem Rade:
Was newlich oben war / erfůllt mit Gunst vnd Gnade /
Das ist jetzt vnten an / vnd was vor vnten war /
Das steht jetzt oben auff / ist ausser der Gefahr.
Vermeynestu / du seyst nicht glůckhafft dieser Stunden /
Weil das / was glůcklich war / ist allbereyt verschwunden /
So meyne gleichfals nicht du seyst jetzund in Pein /
Weil das / was schmertzlich ist / auch muß fůrůber seyn.
Deß Winters Sonnenglantz / deß Mondes stillestehen /
Deß Sommers kůhler Wind pflegt eylends zuvergehen /

46. Gerät, Werkzeug.
47. abgemäht, gefällt.
48. Stadt in Phönikien.
49. geht verloren, hat seine Rolle ausgespielt.
50. ausersehe.

Viel eher noch das Glůck / als wie ein Weibesbild /
Die jhres Fleisches Lust bald hier vnd da bald stillt /
Begehrt den der sie haßt / vnd haßt der sie begehret /
Liebt keinen jmmerfort; So wird es auch verkehret /
Schlågt Augenblicklich vmb. Es ist der Lauff der Welt /
Diß fållt vnd jenes steigt / diß steigt vnd jenes fållt.
Die auff dem Schiffe sind / sie schlaffen oder wachen /
Sie gehen oder stehn / sie machen / was sie machen /
Fůhrt doch der Wind sie fort: Wer hier zu Schiffe geht /
Muß folgen der Natur die nimmer stille steht.
Viel besser ist es ja sich beugen / als zerbrechen /
Es heisset[51] nårrisch thun an Gott sich wollen rechen.
Ist auch ein kluger Mensch der nicht der Psiller[52] lacht /
Die / wie man lesen kan / sich an den Sudt[53] gemacht /
Dieweil er vmb jhr Land vnd Gegend / hårter bliesse /
Als jhnen gut vnd lieb? Sie nehmen Schild vnd Spiesse /
Vnd auff das Vfer zu; da kômpt ein Sturm daher /
Bedeckt das tolle Volck durch Sand vnnd wůstes Meer.
Was ist deß Menschen Macht vnd seine grosse Thaten?
Ein Ståublin: Was sein Liecht?[54] Ein Traum von einem Schatten.
Sein Geist? Ein blosser Rauch: Sein Leben? Můh vnd Leid:
Er selbst deß Glůckes Spiel / ein Raub der schnellen Zeit /
Deß Wanckelmuhtes Bild: das andre Schleim vnnd Galle /
Geboren / daß er hier in Vngewißheit walle /
In Zwang vnd Kummer sey. Das Thier / das edle Thier /
Das alle Thiere zwingt / der Erden Lob vnd Zier /
Kômpt bloß vnd arm hieher: Sein erstes Thun ist Zagen /
Ist grosse Důrfftigkeit / ist Weynen / Noht vnd Klagen.
Die andern Thiere zwar kennt jedes seine Krafft /
Vnd weiß auch von Natur von seiner Eygenschafft;

51. *E*; heischet *D*.

52. Sagenhaftes Volk in Libyen; der Südwind trocknete ihre Zisternen aus; daher unternahmen die Psyller einen Feldzug gegen ihn, doch der Südwind begrub sie mit Wüstensand (Herodot IV, 173).

53. Südwind.

54. *E*; Liecht: *D*.

Der Mensch allein jhr Haupt vnd Herr so vieler Sachen
Muß alles / was er thut von andern lernen machen /
Vnd daß er jßt vnd trinckt / redt / sitzt / steht / geht vnd ligt /
Kômpt nur durch Vntericht; schlâfft auch nicht vngewiegt;
Kan nichts nicht von sich selbst / das Weynen außgenommen;
Wird / alsobald er nur auß Mutterleibe kommen /
Gefangen vnd gepreßt / geknûpfft an Hand vnd Fuß:
Sein Anfang der ist Qual / vnd Qual ist sein Beschluß.
Wie thôricht handeln dann die jhnen lassen grawen
Fûr dem / was Menschlich ist / die nicht zurûcke schawen /
Was sie doch selber sind / vnd leben Furchte[55] voll
Fûr dem / was keiner nicht vermeyden kan noch soll.
Wer seine Zuversicht dem Wesen[56] hat ergeben /
Das nur den Leib betrifft / der kan nicht ruhig leben /
Der muß in ângsten stehn. Kein Glûck ist also frey
In dem nicht etwas noch von Angst vnd Kummer sey:
Man findet allzeit was das man nicht haben wolte /
Vnd allzeit mangelt was das nicht gebrechen solte.
Was ist das schnôde Gelt? Was bringt es vor Gewinn?
Raubts nicht / wer stârcker ist dem Schwachen allzeit hin?
Vermag es mir den Durst vnd Hunger auch zustillen?
Vermag es mich vor Frost vnd Kâlte zuverhûllen?
Ja / sagstu / gib nur Gelt / so wird auch wol gethan /
Daß Hunger / Durst vnd Frost vertrieben werden kan.
Wol gut / ich kan so Raht[57] fûr meine Notturfft finden;
Sie aber selbst vermag ich nicht zu vberwinden;
Sie fordert allzeit was / jhr Glûck ist nimmer gar /
Jhr Geitz[58] hôrt nimmer auff / jetzt mangelt hier / jetzt dar.
Gib einem so viel Land / als hundert Ochsen pflûgen /
So viel ein Habicht jhm[59] getrawt zu vberfliegen

55. Genitiv.

56. allg. Bezeichnung eines (meist komplexen) Gegenstandes oder Sachverhaltes.

57. Abhilfe.

58. Gier.

59. sich.

Auff einen Sommertag: Gib einem so viel Gelt /
Als Spanien bißher bringt auß der newen Welt;
Doch wirstu jhm die Lust zumehren nicht erwehren;
Je mehr er haben wird / je mehr er wird begehren.
Ist schon das Armuht weg / so bleibt doch die Begier:
Bin sonst ich auch betruͤbt / kein Reichthumb[60] hilfft darfuͤr.
Laß einen krancken Mann in Seid' vnd Sammet liegen /
Haͤng' allen Schmuck vmb jhn / daß sich die Stollen[61] biegen /
Er bleibt doch siech vnnd schwach: So einen krancken Muht /
Ein Hertze voller Pein / macht Gold vnd Gelt nicht gut.
So ist es gleichfals auch beschaffen mit den Ehren:
Kan auch ein hohes Ampt mir meine Tugend mehren?
Wird meiner Laster Zahl durch Wuͤrden zugedeckt?
Macht Hochheit einen fromm? Wird Cato[62] auch erschreckt
Vmb daß Vatinius[63] / der Abschaum aller Thoren /
Ins Buͤrgermeister-Ampt fuͤr jhm wird außerkohren /
Vnd sitzet oben an? Der Glantz der Herrlichkeit
Ist nur ein blosser Glantz vnd ein Betrug der Zeit:
Er wird viel leichter noch gefunden / als behalten /
Wann er gefunden ist; die Gunst kan bald erkalten
Von der er hergeruͤhrt. Wer darauff Hoffnung setzt /
Vergleicht sich dem der Glaß fuͤr gantz bestaͤndig schaͤtzt.
Nun grosser Herren Macht / wie bald wird die verkuͤrtzet?
Sie werden offtermals gantz ploͤtzlich abgestuͤrtzet
Von jhrer Majestaͤt: Wie hoch jhr Sitz auch sey /
So ist er dennoch nicht von Angst vnd Sorgen frey.
Wie nichtig ist doch auch den Adels Namen fuͤhren?
Ist dieses nicht sich nur mit frembden Federn zieren?
Wann Adel einig heist von Eltern Edel seyn /
So butzet mich herauß ein angeerbter Schein /

60. *E*; Keichthumb *D*.

61. Stützen, Pfeiler.

62. Der durch seine Unbestechlichkeit und Sittenstrenge berühmte Gegner Caesars.

63. Parteigänger Caesars, der 55 v. Chr. mit Hilfe von Gewalt statt Cato zum Praetor gewählt wurde.

Vnd ich bin / der ich bin. Kan gleich von vielen Zeiten
Dein Stamm bewiesen seyn / vnd dir zu beyden Seiten
Kein Wappen an der Zahl / kein blancker Helm[64] gebricht /
Du aber bist ein Stock[65] / so hilfft die Abkunfft[66] nicht.
Was sol ich ferner nun auch von der Wollust sagen?
Ist nicht jhr Anbeginn voll Furchte[67] / Leyd vnd Zagen /
Jhr Ende voller Rew? Was kömpt nicht vor Beschwer
Vor Siechheit / Qual vnnd Pein / von jhrer Vbung her?
Bringt sie auch grosse Lust / wie wir zumeynen pflegen /
So sind die Thiere weit den Menschen vberlegen /
Die bloß auff Geylichkeit[68] vnd Leibeswartung gehn /
Vnd allesampt sich sonst auff anders nichts verstehn
So ist ja also klar / daß nichts von diesen Dingen[69]
Mir rechte Sicherheit vnd Ruh vermag zubringen:
Sie haben nicht Bestand / sind vber vnser Recht[70] /
Vnd welcher sie beherrscht der ist deß Glückes Knecht.
Kein Kluger liebt ein Mensch[71] von jhrer Kleydung wegen /
Die sonsten grewlich ist: Wiltu zur Wage legen
Deß Wesens Nichtigkeit darumb man hier so kriegt[72] /
So wirstu sehn / daß nichts / als Koht darhinter ligt.
Diß / was wir vnser Gut mit seinem Namen nennen
Ist kein Gut eygentlich / wie sehr wir nach jhm rennen /
Wie sehr wir nach jhm thun[73]. Wer sein am meisten hat /
Der hat am meisten auch zu sorgen früh vnd spat.
Je mehr man Holtz zulegt / je mehr die Glut sich breitet /
Je mehr das Glücke sich mit seinen Gaben spreitet /

64. Heraldisch: Helm und Schild machen das ritterliche Wappen aus.
65. Klotz, ungeschlachter Mensch.
66. Konj.; Ankunfft *ED*.
67. Konj.; Früchte *ED*.
68. Sinnenlust (geil: urspr. fröhlich).
69. *E*; Dingen / *D*.
70. Das, was dem Menschen dank seiner Stellung zukommt.
71. Frau, Mädchen (nicht pejorativ).
72. Krieg führt, kämpft.
73. *E*; Thun *D*.

Je mehr wird nachmals dann durch Vngluͤck vmbgekehrt:
Wo viel verhanden ist / da wird auch viel verzehrt.
Wil aber jemand Gut das jmmer waͤhret / finden /
Das weder durch Gewalt noch Waffen sol verschwinden /
Der binde nur sein Schiff der Tugend Ancker an /
Die nicht zu Boden sinckt / die nicht vergehen kan.
Sie thut es nur allein / sie / sie die schoͤne Tugend /
Deß Alters Auffenthalt / die Naͤhrerin der Jugend /
Der Reichen bester Schatz / deß Adels Zier vnd Pracht /
Ja / die das Armuht reich / den Poͤfel edel macht.
Laß kommen / wer da wil / laß schnarchen / brausen / toben /
Laß wuͤten alle Welt / sie schwimmet allzeit oben /
Sie wird nicht vnterdruckt: Kein Feind ist so versucht[74]
Der nicht durch jhre Krafft gebracht wird in die Flucht.
Fuͤhrt newe Felsen auff / macht Meilen-dicke[75] Waͤlle /
Vmbringt euch mit der See / grabt ein biß in die Hoͤlle /
Kein Bollwerck ist so gut / kein Thurn so hoch gebawt /
Kein Graben so gefuͤhrt / fuͤr dem der Tugend grawt.
Laß einen Edelstein mit Koht vnd Mist vmbschmieren /
Er wird doch seinen Glantz vnnd Kraͤfften nicht verlieren:
Stoß einen edlen Sinn in Kummer vnd Gefahr /
Thu mit jhm / was du wilt / er bleibt doch / wie er war.
Treib einen weisen Mann von allen seinen Sachen /
Heiß jhn ins Elend ziehn / er wird dich nur verlachen.
Schleuß Ketten vmb jhn her / verbirg jhn in ein Schloß
Da niemand zu jhm kan / sein Geist geht allzeit loß[76].
Ein Felß in tieffer See / ob schon die starcken Wellen
Mit Stuͤrmen vnd Geraͤusch' jhm sich entgegen stellen /
Helt vnbeweget auß / wie sehr das Wasser springt /
Wie sehr die scharffe Lufft von Norden pfeifft vnnd klingt:
So wird ein hoher Muht auch nimmermehr gezwungen /
Durch keine Duͤrfftigkeit / [77] durch keine Noht vertrungen[78]:

74. erprobt.
75. *E*; Meilen dicke *D*.
76. frei.
77. *E*; Duͤrfftigkeit? *D*.
78. starkes Partizip: verdrängt.

Solt' alles / was hier ist zu Grund vnd Boden gehn /
So bleibt er jmmerzu auff freyem Fusse stehn.
Kein Harnisch / kein Gewehr / kein Spieß / kein scharffer Degen
Kan einen Weibersinn zu Dapfferkeit bewegen:
Vergeuß jhn gantz in Stahl[79] / so wird er doch gejagt;
Ein freyer Sinn ist bloß vnd nackend vnverzagt.
Ein grosser starcker Wurm[80] reißt an der Spinnen-Weben
Baum / Garn vnd Stangen[81] durch / die Fliege muß nur kleben /
Bezahlet mit der Haut. Stoͤßt Vngluͤck an die Thuͤr /
So bleibt[81a] ein faiges Hertz: Ein Mann steht fuͤr vnnd fuͤr.
Die Freyheit wil gedruckt / gepreßt / bestritten werden /
Wil werden auffgeweckt (wie auch die Schoß der Erden
Nicht vngepfluͤget traͤgt) sie fordert Widerstand /
Jhr Schutz / jhr Leben ist der Degen in der Hand.
Sie trinckt nicht Muttermilch: Blut / Blut muß sie ernehren /
Nicht Heulen / nicht Geschrey / nicht weiche Kinder-Zaͤhren:
Die Faust gehoͤrt darzu: Gott steht demselben bey
Der erstlich jhn ersucht / vnd wehrt sich dann auch frey.
Ist Friede durch das Land / ist niemand zubestehen /
So streicht man muͤssig hin / auß vielem[82] Muͤssiggehen
Koͤmpt sichers Leben her / vnd endlich mit der Zeit /
Auff gar zu sicher seyn / erfolget Dienstbarkeit.
Die Tugend lieget nicht in einem zarten Bette:
Das harte Feldgeschrey / die Paucken / die Trompette /
Deß Feindes Angesicht / der Grimm / das rohte Blut /
Diß ist jhr rechter Sporn / von dannen nimpt sie Muht.
Wann diese Waͤchter vns sind auß den Augen kommen /
Da wird vns auch der Sinn zur Munterkeit genommen:
Wird einmal dann das Hertz vmbringet von der Nacht /
Gewiß / es ist so bald nicht wider auffgewacht.

79. Gieß (hülle) ihn ganz in Stahl ein.
80. Insekt.
81. Termini aus der Technik des Webens.
81a. geht zugrunde.
82. *E*; wielem *D*.

Nun vnser weiser Mann gewohnet nicht zuwancken /
Gewohnet durch zugehn mit fewrigen Gedancken /
Zu stehn / als eine Wand / der wird von nichts versehrt /
Sein Reichthumb bluͤhet staͤts / bleibt gantz vnd vnzerstoͤrt.
Er laͤßt den Feind das Gelt vnd sonsten zeitlichs Wesen
Gleich wie Caligula[83] die Muscheln / zu sich lesen /
Das beste bleibet jhm: Er weiß wol Gold vnd Gelt
Sey nichts / als thewrer Koht / vnd Tockenspiel[84] der Welt.
Er stehet hoch empor / weit von deß Poͤfels Hauffen /
Sieht diesen hier / den da / vnd jenen sonsten lauffen /
Verlacht die Eytelkeit / verhoͤhnet Schmach vnd Spott /
Schawt seinem Gluͤcke zu / erschrickt vor keiner Noht.
Er weiß / daß im Gemuͤht / in Sinnen vnd Verstande
Der rechte Mensch besteh' / vnd daß nur einem Bande
Der Leib zu gleichen sey das vns zusammen helt
Biß vnser Stuͤndlein koͤmpt / vnnd reißt vns von der Welt.
Vnd darumb schaͤtzt er auch deß armen Leibes Guͤter
Vor keine Guͤter nicht: Was angeht die Gemuͤhter /
Was den Verstand betrifft / das heisset er allein
Nach seinem rechten Werth arg oder koͤstlich seyn.
Drumb laͤßt er williglich deß Gluͤckes Sachen[85] fliehen /
Wann der sie[86] wider holt der jhm sie nur geliehen /
Der gantz gerechte Gott / der / wie es Jhm beliebt
Dem etwas / jenem nichts / dem viel / dem wenig gibt.
Drumb saget er auch nicht / daß Krieg / Verfolgung / Leyden /
Flucht / Kranckheit / Geltverlust / vnd was man nicht kan meyden /
Zum hoͤchsten boͤse sey: Er weiß / woher es koͤmpt /
Vnd daß es muß so gehn nachdem es ist bestimpt.

83. Bei seinem Germanien-Feldzug, der fast völlig ohne Kriegshandlungen verlief, ließ Caligula sein Heer zuletzt am Meer aufmarschieren und Muscheln als »Beute aus dem Ozean« für die römischen Tempel sammeln (Sueton c. 46).

84. Puppenspiel.

85. *E*; Gluͤckessachen *D*.

86. *E*; sich *D*.

So tritt er frölich hin[87] / begehrt nicht abzuweisen /
Was auff jhn tringen wil / bringt wider Stahl vnd Eisen /
Den Muht der Eisern ist / lernt warten auff sein Ziel /
Nicht wündschen / daß es jhm gelinge / wie er wil.[88]
Seht / was Vlysses thut / sein Schiff wird durch die Winde /
Vnd Wellen angerannt / gestossen auff die Gründe /
Geführet in die Lufft / geworffen hin vnd her;
Es legt sich wider jhn der Himmel vnd das Meer.
Was richten sie doch auß? Die andern frembden Waaren /
Gefährten / Ruder / Raub / Gold / Silber / läßt er fahren /
Zeucht auch die Kleyder auß / vnd wirfft sie willig hin;
Diß / was sein eygen ist kan niemand jhm entziehn.
Wie wol die Stimme klingt der listigen Sirenen /
Vermag sie doch für jhm so lieblich nicht zuthönen /
Er sägelt noch darvon: Was Circe thut vnd macht /
So wird er dennoch nicht auß seiner Art gebracht.
Der Cyclops wil jhm zu[89] / der grosse Menschenfresser /
Die Zähne wässern jhm; Vlysses weiß es besser:
Wo sonst kein Waffen hilfft / da zwingt er durch den Wein /
Vnd stößt der Bestien das Stirnenfenster[90] ein.
Sein vnverzagter Geist / sein Geist erzeugt zu Kriegen /
Zu Ehren angewehnt / der kan nichts / als nur siegen /
Als jmmer oben seyn: Er schöpfft kein Wasser nicht /
Er bleibet / wer er ist / wann Mast vnd Boden bricht.
Du kanst / Fortune / ja den werthen Helden zwingen
Hin in die tieffe See[91] biß an den Halß zuspringen;
Du kanst ja wider jhn vermischen Lufft vnd Flut /
Kanst fordern / wilstu so / sein Leben / Gut vnd Blut.
Daß aber er für dir die Knie auch solle beugen /
Viel weynen / kläglich thun / sich[92] wie ein Weib erzeigen /

87. *E*; frölich / hin *D*.
88. *E*; wil / *D*.
89. stellt ihm nach.
90. Das eine Auge des Cyclopen, das er mitten auf der Stirne trug.
91. *E*; See / *D*.
92. *E*; sich / *D*.

Sein Leben / seine Zeit / verdammen fůr vnd fůr /
Sein Hertze lassen gehn / das stehet nicht bey dir.
Er weiß wol / daß das Meer / auff das er sich gewaget /
Der strenge kalte Nord / durch den er wird gejaget /
Die Klippen vnd der Sturm in Gottes Hånden stehn /
Drumb låßt er jhm auch es nach Gottes Willen gehn.
O / sagt er / schwimme fort / was nicht wil bey mir halten;[93]
Mein Hertze / mein Bestand[94] sol doch mit mir veralten[95]:
Mein vnerschöpffter Muht / mein guter trewer Raht /
Der nicht ein kleines Theil gethan vor Troja hat /
Der bleibt so lang' / als ich: Laß alles von mir lauffen /
Bunt vber Ecke gehn[96] / Freund / Gut / Knecht / Schiff ersauffen:
Es muß seyn außgelegt[97] / diß ist der Reyse Zoll /
Vmb mich vnd meinen Sinn steht alles recht vnd wol.
Das Vnglůck hat mir ja von aussen was genommen /
Zum Hertzen aber ist es mir so wenig kommen /
So wenig / als das Meer / das leichter diese Welt /
Als mein Gemůhte mir wird haben vmbgefållt.
So bricht der grosse Mann / der Held zur Pracht geboren /
Zur Tugend rechter Pracht / vom Himmel außerkoren /
So bricht er endlich durch[98] / behelt die Oberhand /
Sieht / was vns allen lieb sein liebes Vatterland.
So thut ein Kecker seyn: Er kan nicht vnten ligen /
Er hat sich nicht gewehnt zu schmůgen[99] vnd zubiegen /
Er låßt gar willig gehn / was jhm nicht zugehört /
Vnd was sein eygen ist das bleibet vnversehrt.
Deß Donners harte Krafft / wie die Gelehrten sagen /
Pflegt in den Lorbeerbaum gar nimmer einzuschlagen:
So ist auch fůr der Macht deß Glůckes jederzeit
Der Tugend grůnes Laub versichert vnd befreyt.

93. *E*; halten, *D*.
94. constantia, Standhaftigkeit.
95. alt werden.
96. drunter und drüber gehen.
97. bezahlt (vgl. Geld auslegen).
98. setzt sich durch, siegt.
99. schmiegen.

Sie låßt sich sonderlich durch Creutz vnd Vnglůck sehen /
Wann alles knackt vnd bricht / wann alle Winde wehen /
Wann Sturm vnd Wetter ko̊mpt / da tritt sie dann herein /
Macht schawen jederman auff sie vnd jhren Schein.
Die Sternen pflegen sich bey Tage nicht zu růhren /
Bey Nachte sieht man sie den gantzen Himmel zieren:
So ist die Tugend auch / wann sie zuschaffen kriegt /
Die sonst zu guter Zeit / wie gleich[100] vergraben liegt.
Sie helt deß Glůckes Zorn fůr lauter Schimpff[101] vnnd Schertzen /
Sie wird durch keine Qual / durch keine Leibes-Schmertzen
Auß jhrer Burg verjagt: Sie gibt sich nimmer bloß /
Kein Streit noch Widerpart ist jhrer Macht zu groß.
Wie solte sie auch nicht Gedult in Leyden haben?
Wir wissen ja gar wol von den Spartaner Knaben /
Wie sehr man jhnen hat mit Schlågen zugesetzt /
Noch gleichwol haben sie kein Auge nicht genetzt.
Die Frawen pflegten auch in Indien vorzeiten /
Nachdem jhr Mann verschied / selbst vnter sich zustreiten /
Die vor die Liebste dann von allen ward erkant /
Sprang zu jhm in die Glut / vnd ward mit jhm verbrant.
Wie sol doch manches Weib in jhren Kindesno̊hten /
So vbermånnlich seyn / vnd auch gar kaum erro̊hten
In jhrem Angesicht' / ob schon die Last sie tringt;
Da jhr Geschlechte doch verzagt seyn mit sich bringt /
Was[102] siehet man auch nicht die wilden Thiere leyden?
Wie lauffen sie herumb in allen dicken[103] Heyden /
Durch Hecken / Půsch vnd Berg? Was Hunger stehn sie auß?
Wie schlågt Reiff / Eiß vnd Schnee zu Winter in jhr Hauß?
Was dulden sie doch nicht von wegen jhrer Jungen?
Wie werden sie von vns nicht ohne Blut bezwungen?[104]

100. gleichsam.
101. Scherz, Spaß.
102. *E*; Was / *D*.
103. dichten, verwachsenen.
104. *E*; bezwungen. *D*.

Diß helt die Stirne fůr / das schårffet seinen Zahn /
Das spitzt sein starckes Horn / das spricht die Klawen an:
Was schwach vnd furchtsam ist behilfft sich mit dem Lauffen:
Die Lőwen halten Fuß[105]: So ist es mit dem Hauffen
Der Menschen auch bewandt: Wer schew ist / sucht den Steg
Auff den der Feind nicht kan / vnnd wirfft den Schild hinweg.
Gleich wie der Wind die Sprew biß in die Lůfften fůhret /
Vnd strewt sie hin vnd her / den Weitzen nicht berůhret:
So nimpt ein faiger Mensch gar leichtlich das Panier
Das auch ein Hase sucht; Ein Held steht nach Gebůhr /
Thut nichts das schåndlich ist / vnnd das sich nicht geziemet /
Weicht von der Tugend nicht.[106] Ist Cato[107] gleich berůhmet /
So fållt er endlich doch in Vngerechtigkeit /
Vmb daß er auß der Welt sich reisset vor der Zeit.
Es ist wol Lobens werth / daß er den greissen Haaren /
Den Augen die fůr nichts noch je erschrocken waren
Zur Schmach / dem Cesar nicht zu Fusse fallen wil
Vnd vberwunden seyn / das Ander' ist zu viel.
Er sticht sich erstlich selbst / vnd als man[108] jhn verbunden /
Muß doch das Pflaster fort / er reisset in die Wunden /
Wirfft / wie ein toller Hund / die Dårmer in die Schoß /
Vnd låßt den stoltzen Geist auß seinem Kercker loß.
Ein Kriegsmann darff nicht fort / es sey dann zugegeben[109]
Durch seinen Capitain: Wir sollen auß dem Leben /
Es gehe / wie es wil / auch eher nicht entfliehn /
Biß vns deß Lebens Herr erlaubet fortzuziehn.
Muß Tullius[110] nicht auch mehr als jhm ansteht / klagen /
Nachdem jhn Clodius wil auß der Statt verjagen?

105. halten stand.
106. *E*; nicht *D*.
107. Vgl. S. 61, Anm. 62. Cato tötete sich in Utica nach der Niederlage gegen Caesar.
108. *E*; wan *D*.
109. erlaubt.
110. Cicero wurde auf Antrag des Volkstribunen Clodius wegen seines Vorgehens gegen Catilina aus Rom verbannt.

Wie Weibisch stellt sich doch der sonsten grosse Mann?
Er zeucht so seltzam auff[111] / hat alte Kleyder an /
Ist bleich / er seufftzet / weynt / fållt allen zu den Fůssen /
Daß / die er beugen wil / der Kleinmuht lachen műssen.
So stůrtzt den dapffern Sinn nur einig die Gefahr /
Der vor so vnverzagt in frembden Fållen[112] war.
Was sol / du wahres Bild der wolberedten Zungen /
Was sol doch dieses seyn? Wo wirstu weg getrungen?
Von meinem Rom: Von Rom? Ist Rom die gantze Welt?
Ist nicht noch hier vnd dar genugsam Land vnd Feld?
Was spricht dein Socrates / nach dem er sol bekennen /
Von welcher Gegend er sich pflege her zunennen?
Ich? Sagt er: Von der Welt. Ein witziger Verstand[113]
Helt[114] alles / was hier ist vor vnser Vatterland /
Ist nirgend frembder Gast / ist vberall daheime:
Kein Platz ist weit vnd breit dahin er sich nicht reime[115].
So fahren sicherlich jetzt hin / jetzt wider her /
Die Vo̊gel durch die Lufft / die Fische durch das Meer.
Ist aussen-seyn so viel? Was thun wir / die wir reysen?
Wir pflegen vns gewiß gutwillig zuverweisen[116].
Ist nicht der scho̊ne Baw der Erden das Gemach
Vnd stoltze Hauß fůr vns? Der Himmel vnser Dach?
Das grůne Feld ein Saal / mit Båumen scho̊n vmbringet?
Ist nicht die volle See / die reichlich Speise bringet /
Die Brunnen klaren Tranck? Ist Mittag / Mitternacht /
Ist Auffgang / Nidergang nicht weit genug gemacht?
Ein enger Sinn låßt sich an einen Winckel binden /
Vnd meynt es sey kein Ort mehr in der Welt zufinden /
Da auch gut wohnen ist: Daselbst ist Noht vnd Pein /
Wo Tugend / wo Gedult / wo Langmut nicht kan seyn.

111. geht einher.
112. Anspielung auf Ciceros Gerichtsreden.
113. scharfer Verstand.
114. *E*; Halt *D*.
115. passe.
116. ausweisen, verbannen.

Der Freunde wegen auch sich kråncken vnd betrůben /
Daß die genommen sind / das heisset also lieben /
Wie einer / den ein Weib erquicket vnd ergetzt /
Der alle seine Lust auff die Berůhrung setzt.
Der liebet seinen Freund / der / wann er schon muß scheyden
Jhn gleichwol bey sich hat / vnd durch Gefahr vnd Leyden
In seinem Hertzen trågt / sich da mit[117] jhm bespricht:
Den nimpt kein Abschied weg / der Tod auch selber nicht.
Ko̊mpt nun das Vnglůck her / vnd heißt vns Vrlaub nehmen /
Wir wollen gerne gehn / vnd vns mit nichten gråmen;
Es zeucht doch diesen fort der lange widerstrebt /
Wer ist ein Pilgram hier? Ein jeder so da lebt.
Hinauff vnd vber vns sol vnsrer Sinn sich richten /
Sol lernen Haß vnd Neid vnd allen Fall vernichten /
Sol jmmer eines seyn / nicht zittern vnd nicht flehn /
Wie kleine Kinder thun / wann / daß sie Larven sehn.
Es sind auch anders nichts / als Larven alle Sachen /
Vmb welcher willen wir vns Leyd vnd Kummer machen:
Deß leichten Glůckes Gunst ist / wie deß Meeres Schaum /
Der brauset vnd zergeht; ist / wie ein sůsser Traum /
Der / ehe man erwacht entwischet auß den Sinnen.[118]
Laß etwas vnser seyn / das wir behalten ko̊nnen /
Das nicht verloren wird / das jmmer eygen bleibt /
Das keine Fewersbrunst / kein Schiffbruch von vns treibt.
Der Feind hat dir dein Schloß / dein Hauß hinweg gerissen:
Fleuch in der Mannheit Burg / die wird er nicht beschiessen.
Er hat den Tempel dir verwůstet auß vnd auß:
Gott schleust sich nirgend ein / sey du sein reines Hauß.
Er hat dich von der Lust der Bůcher weggetrieben:
Schaw / ob du in das Buch deß Lebens bist geschrieben.
Er hat den Acker dir verheeret weit vnd breit:
Der Acker deß Gemůhts trågt auch bey Winterszeit.
Er hat die Tochter dir durch Noht vnd Zwang geschåndet:
Gut / daß er diß nur nicht mit jhrer Gunst vollendet.

117. *E*; damit *D*.
118. *E*; Sinnen / *D*.

Er hat dein Weib erwůrgt: Viel wůndschen jhnen das /
Er hat dein Kind entleibt: Der Mensch ist Hew vnd Graß.
Er hat das Vieh hinweg: Das Brod ist doch verblieben /
Er hat das Brod auch fort: Der Tod wird keinen Dieben[119].
Er hat dein Gelt geraubt: Behalt du nur den Muht /
Er hat dich selbst verwund: Die Tugend gibt kein Blut;
Man mag sie / wie man wil / verfolgen / neyden / hassen /
Sie helt jhr grosses Wort: Sich nicht bewegen lassen:
Ist einer Eichen gleich / je ŏffter man sie schlågt /
Je mehr man sie behåwt / je mehr sie åste trågt.
Sie ist wol außgeůbt[120] sich hoch empor zuschwingen /
Mit Flůgeln der Vernunfft / von diesen schwachen Dingen;
Dient GOtt / ehrt Jhn allein / thut nur / was Jhm behagt /
Ist vber alle Macht / wird keines Menschen Magd.
Sie steht vnd wird auch stehn. Im Hertzen ligt verborgen /
Was nicht genommen wird / was frey ist aller Sorgen:
Diß / was hieraussen ist / was niemand halten kan /
Mag fliehen / wann es wil; es geht vns gar nicht an.

Ende deß andern Buchs.

119. hier Verb: bestehlen (?), heimlich entführen (Schulz-Behrend).
120. geschult.

Martini Opitij

Weltliche Poemata

Zum Viertenmal vermehret vnd vbersehen
herraus geben.

Franckfurt am mayn
bey Thomas Matthias Götzen

MARTINI OPITII

ZLATNA
Oder
GETICHTE
Von Ruhe deß Gemůthes.

An Den Wol-Edlen Herrn / Herrn Heinrichen von Stange vnd Stonßdorff / auff Sasterhausen / Schwenckfeld / Raben / Piltzen vnd Halberdorff / etc. Rŏm. Kåyserl. Majest. so wol J. D. Ertz-Hertzogs Carols / auch Fůrstl. Lign. vnd Briegischen Raht.

WOl-Edler Herr: Daß keines Menschen Zustand so widerwårtig vnd bŏse sey / daß er nicht bißweilen sich vmb etwas erholen vnd ergetzen kŏnne / habe ich selbst erfahren. Dann ob mir wol verwiechenes Jahr / als ich in Siebenbůrgen wohnete / Lufft / Wasser vnnd alles / wessen vnsere Důrfftigkeit nicht entbehren kan / zuwider seyn schienen / ja auch deß Volckes daselbsten Sitten / Sprachen / Reden vnd Gedancken meiner Natur gantz entgegen waren; habe ich doch auch in jenen Oertern gefunden / was wir zu Zeiten in diesen vergebens suchen. Dann daß ich der Bůcher / die måchtig genung sind / einen jeglichen der sie anfleucht / nechst Gott / auffzurichten / geschweige: So hat mir sonderlich das berůhmbte Bergwerck Zlatna / welches ich dem Verdrusse der Zeit zu entgehen etlich mal besuchte / so wol gefallen / daß ich mir auch / diese Lust gleichfals andern / so dahin nicht gelangen / mitzutheilen / Anlaß genommen. Von deß Ortes bequemen Gelegenheit[1] / da der schŏne Apulus Fische / die Berge Gold / die Bůsche Wild / die Båume mit jhrem Schatten vnd anmůtigem Rauschen der Blåtter Anlaß zum Studiren vollauff geben / wirdt mein Herr hier nach der Långe lesen: Aber das behagen / welches ich auß deß Verwalters (auff den

1. Lage.

diß Getichte gerichtet ist) trewen Liebe gegen mir / vnd der andern Leute / so mehrentheils Teutsche / Freundlicher Dienstwilligkeit schöpffte / war grösser / als daß ich es in meine Reimen zu bringen vermöchte. Die Gedancken / so mir bey solcher meiner Erlustierung eingefallen / habe ich auch dieses Orts nicht verschweigen sollen. Sonderlich stellete ich mir die jenigen für Augen / welche durch den Schein der Eytelkeit / als durch ein Jrrliecht verführet / den rechten Zweck deß zeitlichen Lebens allzeit suchen / vnd niemals erlangen. Wie der so nicht schlaffen kan / sich von einer Seiten zu der andern wendet / vnd den Leib bald so / bald anders verkehret / biß er endlich durch die Müdigkeit selbst zu Ruhe gebracht wird: So wollen sie auch nimmer eines / vnd begehren auß Eckel deß gegenwertigen allzeit ein zukünfftiges; welches sie nachmahls mit gleicher Vnbeständigkeit widerumb verwerffen. Die Vrsach aber solchen Wanckelmuths ist vornemblich / daß keiner sich selber in seinem rechten Werthe zu schätzen weiß / vnd ein jeder jm fast mehr oder weniger zutrawet / als er eygentlich im Vermögen hat. Einer sehnet sich nach Hofe; vnd ist doch blöder[2] als der Orth / da Furchtsamkeit nichts nütze / vortragen kan: Ein anderer stecket sich in ein verächtlich Emptlein; Der aber grösserer Sinnen ist / als daß er mit der Niedrigkeit seines Zustandes nachmals könne zu frieden seyn. Die meisten trachten nach dem / welches zwar Ehr / Reichthumb / Wollust vnd dergleichen genennet wird; aber in Warheit so nichtig ist / daß keiner mit Versicherung der Beständigkeit im minsten darauff fussen kan. Darumb hab ich das Gemüthe / welches mit sich selber zu frieden ist / vnd in seine Tugend sich einzuhüllen weiß / für allen Dingen hier gepriesen. Daß ich aber von dem Lauffe gemeinen Wesens etlicher massen deutlich geschrieben / ist geschehen auß der Freyheit / welcher sich die Poeten jederzeit gebraucht haben / vnd auß der Alten Versen zu sehen ist: die / wann sie jetzige vnsere Vnwissenheit / Verachtung der Künste / leichtfertige Sitten vnd Thorheit gesehen hätten / würden sie nicht ge-

2. scheu, unerfahren.

linde / vnd in gemeine / wie hier von mir geschehen / sondern mit jhrem gewöhnlichen Eyfer wider einen jeglichen insonderheit verfahren seyn. Welches weder die Secte[3] vnserer Zeit zuläßt / noch auch ich zu thun begehre. Dann mein Vorsatz einig der gewesen / mich selber in der Einsamkeit / darinnen ich damahls stackte / durch die Betrachtung der vergånglichen Dinge zu etwas höhers auffzumuntern. Ich mache mir dennoch keinen Zweiffel (wiewol diese grausame vnablässige Kriege auff einen allgemeinen Vntergang vnd Verwüstung der Studien deuten) es werde doch noch die Zeit kommen / da es gelehrten Leuten / zu Spotte derselben die nichts können / vnd alles verachten / an billichem Ruhme vnnd Dancke nicht mangeln wird. Dann wir gleichwol sehen / daß sich auch bey wehrendem zweiffelhafftigen Zustande noch vornehme Leute finden lassen / die sich deß Studierens vnnd derselben Liebhaber[4] trewlich annehmen. Vnter denen mein geehrter Herr billich zum ersten soll gerechnet werden / als welcher an Gunst vnd Zuneigung gegen die Gelehrten alle andere jhres Standes / an Wissenschafft aber vnd Geschicklichkeit die Gelehrten selber vberwindet. Dann wer ist von denen / die jhr lebenlang an den Büchern kleben / der nicht / wann er mit meinem Herren solte vergliechen werden / erröthen vnnd verstummen würde? So daß die Hoheit vnd Ehren / welche von Politischen[5] Leuten für das meiste gehalten werden / an jhm fast das geringste sind. Vnnd muß ein jeder / der Jhn recht kennet / drey Ding vornemblich loben. Daß er nemblich bey Hofe solche grosse Liebe zu der Weißheit / bey so wichtigen Geschäfften eines müssigen Menschens Wissenschafft / vnnd bey solchen Würden einer Privat Person Leutseligkeit behalten kan. Durch welche Heroische Tugend mein Herr sich bey vielen gelehrten Leuten hat berühmbt gemacht / vnd läßt noch jetzt nicht nach jhr[6] dardurch gute ingenia zuverbinden. Was mich belangt,

3. *BCD*; Trunz vermutet Druckfehler für Sitte.
4. *B*; Liebhabere *CD*.
5. weltklug.
6. In *BC* ist das Subjekt statt »mein Herr« »E. Gestr.«, auf das sich »jhr« bezieht.

so weiß ich wol / daß Er genung ist meinem Studieren (welches bißher durch Reysen vnnd Vnbestaͤndigkeit der Jugend mercklichen Schiffbruch gelitten) Vorschub zuthun: Ich zweiffele aber / ob ich der jenige sey / an dem er eben die Gunst / so er zu vnsers Standes Leuten traͤgt / erweisen solle. Dann mein Herr sich dermassen gegen mir außlaͤßt / als ob er mich allein ersehen / an dem er die Kraͤfften jhrer Freundlichkeit versuchen wolte. Welches ich dann nicht fuͤr ein geringes Theil meiner Gluͤckseligkeit achte / vnd wuͤndsche mir einig von GOtt / daß er mir dermal eins so viel verleyhen wolle / damit ich mein danckbares Gemuͤthe moͤge zu erkennen geben. Vnderdessen wirdt meinem Hochgeehrten Herren auch dieses Getichte nicht vnangenehm seyn / weil es vornemblich von der wahren Ruhe deß Lebens handelt / welche Er / wann es die hohen Geschaͤffte deß gemeinen Wesens zuliessen / ohne Zweiffel begehrete / vnnd seine sonderliche Tugend vorlaͤngst verdienet haͤtte.

Parchwitz / den 9. Tag Augusti / deß 1623. Jahrs.

IN MARTINI OPITII,
Viri CL. et Amici vnici,
ZLATNAM,
siue De tranquillitate animi.

DVM Zlatnae veteris quondam felicia culta,
  Quaeque metallifera Dacia seruat humo,
Illaque tranquillae dulcissima gaudia mentis,
  Nec non priuati commoda mille laris,
Et quae praeterea vitae sunt apta beatae,
  Teutonico[7] condis, dulcis amice, metro;
Non potuit melius prodire in luminis auras,
  Ac dum Stangiadae nomina carmen habet.

7. *BC*; Teutenico *D*.

Scilicet hic spretas hac tempestate Camoenas
Æstimat, et numero nouit habere suo.
Et quamuis patriae totum respublica poscit,
Non tamen in nostris est minus ille libris.
Cecropias olim quicquid clarauit Athenas,
Romani quicquid nos docuere Sophi,
Et quodcunque tenent sinuosa volumina legum,
Subdidit ingenio Stangius omne suo.
Abstrusos etiam gaudet penetrare recessûs,
Quotquot magna suo viscere mater habet.
Idque vbi sollicitas laxauit Patria curas,
Et sibi mens, positis omnibus, vna vacat.
Talem Zlatna mei memorat facunda sodalis,
Zlatna vel aeterno tempore digna teri.
Nec falso genium victuris spondeo chartis,
Vsque adeo punctum laudis vtrimque ferunt.
Non scribi poterant à nobiliore Poeta;
Non à Patrono nobiliore legi.

BERNHARDVS GVILIELMVS
NÜSSLERVS.

MARTINI OPITII
ZLATNA,
Oder Von Ruhe deß Gemůths.

WIe wann die Nachtigal / vom Kefidht außgerissen /
Hin in die Lůfften kômpt / vnd an den kalten Flůssen
Mit singen lustig ist / vmb daß sie loß vnd frey
Von jhrer Dienstbarkeit / vnd nun jhr selber sey:
So důnckt mich ist auch mir / im Fall ich vnterzeiten
Diß was mich sonsten hålt kan werffen auff die Seiten /
Vnd ausser dieser Statt / auch nur auff einen Tag /
Vnd einen noch darzu / mit Ruh erschnauffen mag.

Doch lachet[1] sonderlich vor andern Oertern allen
Mich ewer Zlatna* an / vnd pflegt mir zu gefallen /
Zum theil / Herr Lisabon* / weil jhr da wonhafft seydt /
Vnd dann daß viel da ist so sonsten weit vnd breit
Nicht fast gefunden wird. Im fall wir nur es nennen /
So kan man schon sein Thun vnd Eygenschafft erkennen;
Dann Zlato das heißt Goldt* auff Windisch / da die Statt
Zwar kleine / doch nicht arm / darvon den Vrsprung hat:
Die Rômer* wusten schon was hier sey zu erlangen:
Das abgefûhrte[1a] Volck hat wol das Land durchgangen
Eh' es sich niederließ / der besten Oerter Frucht
Vnd angenehmen Lust mit Fleisse nachgesucht.
Das lehrt vns Weissenburg / wo Apulum vor Zeiten /
Der Sarmitz Schwester* / stund / die gantz von allen Seiten
Gesund vnd trâchtig liegt: vnd Thorda* zeigt es an /
Das sein Cristallen-Saltz so reichlich geben kan.
Doch war das Ort auch lieb wo jetzund Zlatna lieget /
Da diesen Vôlckern hat Trajanus angesieget /
Wie ich vermuthen kan / weil jetzt noch allermeist
Ein grûnes Feld allda Trajanus Wiesen* heißt.
Darneben ist Volcon der hohe Berg gelegen /
Auff dem das Volck vielleicht hat anzubetten pflegen
Der Gôtter lahmen Schmied. Es kamen da hinauff
Die Bawren vor der Zeit / da lag ein Stein darauff
In den fast dieses lauts Lateinisch war gegraben:
Hier liegt ein grosser Schatz; im Fall du jhn wilst haben
So kehre mich herumb. Sie greiffen frôlich an /
Ein jeder ist bemûht / vnd hebt so viel er kan:
Nach dem er vmbgeweltzt / stund gleichfalls auffgeschrieben:
Auff dieser Seiten hab' ich Zeit genung vertrieben /
Vnd manchen Tag vollbracht; anjetzund lege sich

1. Siehe Opitz' eigene Anmerkungen im Anschluß an den Text. Im folgenden sind die von Opitz selbst erklärten Begriffe und Gegenstände mit einem * gekennzeichnet.

1a. schlau, durchtrieben.

Der ander' auch zu Ruh: Habt Danck[2] jhr / daß jhr mich
So trewlich vmbgewandt. Nun das heißt wol vexiret.
Nit weit von dar wird auch die Stelle noch gespůret /
Wo Zeugma* / ist mir recht / vor dem stund auffgebawt /
Nicht eine schlechte Statt. Jetzt wird da kaum geschawt
Ein altes Mawerwerck / vnd vnder den Gebeinen /
Mit Hecken gantz verschrenckt / sehr schône Schrifft auff Steinen /
Die so mir sehr geliebt[3]. Hilff Gott der weisen List /
Mit der du grosses Volck begabt gewesen bist!
Du wustest wol den Lauff der Welt vnd jhrer Sachen /
Vnnd daß ein jeder Mensch jhm muste Rechnung machen /
Er selbst vnd was er hat das fliege nur dahin;
Was auffgeschrieben sey behalt' er zu Gewin.
Drumb kônnen wir noch jetzt die Saturninos* lesen
So der Colonien Verwalter sind gewesen /
Die Lupos / Statios / vnd den Gemelum auch /
Der so ein Bad* gebawt auff Rômischen Gebrauch.
Die Scaurianen mehr / die Syrer / die Frontonen /
Vnd die Flamonier vnd die Senecionen /
Vnd Marcum Vlpium / sonst Hermiam genannt /
Der das Goldbergwerck* hier hatt' vnter seiner Hand /
Deß Asche (zweiffels ohn zu Zlatna auffgeladen)
Ward biß nach Rom gefůhrt auß Keyserlicher Gnaden /
Vnd da erst eingescharrt. Vnnd so viel Schrifften sunst /
Die keine Macht der Zeit / kein Wetter / keine Brunst
Zu dempffen hat vermocht. Nun liegt jhr grossen Helden /
Vnd laßt / seydt jhr gleich stumm / die Steine von euch melden.
Auß ewern Grâbern wâchst jetzt manche Blume fůr /
Wie jhr euch dann gewůndscht* / vnd steht in voller Zier.
So offt ich hier bey euch mich pflege zu ergehen /
Vnd sehe da den Grund von einem Hause stehen /
Hier einen Todtentopff[4] mit Aschen vollgefůllt /
Wie nechst mir widerfuhr / so wird mir eingebildt

2. *BC*; danckt *D*.
3. gefällt, angenehm ist.
4. *E* (nach Trunz); Todtenkopff *ABCD*.

Die Eytelkeit der Welt / vnd pflege zubedencken /
Wie nichtig doch das sey warumb sich manche kråncken /
Vnd martern Tag vnd Nacht / dann kompt der bleiche Todt
Eh' als man sich versieht. Das Gold / der schône Koth /
Vnd alles Gut vnd Geld fållt in die Hand der Erben /
Die offtmals trawrig sind daß wir nit eher sterben /
Was von vns jrrdisch war verschirrt[5] man in den Sandt;
Das beste Theil verbleibt. Drumb seyd jhr noch bekandt /
Vnd werdet nicht vergehn. Verleyht mir Gott das Leben /
So bin auch ich geneigt euch kůnfftig das zu geben
Was Reichthumb nicht vermag. Die Namen so anjetzt
Auff blossen Steinen stehn / vnd sind fast abgenůtzt
Durch Rost der stillen Zeit / die will ich dahin schreiben /
Da sie kein Schnee / kein Plitz / kein Regen wird vertreiben /
Da euch der Gothen Schar[6] / wie sie vor weilen pflag /
Mit jhrer Grimmigkeit zu schaden nicht vermag.
Es hat das wůste Volck* gantz Asien bezwungen /
Die Griechen / Thracier / vnd Mysios[7] verdrungen /
Auch ewer Dacien / der Rômer bestes Land
Von langen Jahren her / verheert vnd außgebrand.
Mehr / hat nicht Attila* mit seiner Scythen Hauffen /
Vnd dann die Wenden auch euch feindlich[8] angelauffen?
Doch ewre Sprache bleibt noch hier auff diesen Tag /
Darob sich dann ein Mensch gar billich wundern mag.
Italien hat selbst nichts gantz von seinen Alten /
Ingleichen Spanien vnd Gallia behalten:
Wie etwan diß nun kan den Rômern ehnlich seyn /
So nahe sind verwandt Walachisch vnd Latein.
Es steckt manchs edles Blut in kleinen Bawrenhůtten /
Das noch den alten Brauch vnd Art der alten Sitten
Nit gåntzlich abgelegt. Wie dann jhr Tantz anzeigt /
In dem so wunderbahr gebůckt wird vnd geneigt /

5. verscharrt.
6. Die Ostgoten eroberten Dacien.
7. thrakischer Stamm.
8. *BC*; freundlich *D*.

Gesprungen in die Ho̊h / auff Art der Capreolen /
Die meine Teutschen sonst auß Franckreich můssen holen /
Bald wirdt ein Kreyß gemacht / bald widerumb zertrannt / [9]
Bald gehn die Menscher[10] recht / bald auff der lincken Hand;
Die Menscher die noch jetzt fast Ro̊misch Muster tragen /
Zwar schlecht[11] / doch witzig[12] sind / viel dencken / wenig sagen:
Vnd was ich weiter nicht mag bringen auff die Bahn /
Dadurch ich sonsten wol in Argwohn kommen kan.
Wo will ich aber hin? Ich soll von Zlatna schreiben /
Das den Verdruß der Zeit mir kan so wohl vertreiben
Mit seiner grossen Lust. Ich suche was ich will /
So find' ich da genung / vnd mehr noch als zu viel.
Geliebet dir[13] ein Berg? Hier stehen sie mit Hauffen:
Ein Wasser? siehe da den scho̊nen Ampul lauffen.
Ein scho̊nes grůnes Thal? Geh' auff Trajani Feld:
In Summa Zlatna ist wie eine kleine Welt.
Hier ist ein kůhler Platz voll lieblicher Violen
Vnd Blumen vielerhand / da kan man Kråuter holen
Dergleichen Hybla selbst vnd Pelion nicht trågt* /
Von denen man doch sonst so viel zusagen pflegt.
Die Farb' vnd der Geruch die scheinen fast zu streiten
Was mehr zu loben sey; so wird von allen Seiten
Gesicht' vnd Sinn erquickt. Es gibt die frische Bach /
Vor Zeiten Apulus* / auch keinem Flusse nach.
Sie pflegt nicht faulen Schleim[14] an jhren Rand zu fůhren /
Zeigt bald den klaren Grund. Es mag die Håusser zieren
Mit Marmor wer da will; Ich lobe solche Pracht
Die ausser Menschen-List[15] natůrlich ist gemacht.
Mehr sind auch Fische hier / die ich doch theils nicht kenne /
Der ich ein Fischer bin / theils lieber eß' als nenne.

9. *BC*; zertrannt *D*. – zertrennt, aufgelöst.
10. Mädchen.
11. schlicht, gerade, einfach.
12. Witz: Verstand.
13. Ist dir angenehm, möchtest du.
14. Schlamm.
15. menschliche Kunst.

Wo jergend Najades* an einem Wasser sindt
So glaub' ich daß man sie bey diesem Flusse findt /
Daß hier die Satyri* der Nymphen Gunst zuhaben /
Vnd der verbuhlte Pan* vmbher am Vfer traben /
Vnd eylen jhnen nach. Wie schöne sieht es auß*
Wann nun der Abendstern deß Himmels blawe Hauß
Mit seinem Liechte ziert / wirfft von der Berge Spitzen
Den Schatten in den Fluß / an dem die Vögel sitzen /
Vnd singen vberlaut? Es scheint der Wald folgt nach
Gleich wie das Wasser scheußt / vnd schwimmet in der Bach.
Der Wald / Herr Lisabon / auß dem jhr ohn Beschwerde
Habt Holtz so viel jhr wolt: Er wächst euch auff dem Herde
Vnd in der Küchen fast; bringt gar sehr schönes Wild /
Das nicht für's Armut[16] ist / vnd reiche Heller gilt.
Jhr waget / ist mir recht / nicht viel auff Wildtpret fangen /
Es kompt schier von sich selbst biß in den Hoff gegangen;
Auß welcher Zunfft auch ist der kleine Ringelbeer /
Der Beer mein bestes Vieh / den ich von euch anher
Am nechsten[17] mit mir nam. Es pflegt mir einzukommen
Die künstliche[18] Natur die hab' jhr[19] vorgenommen
An Zlatna sonderlich zuthun jhr Meisterrecht.
Der Wein wächst nur nicht hier / die Häuser sind auch schlecht.
Wie weit ist aber Sard? der beste Platz am Weine
Was dieses Land betrifft; der wol taug / wie ich meyne /
Für der Poeten Volck / das nit zu starcken Tranck
Hinunter giessen muß / im Fall jhm sein Gesang
Auch wol gerathen soll / vnd jmmerzu bekleiben[20];
Nicht wie zwar jene thun die etwas heute schreiben /
Das morgen kömpt dahin / wo es zukommen werth /
Da wo man auff die Wand den blossen Rücken kehrt.
Nun solcher Wein wächst hier / der nicht den Leib erhitzet /

16. Von Opitz hier noch wie teilweise im Mhd. als Neutrum gebraucht.
17. neulich.
18. kunstreiche.
19. sich.
20. erhalten bleiben.

Von dem nicht da ein Punct / hier wider einer sitzet
Vmb Nasen / Stirn vnd Maul / bald Berg bald wider Thal /
Mit roth vnd weiß vermengt wie ein Frantzosen-Mahl.
Nun solcher Wein wächst hier / den jhr in kurtzen Stunden
In ewern Keller bringt / vnd seydt der Last entbunden
Die man im pflantzen hat. Was auch den Baw belangt /
So ist es Eytelkeit daß man mit diesem prangt.
Wie noch die alte Welt* mit Keylen Holtz gespalten
Vnd nur ein dürres Scheyd zum Fewer fürbehalten /
Von Balcken nicht gewußt / da keine Sege war /
Da lebten sie mit Ruh vnd ausser der Gefahr.
Es stunden ohngefehr vier Gabeln auffgerichtet /
Darüber her ward Stroh / das nunmehr wird vernichtet /
Auff Aesten vmbgestrewt / darunter lag ein Mann /
Die Freyheit neben jhm / so jetzt ist abgethan.
Wir sind durch vnsern Baw noch endlich dahin kommen /
Daß wir vns weit vnd breit viel Oerter eingenommen /
Die Laster aber vns. Hat mancher gleich ein Schloß
Das Stätten ehnlich sieht / an Tugend ist er bloß.
Rom war nie besser auff* / als wie die hohen Sinnen
Ein nidrigs Dach bewohnt: so bald als sie beginnen
An schlechter[21] Einfalt klein' vnd bawen groß zu seyn /
Reißt Schand' vnd Vppigkeit mit hellem Hauffen ein.
Viel haben jhre Lust an köstlichen Pallästen
Gantz Königlich gemacht / viel gründen starcke Festen
Darauff man mehrmahls doch an jetzt vergeblich trawt /
Weil Mars so grimmig ist: Bey euch hat GOtt gebawt.
Laß hier vnd da gleich Milch vnd süsses honig fliessen;
Hier fleußt pur klares Gold*. Geringe Bawren wissen
Mit waschen* gut Bescheyd / vnd lesen[22] einen Sand /
Der auch mit seiner Stärck' erobert Leut' vnd Land.
Man höret offtermals von güldnen Bergen sagen:
Hier sind sie / wo sie sind. Hier pflegt gar sehr zu tragen
Deß Erdreichs milde Schoß die wunderbare Frucht /

21. schlichter.
22. verlesen, waschen die Goldkörner aus dem Sand.

Die so mit grosser Kunst vnnd Arbeit wirdt gesucht.
Es důnckt mich es sey selbst in ewren Dienst verpflichtet
Die gůtige Natur / die euch die Gång' außrichtet /
Vnd gleichsam mit der Hand auff jhre Schåtze zeigt:
Die schône Sonne selbst ist hefftig euch geneigt /
Will jhre gantze Krafft an Zlatna kundbar machen /
Wirckt fleissig gutes Gold: Es scheint fůr euch zu wachen
Der flůchtige Mercur[23] / so auch diß Orth sehr liebt /
Vnd ohne masse fast sein lebendt Silber gibt.
Der Mond[24] vnd der Saturn[25] sind auch euch zu gefallen
Vnd stellen sich wol ein mit edelen Metallen /
Darůber sie durch den gesetzet worden sindt /
Ohn den man nichts / auch da wo alles voll ist / findt /
Der Bawherr dieser Welt hat in den tieffen Grůnden
Das alles eingelegt / auff daß wir môchten finden
Was diesem Leben nutzt. Wann offt ein Kraut nichts thut
In Vbung der Artzney[26] da ist Metall doch gut.
Im fall kein Bergwerck ist / so můssen såmptlich darben
Die Giesser jhres Zins / die Mahler jhrer Farben /
Kein Måwrer wirdt mehr seyn / kein Schmied / kein Schlosser nicht /
Kein Kauffman der vns låßt was fůr den Leib gebricht.
Vnd was noch weiter ist. Der Mißbrauch ist zu schelten.
Ein Bergmann aber kan so wenig sein entgelten /
Als wenig Vrsach ist der seiner Reben pflegt /
Daß mancher Mensch sich bloß auff wildes Sauffen legt.
Die schône Nahrung hier hat wol dem Ackerleben /
Das sonsten selig heißt / mit nichten nachzugeben.
Wie der die Feldter bawt / doch niemand vnrecht thut;
So hawt jhr auch Metall / vnd bringet Gelt vnnd Gut
Tieff auß der Erden her die keiner sonst bewohnet:

23. Quecksilber.
24. Silber.
25. Blei.
26. bezeichnet urspr. Heilmittel und Heilkunde.

Ein jeder bleibt von euch mit Hinderlist verschonet /
Vnd schlimmen Schinderey; wie der zu vben pflegt /
Der Ehre / Seel' vnd Wahr auff eine Schale legt.
Ob euch der Orth nun wol / Herr Lisabon / zu geben
Pflegt alles was man will / so ist doch ewer Leben
Darinnen jhr jetzt seyd / vnd kůnfftig bleiben solt /
Geliebt es Gott vnd euch / noch gůldener als Golt*.
Wann gleich die ewrigen jhr Vatterland verlassen /
Durch Zwang der Tyranney / wie Alba[27] alle Gassen
Mit Blute vollgefůllt / vnd Antorff[28] ewre Statt /
Die sonst so volckreich war / gantz außgeleeret hat;
Ob gleich jhr nicht bey jhr / vnd jhren hohen Spitzen /
Noch an der tieffen Scheld'* im Schatten mo̊get sitzen /
Vnd sehn den Schiffen zu: Ob gleich das edle Land
Das euch vor zugeho̊rt / nun ist in frembder Hand:
So hat der Bluthund doch euch diß nicht nehmen ko̊nnen
Was mehr ist als das Gut: den Muth / die freyen Sinnen /
Vnd Liebe zu der Kunst / die euch noch angeerbt
Von ewrem Vatter her / vnd nicht stirbt wann jhr sterbt.
Wer weiß so wol als jhr die Heimlichkeit der Erden /
Vnd alle Tugenden die hier gefunden werden?
Deß Ertzes Vnderschied an Farben vnd Gestalt /
Die doch so mancherley / erkennet jhr alsbald;
Die kůnstliche Natur hat selber euch erzeuget /
Hat selber euch ernehrt / an jhrer Brust gesåuget /
Vnd bald von Wiegen an gelehrt die Wissenschafft
Durch die jhr nun erforscht der tieffen Grůnde Krafft /
Vnd zieht die Seel' herauß. In ewren ersten Jahren /
Wie Plato auch befahl* / habt jhr alsbald erfahren
Den Griff[29] der Rechenkunst / die gantz euch ist bekandt.
Doch schickt sich sonderlich in ewre werthe Handt
Der no̊tige Compaß / der Tieffe / Breyte / Långe

27. 1567–73 Statthalter Philipps II. in den aufrührerischen Niederlanden.
28. Antwerpen.
29. Kunstgriff, Technik.

Deß Schachts[30] gewiß erforscht / vnd euch[31] das Maß der Gånge
Vnd Stollen sagen kan. Der gleiche Meßstab auch /
Vnd was darzu gehőrt / ist stets euch im Gebrauch;
Jhr wißt sehr wol dardurch ein artlichs[32] Hauß zu grůnden /
Der Felder / Wasser / Stått vnd Lånder Ziel zufinden /
Gleich wie Euclides* that. Auch ist bey euch in Gunst
Die Schwester der Natur die schőne Mahlerkunst:
Vrtheilet recht vnd wol was gute Meister heissen /
Vnd was gesudelt sey; kőndt selber artlich reissen[33] /
Vnd seyt hier nicht ein Gast. Was sag' ich nun von der /
Durch welcher Lieblichkeit der Vnmuth vnd Beschwer
Deß Hertzens weichen muß / die aller Menschen Sinnen /
Im fall sie Menschen sind / kan wie sie will gewinnen /
Der edlen Musica / in welcher jhr so weit /
Vnd doch nur wie im Spiel' vnd Schertzen kommen seydt /
Daß euch Terpsichore[34] / die Mutter der Sirenen* /
Sehr lieb zu haben scheint vor andern jhren Sőhnen /
Vnd daß euch Phebus selbst wann jhr die Sayten růhrt /
Vnd spielt ein artlichs Lied / die schnellen Finger fůhrt?
Diß alles vnd noch mehr erhebt euch von dem Volcke
Das an der Erden hangt / vnd mit der dicken Wolcke
Der schnőden Eytelkeit liegt vnbekandt verdeckt.
Ein Geist der Tugend liebt / der voller Flamme steckt
Vnd heimlicher Begier / der kan nit műssig gehen;
Er muß sich lassen sehn / muß nach dem Himmel stehen
Von dem er kommen ist / muß suchen seine Lust
In allem was der Schar deß Pőbels vnbewußt.
O wol euch dann hierumb! Doch soll ich anders sagen
Was mein Bedůncken ist / noch eines mußt jhr wagen /
Wolt jhr daß ewer Glůck auch gantz vollkommen sey /
Vnd gleicher massen jhr: Ein Weib das legt euch bey.

30. *BC*; Schachs *D*.
31. *BC*; auch *D*.
32. kunstgerechtes.
33. zeichnen.
34. Muse der chorischen Lyrik; vgl. Anmerkung von Opitz.

Die Wahl ist hier wol schwer; Dann hat sie ein Vermögen /
Im Fall man jhr was sagt / so setzt sie sich entgegen.
Ist sie geschickt vnd from; so hat sie sonst nicht viel.
Ist sie am Adel gut; so thut sie was sie will.
Ist Leibes Schönheit da; so hat man zu verwachen.
Sieht sie dann heßlich auß: so kan sie leichte machen
Daß mancher borgen geht. Hat sie der Nahrung acht /
So darff kein Freund zu dir / sie kieffet[35] Tag vnd Nacht.
Behålt man sie daheim / so wird sie sich beklagen.
Geht sie spatziren auß / sie wird herumb getragen[36].
Hatt sie das Gelt bey sich / weh[37] deinem Beutel dann.
Giebst du nur was du wilt: so nimbt sie wo sie kan.
Vnd was ich noch viel mehr dergleichen wolt' erzehlen.
Doch bleibt das Sprichwort war: Nach Wehlen komme Quelen.
Habt jhr nur Sinn darzu; Gott selbst wird euch allein
Erwündschten Beystand thun / vnd ewer Freymann[38] seyn.
Wer jmmer einsam lebt kan nicht wie recht geniessen
Der Blüte seiner Zeit / wird offte fortgerissen
Von jrrdischer Begier / die leichtlich wie ein Pferdt
Das Zaum vnd Zeug zerreißt vns gantz zu Boden kehrt /
Vnd dåmpffet den Verstandt / der sonst die schwachen Sinnen /
Als Meister vber sie soll an sich halten können /
Vnd jhrer måchtig seyn. Drumb setzt noch diß herzu /
So habt jhr schon erlangt deß Lebens wahre Ruh /
Die für das Höchste Gut von den gelehrten Alten /
Vnd diß fast billich auch / wird in der Welt gehalten.
Dann kan was bessers seyn / als weit von aller Lust
Die vnser Fleisch gebiert[38a] / jm gantz seyn wol bewußt /
Vnd den Verwirrungen deß Hertzens nicht verhengen[39] /
Der Liebe sonderlich die hart' vns anzustrengen

35. keift.
36. wird über sie geklatscht.
37. *BC*; wehe *D*.
38. Brautwerber.
38a. *A*; gebůhrt *BCD*.
39. nachgeben.

Mit jhrer Stårcke pflegt / vnd låßt vns keinen Rast /
Im Fall sie schon ein mal vns an jhr Joch gefaßt?
O wol demselben wol / der so kan einsam leben /
Vnd seine gantze Zeit den Feldern hat gegeben /
Liebt nicht der Ståtte Lust vnd jhren falschen Schein /
Da offt zwar pflegt mehr Geld / doch auch mehr Schuld zuseyn!
Er darff[40] sein Hůtlein* nicht stets in der Hand behalten
Wann er nach Hofe kômpt / vnd fůr der Thůr erkalten /
Eh' als er Audientz (Verhôr ist viel zu schlecht)
Zu wegen bringen kan / vnd vngerechtes Recht.
Da pralet einer her mit grossen weiten Schritten /
Der / wann ein guter Mann jhn hat vmb was zubitten /
Der besser ist als er / vnd vielmehr weiß vnd kan /
So siehet er jhn kaum halb vber Achsel an /
Vnd fertigt jn kahl ab. Bald trifft sich eine Stunde /
Wann niemand drauff gedenckt / so geht er selbst zu Grunde /
Vnd seine Pracht mit jhm; es pflegt nur so zu gehn /
Man muß hier / wie es kômpt / bald liegen vnd bald stehn.
Noch blehen sie sich auff vnd dôrffen sich erheben /
Als jeder / gebe Gott / mußt' jhrer Gnade leben /
Verbringen mit Pancket vnd Spielen jhre Zeit /
Vnd mangelt jnen nichts als bloß die Frômigkeit.
Das weiß ein Feldmann nicht / vnd was die Ståtte haben /
Da der ein Weib jm freyt / ein andrer låßts begraben;
Der låufft / der weint / der lacht / die meisten suchen Geldt /
Vnd wann es funden ist / so muß es in die Welt.
Da sieht man eine Fraw / die jhren Mann zu schonen /
Der ohne diß schwach ist / den Knechten pflegt zu lohnen /
Vnd gibt vmbsonst hinweg das was jhr dennoch bleibt /
Vnd was man weiter noch in solchen Oertern treibt /
Da List / da Hurerey / da schweren[41] / schelten / fluchen
Gemeine Sachen sind / da nichts ist als besuchen /
Als tieffe Reverentz die nicht von Hertzen kômpt;
Da einer dem sein Gut / vnd der dem andern nimbt.

40. muß.
41. schwören.

Das weiß ein Feldtmann nicht. Die grausame Trompette
Noch auch der Trummel Schall jagt jhn nicht auß dem Bette /
Wie er noch halb voll Schlaff muß auff die Wålle gehn
Auß seines Weibes Schoß / vnd in der Růstung stehn.
Er schwebt nicht auff der See / da Himmel / Wind vnd Wellen
Ein armes schwaches Schiff fast stůrtzen zu der Ho̊llen /
Vnd stossen an den Grund. Er ehrt den Herren nicht
Der offtmals wenig hålt / vnd dennoch viel verspricht.
Sein thun ist schlecht vnnd recht: man sieht jhn niemand neiden /
Noch an deß Nechsten Noth die falschen Augen weyden;
Nicht wůndschen was jhm fehlt ist seine gantze Lust /
Lebt ausser Furcht vnd Trost / vnd ist jhm wol bewußt.
Er liebt das grůne Feld fůr allen andern Sachen /
Kan in der freyen Lufft sich etwas gro̊sser machen /
Vnd faßt jhm frischen Muth. Da gehen seine Kůh
Mit Låmmern vntermengt ins Graß biß an die Knie.
Der schwartze Schåffer steht bey einer hohen Linden
Gelehnet auff den Stab / vnd schneidet in die Rinden
Der Liebsten Namen ein / bald schwingt er in die Ho̊h
Ein trewes Hirtenlied von seiner Galathee.
Nicht allzuweit darvon da sieht er seine Stutten
Vor Geilheit lustig seyn / vnd nagen an den Rutten.
Dann geht er ferrner auch zu seinen Bienen hin
Schawt wie zwey grimme Heer offt an einander ziehn /
Vnd vmb deß Nachbars Klee sich bey den Sto̊cken zancken /
Die voller Honig sind: Fůhrt nachmals seine Rancken
Vnd junge Reben auff. Indessen ko̊mpt sein Weib /
Die nicht nach Bisem[42] reucht / vnd jhren schno̊den Leib /
Wie falscher Wahr geschieht / vollauff an allen Enden
Hat pråchtig außgebutzt; sie trågt in jhren Hånden /
Die grob durch Arbeit sind / von grůnem Majoran
Vnd Rosen einen Krantz / vnd kro̊net jhren Mann.
Bald setzt sie sich mit jhm bey einem Walde nieder /
An dem ein scho̊nes Quell mit Rauschen hin vnnd wieder

42. Bisam, Moschus (Duftstoff).

Fleußt heller noch als Glaß. Der leichten Vögel Schar
Springt auff den Aesten vmb / der grüne Specht / der Star
So offte reden lernt. Die Nachtigall vor allen
Singt dem der sie ernehrt / vnd jhnen zugefallen:
Die Lerche schreyt auch: Dir* / Dir lieber Gott allein
Singt alle Welt / Dir / Dir / Dir will ich danckbar seyn.
Indessen schleicht der Schlaff / der Mittler aller Sachen /
Durch jhre Glieder ein / vnd wann sie dann erwachen /
Daß nun die Sonne fast zu Golde gehen soll /
So führet sie jhn heim / vnd setzt den Tisch bald voll
Mit Speisen die sein Hoff vnd Landgut selber träget;
Ein Eyer oder drey die jetzt erst seyn geleget /
Die Henne selbst darzu / ein frisches Haselhun /
Nach dem die Bürger sonst die Finger lecken thun:
Ein Lamb das heute noch lieff neben seiner Mutter /
Den feißten Rom[43] der Milch / vnd Quittengelbe Butter /
Vnd Käse neben bey wie Holland selbst kaum hat;
Auch Obst das sonsten ist so thewer in der Statt.
Diß hat er vnd noch mehr; ißt was er kan verdäwen /
Legt fein jhm selber vor / darff sich mit nichten schewen
Ob gleich er auff den Tisch die Ellebogen stützt /
Vnd nit mit steiffer Brust wie eine Jungfraw sitzt.
Dann fasset er den Krug mit allen beyden Händen /
Trinckt seinen Fernewein[44] biß daß er auß den Lenden
Drauff Athem holen muß: Ist gäntzlich vnbedacht
Daß nicht ein guter Freund jhm etwas beygebracht:
Der reissende Mercur / vnd das so jungen Pferdten
An jhren Stirnen hängt wann sie gebohren werden /
Das bleiche Wolffeskraut[45] / vnd was vor Gifft das Landt
Bey vnserm Pontus* trägt ist Dörffern vnbekandt.
Dann macht der Wirth sich erst auß Müdigkeit zu Bette;
Sie spinnt mit dem Gesind' indessen in die Wette /
Vnd netzt die Finger wol / biß sie auch allgemach

43. Rahm.
44. abgelagerter Wein.
45. Giftstoffe enthaltende Pflanze.

Das Haupt legt auff die Brust / vnd folgt dem Manne nach;
Den sie / wie sehr er schnarcht / auß hertzlichem Verlangen
Der keuschen Wollust kůßt auff seine braune Wangen /
Vnd was zufolgen pflegt. Ist schon jhr Lager nicht
Verhangen mit Damast / vnd ob das Stroh gleich sticht
Durch jhren Vnterpfůl / so ist er dannoch reine* /
Darff keines Artztes Tranck vom Holtze das ich meyne /
Vnd manchem rahten muß: Da ist kein Zanck noch Neyd /
Kein Argwohn / kein Betrug / vnd kein verdeckter Eyd.
So ruhen sie mit Lust / biß daß es jetzt will tagen /
Vnd auff den Hůgeln sich der Morgenrôthe Wagen
Von ferren sehen lååßt / dann dehnen sie sich auß
Vnd sind zugleiche beyd' auff einen Sprung herauß.
O solte doch auch ich* / nach solcher weiten Reyse /
Vnd so viel Vngemach / bey euch sein gleicher weise /
Jhr Thåler / jhr Gebierg'* / jhr Brunnen vnnd du Strand
Deß Bobers[46] / da man mich zum ersten auff der Hand
Herumb getragen hat / wo die begraben lieget
So mich zur Welt gebracht / vnd wo ich erstlich krieget
Diß schlechte was ich weiß! Ich halte nichts auff Geldt
Auff Ehre die vergeht / vnd Gauckeley der Welt*.
Mein Wundsch ist einig der / mit Ruh da wohnen kônnen
Wo meine Freunde sind / die gleichsam alle Sinnen
Durch starcke Zauberey mir haben eingethan /
So daß ich jhrer nicht vergessen will noch kan.
Hier wolt' ich was mir noch ist vbrig von dem Leben /
Wie wenig es auch ist / mir vnd den meinen geben;
Ein Feldt / ein kleines Feld selbst bawen mit der Hand /
Dem Volcke zwar nicht viel / doch selber mir bekandt*.
Ich wůrde zuvorauß die lange Zeit vertreiben /
Wie auch bißher geschehn / mit lesen vnd selbst schreiben:
Verachten sicherlich das was das blawe Feldt
Deß Meeres weit vnd breit in seinen Armen hålt /
Weil alles eytel ist / die Kråfften außgenommen

46. Nebenfluß der Oder, an dem Bunzlau, die Heimatstadt des Dichters, liegt.

Die von den Sinnen nur vnd vom Gemuͤte kommen
Das aller Eytelkeit / die der gemeine Mann
Fuͤr grosse Sachen haͤlt / getrost entsagen kan.
Ich lernte taͤglich* was auß meinem Leben nehmen
So nicht darein gehoͤrt / vnd die Begierden zaͤhmen /
Vnd fragte nichts darnach ob einer der sein Landt*
Auß Ehrgeitz vbergiebt den Feinden in die Hand /
Vnd mit dem Eyde spielt / mit sechsen praͤchtig fuͤhre /
Vnd / wann er luͤge schon / bey seinem Adel schwuͤre.
Kein Herr der solte mich sehn bey dem Wagen gehn /
Vnd mit der Hofepursch[47] vor seiner Tafel stehn.
Dem allen ab zuseyn / wolt' ich mich gantz verhuͤllen
Mit tausend Buͤcher Schar / vnd meinen Hunger stillen
An dem was von Athen bißher noch vbrig bleibt.
Das was Aristons Sohn / ein Gott der Weisen schreibt* /
Was Stagirites* sagt / Pythagoras verschweiget* /
Homerus vnser Printz gleich mit den Fingern zeiget /
Vnd was der treffliche Plutarchus hat gewust /
Ja mehr / gantz Griechenland das were meine Lust.
Dann wolt' ich auch zu Rom / der Koͤnigin der Erden /
Was mein Latein belangt / mit Ehren Buͤrger werden.
Trotz einem der hierumb mich fuͤhrte fuͤr den Raht /
Als wer' ich wie gebuͤhrt / kein Glied nicht von der Statt.
Der grosse Cicero / Sallustius ingleichen /
Vnd Maro[48] wuͤrden mir die Haͤnde selber reichen;
Auch Flaccus[49] der so wol in seine Leyer singt /
Daß der Thebaner Schwan[49a] kaum also schoͤn erklingt.
Der reiche Seneca an Witz vnd an Vermoͤgen /
Der schlaue Tacitus / vnd was noch ist zugegen
Mußt allzeit vmb mich seyn. Rom solte zwar vergehn /
Doch sieht man sie noch jetzt in vnsern Hertzen stehn.
Wir lassen nichts hindan: Die Vrsach aller Dinge /
Worauß / von wem / vnd wie* ein jeglichs Thun entspringe /
Warumb die Erde steht / der Himmel wird gewandt /

47. Höflinge.
48. Publius Vergilius Maro.
49. Quintus Horatius Flaccus.
49a. Pindar.

Die Wolcke Fewer gibt / ist såmptlich vns bekandt.
Mehr was das oben sey auß welchem wir genommen /
Vnd widerumb darein nach diesem Leben kommen:
Ja Gott den niemand kennt / vnd kein gemeiner Sinn
Kan fassen / der kômpt selbst in vns / vnd wir in jhn.
Wir sehen wie der Leib deß Menschen muß verterben /
Der Leib das minste Theil; die Seele kan nicht sterben:
Wir sehn wie wann diß wird / ein anders nicht besteht /
Vnd wann noch eines kômpt / auch nachmals diß vergeht.
Die also auff den Lauff der Welt recht Achtung geben /
Erlernen der Natur hierauß gemesse leben /
Sie bawen auff den Schein deß schnôden Wesens nicht /
Das beydes nur die Zeit gebiehret vnd zerbricht.
Sie werden durch den Wahn / der wie ein Blinder irret /
Im Fall er die Vernunfft will meistern / nit verwirret;
Sie wissen allen Fall deß Lebens zu bestehn /
Vnd kônnen vnverzagt dem Todt entgegen gehn.
Das wolt' ich gleichfalls thun / vnnd meines Geistes Kråfften
Versuchen allezeit mit můssigen Geschåfften;
Ich liesse nicht vorbey so viel man Kůnste weiß /
Vnd was man hålt vor schwer / erstieg' ich durch den Fleiß.
Der Lånder Vntergang / der alten Vôlcker Sitten /
Jhr Essen / jhre Tracht / wie seltzam sie gestritten /
Wo diß vnd das geschehn / ja aller Zeiten Standt
Von anbegin der Welt macht' ich mir gantz bekandt.
So wůrd' ich meine Verß wol auch nicht lassen liegen;
Gar bald mit Mantua[50] biß an die Wolcken fliegen;
Bald mit dem Pindarus: Nasonis[51] Elegie
Doch zuvorauß genandt / als meine Poësie /
Vnd vnser Teutsches auch / darinnen ich vorweilen
Von Venus / jhrem Sohn' vnd seinen sůssen Pfeilen
Nicht sonder Fortgang[52] schrieb; jetzt aber nun mein Sinn
Vmb etwas reiffer ist / auch hôher kommen bin.
O liebes Vatterland / wann werd' ich in dir leben?

50. die Heimat Vergils.
51. Publius Ovidius Naso.
52. Erfolg.

Wann wirst du meine Freund' vnd mich mir wider geben?
Ich schwinge mich schon fort; gehab' anjetzt dich wol /
Du altes Dacia / ich will wohin ich soll.
Vnd jhr / Herr Lisabon / bleibt der jhr seydt gewesen /
Mein werther lieber Freund: das was hier wird gelesen /
Wie schlecht es jmmer ist / soll kuͤnfftig doch allein
Bezeugen meine Trew / wann nichts von vns wird seyn.

Erklärung vorigen Getichts.

Zlatna] oder Zalatna; ein Flecken in Siebenbuͤrgen / seines vornehmen Bergwercks halben sehr beruͤhmbt: drey Meylen von Weissenburg gelegen.

v. 9. Doch lachet sonderlich] So sagt Horatius[53] in dem 6. Lied deß andern Buchs:

> Ille terrarum mihi praeter omnes
> Angulus ridet. –
> Fuͤr allen Winckeln in der Welt
> Ist dieser der mir wol gefellt.

v. 11. Lisabon] Heinrich; Der Verwalter zu Zlatna: ein vornehmer auffrichtiger Mann / vnnd mein bester Freund in diesen Orthen.

v. 15. Dann Zlato das heißt Goldt] Diß ist von hiesigen Ortes Namen meine Meynung. Wiewol Johannes Zamosius darvor gehalten / Salatna sey so genandt worden / quasi Salatina; quod ex eius fodinae vectigalibus annuis salaria militaria colligerentur[54]. Es wirdt aber beym Ptolemaeo[54a] keines solchen Namens

53. Oden II, 6.

54. gewissermaßen »Salatina«, weil aus den jährlichen Abgaben seines Bergwerks der Sold (salaria) für die Soldaten aufgebracht wurde. – Verwechslung mit Stephan Zamoscius (Analecta lapidum vetustorum et aliarum in Dacia antiquitatum, 1593)?

54a. Claudius Ptolemaeus, Astronom und Geograph des 2. Jh.s n. Chr., dessen geozentrisches Weltbild bis hin zu Kopernikus gültig war.

erwehnet / vnd ist ein falsche inscription, die hiervon soll gefunden seyn worden:

PRAEFECTO SLOTNAE[55].

v. 17. Die Roͤmer] Die Trajanus[56] / nach dem er den Koͤnig Decebalum[57] vberwunden (welchen Krieg Xiphilinus auß dem Dione[58] beschreibet) auß dem gantzen Roͤmischen Gebiete / wie Paulus Diaconus[59] im 10. Buche Historiae miscellae saget / die Aecker vnd Staͤtte zu bawen zum ersten dahin geschickt. Dann ob wol fuͤr jhm Domitianus[60] auch einen Zug wider die Dacos verrichtet / ist es doch hefftig mißlungen: weil Oppius Sabinus vnd Cornelius Fuscus die Obristen neben vnzehlicher Menge Volcks blieben sind. Hat also der vnartige Fuͤrst mehr vber seine geschlagene Legionen / als vber die Dacier triumphiret; vnd es were vnvonnoͤhten gewesen / daß jhn Martialis[61] vnnd andere hierumb so herauß gestrichen. Dieses Land ist nachmals durch Nachlaͤssigkeit Gallieni[62] wider auß der Roͤmer Haͤnden kommen / vnnd hat endlich Aurelianus[63] / als er anderwerts bedraͤnget worden / die Roͤmische Besatzung sampt den Innwohnern gaͤntzlich darauß abgefordert. Besiehe hiervon Flauium Vopiscum in Aureliani Leben / vnnd Iornandem de regnor. successione[63a].

v. 21. Das lehrt vns Weissenburg / wo Apulum vor Zeiten / Der Sarmitz Schwester / stund] Sarmitz oder Sarmizegethusa ist die

55. Dem Präfekten von Slotna.

56. M. Ulpius Traianus, römischer Kaiser (98–117), gliederte das heutige Rumänien als Provinz dem römischen Reich ein.

57. in zwei Kriegen 101/02 und 105/06 n. Chr.

58. Cassius Dio, griechischer Historiker (2./3. Jh. n. Chr.).

59. langobardischer Historiker zur Zeit Karls d. Gr.

60. T. Flavius Domitianus, römischer Kaiser (81–96).

61. M. Valerius Martialis, römischer Epigrammatiker im 1. Jh. n. Chr.

62. P. Licinius Egnatius, römischer Kaiser (260–268).

63. L. Domitius Aurelianus, römischer Kaiser (270–275), verzichtete endgültig auf das nördlich der Donau gelegene Dacien.

63a. Flavius Vopiscus Syracusius, spätantiker Historiker des 3./4. Jh.s n. Chr. – Iornandis, lateinisch schreibender Historiker gotischer Abkunft im 6. Jh. n. Chr., Verfasser einer historia Gothorum.

Hauptstatt gewesen / deß Decebali Kŏniglicher Sitz / welche nachmals Colonia Vlpia Trajana Augusta Dacica Sarmiz genennet worden; wie auß den alten Marmorn zu sehen. Heutiges Tages lieget der Flecken Warhel daselbst. Apulum oder Colonia Apulensis, wirdt so vom Wasser Apulo genennet / welches sich hier in den Maros / den Strabo[63b] im 7. Buche Marisus nennt / vermenget. Muß eine mǎchtige Statt gewesen seyn / wie auß dem Bezircke der Mawren / derer Grunde noch zu finden / abzunehmen ist. Jhrer gedencket Vlpianus l. 1. §. In Dacia quoque. ff. de Censibus: In Dacia quoque, sagt er / Zeugmensium colonia à Diuo Trajano deducta, Iuris Italìci est. Zarmizegethusa quoque eiusdem iuris est. item Napocensis colonia, et Apulensis, et Patrouissensium vicus, qui à Diuo Seuero ius coloniae impetrauit[64]. Denn so soll dieser Orth corrigiret vnd gelesen werden; wie auch der Auctor in seinem Commentario Rerum Dacicarum, welchen er durch GOttes Hůlffe herauß zu geben gesonnen ist / erweisen wirdt.

v. 23. Thorda] Vor Zeiten Salinae geheissen: als auß der Tabula Itineraria zu finden.

v. 28. Trajanus Wiesen] Prat de Trajan, wie die Wallachen sagen.

v. 43. Wo Zeugma] Daß hier Petrodava / welcher Ptolemaeus erwehnet / gestanden sey / meinen etliche darumb / weil noch jetzund neben der alten Statt ein Walachisch Dorff Pedredan heisset. Aber Zeugma / die eben er Ptolemaeus nennet / scheinet sich besser hieher zu fůgen / inmassen auch solches die Innwohner bestǎtigen.

v. 53. Die Saturninos] Sonderlich M. Antonium Saturninum / der allhier Decurio der Colonien / vnd P. Furium / der Praeses Daciae gewesen. Eine Vberschrifft saget:

63b. Geograph (64/63 v. Chr. – 21 n. Chr.).

64. In Dacien hat auch die Colonia Zeugma, die auf Kaiser Trajan zurückgeht, italisches Recht. Auch Sarmitz hat dieses Recht; ebenso die Colonia Napocensis und Apulensis sowie der Flecken Patrovissa, dem vom Kaiser Severus das Recht einer Colonia verliehen wurde. – Domitius Ulpianus, römischer Jurist des 3. Jh.s n. Chr.

P. FVRIO
SATVRNINO
LEG. AVG. PR. P. PROCOS
COL. DAC. SARMIZ
PRAESIDI
DIGNISSIMO[65].

v. 56. Ein Bad] Von dem Anno 1622. dieser Stein bey Weisenburg außgegraben ward:

FORTVNAE
AVG
SACRVM
P. AELIVS. GEME
LVS VIR CLA
RISSIMVS.
PERFECTO A SOLO BALNEO
CONSACRAVIT[66].

v. 60. Der das Goldtbergwerck hier / etc.] Wie nachfolgende Schrifft / vnter dem Thor deß verwůsteten Klosters Totfalo / bezeuget:

D.M.
M. VLPIO. AVG.
LIB. HERMIAE PROC
AVRARIARVM, etc.[67]

Gantz kan man sie beym Grutero p. 594. lesen: wiewol sie nicht zu Zlatna ist / wie da stehet / sondern in gemeldetem Kloster eine starcke Meyle von Weissenburg.

v. 68. Wie jhr euch dann gewůndscht] Daß die Alten jhre Grå-

65. Dem ehrwürdigen Publius Furius Saturninus, kaiserlichem Feldherrn im Range eines Praetors, Proconsuln und Statthalter der Colonia Dacica Sarmizegethusa (vgl. Corpus inscriptionum Latinarum III Nr. 1177).

66. Der erhabenen Fortuna weihte der hochberühmte Publius Aelius Gemelus ein Heiligtum, als er das Bad von Grund auf errichtet hatte (vgl. CIL III Nr. 1006).

67. Den Manen des Freigelassenen M. Ulpius Augustus Hermia, dem Vorsteher des Goldbergwerks. Die Fortsetzung der Inschrift spricht davon, daß die sterblichen Überreste dank kaiserlicher Gnade nach Rom überführt wurden (vgl. CIL III Nr. 1312).

ber mit allerley Blumen vnd Kråutern gezieret / ist bey den Poeten vnd anderswo zu lesen. Sonderlich sagt Virgilius 6. Aen.

– manibus date lilia plenis,
Purpureos spargam flores, animamque nepotis
His saltem accumulem donis[68]. –

Vnd Juvenalis:

Dii maiorum vmbris tenuem et sine pondere terram,
Spirantesque crocos, et in vmbra perpetuum ver[69].

Sie haben sich auch in oder bey schône Gårte legen lassen; vielleicht auß der Meynung / daß jhre manes oder abgelebte Geister sonderliche Ergetzung darvon empfinden. Beym Grutero stehet auff einer Grabschrifft / p. 636.

HI. HORTI. ITA. VTI. OPT. MAXIMIQVE.
SVNT
CINERIBVS. SERVIANT. MEIS
NAM. CVRATORES. SVBSTITVAM
QVI. VESCANTVR
EX. HORVM. HORTORVM. REDITV
NATALI. MEO
ET. PRAEBEANT. ROSAM. IN. PERPETVVM[70].

v. 89. Es hat das wůste Volck] Ließ hiervon sonderlich Iornandem; wiewol er der Geten vnd Gothen Historien / wie andere mehr / wunderlich vermenget / vnd das hundert ins tausend wirfft.

68. Gebt Lilien mit vollen Händen; ich will purpurfarbene Blumen streuen und die Seele des Enkels wenigstens noch mit diesen Gaben überhäufen (Aeneis VI, 884 ff.).

69. Mögen die Götter den Schatten der Ahnen eine schwere- und gewichtlose Erde geben, duftenden Krokus und ewigen Frühling im Schatten(reich) (Iuvenal, Sat. VII, 207 f.; »umbra« ist wohl Druckfehler, die Überlieferung hat einstimmig »in urna«: »in ihrem Grab«).

70. Diese Gärten, vortrefflich und groß wie sie sind, sollen meiner Asche dienen; denn ich will Verwalter einsetzen, die an meinem Geburtstag aus den Einkünften dieser Gärten gespeist werden und in alle Zukunft einen Kranz von Rosen darbringen sollen. – Johann Gruter (1560–1627), niederländischer Gelehrter, während Opitz' Studienzeit Bibliothekar in Heidelberg, stellte *Inscriptiones antiquae totius orbis romanae* (Heidelberg 1603) zusammen.

v. 93. Mehr hat nicht Attila] Zu Martiani[71] vnd Valentiniani[72] Zeiten.

v. 123. Dergleichen Hybla selbst vnd Pelion nit trågt] Hybla ist ein Berg in Sicilien / Pelion in Thessalien / welche wegen Menge der Kråuter / Blumen vnd Bienen bey den Poeten sehr berůhmbt sind. Statius saget von Hybla. 1. Achil.

– quales iam nocte propinqua
E pastu referentur apes, et in antra reuerti
Melle nouo rapidas mitis videt Hybla cateruas[73].

v. 128. Vor Zeiten Apulus] Dessen Pedo Albinouanus in seiner Elegie an die Liviam erwehnet:

Danubiusque rapax, et Dacius orbe remoto Apulus –[74]

v. 135. Wo jergend Najades] Die Heyden haben vnter andern Gőttern auch vnderschiedener Art Nymphen ertichtet: Nereides / die dem Meere vorstehen: Najades den Flůssen vnd Weyern; dannenher Ausonius saget:

Tu mihi, flumineis habitatrix Nais in oris,
Squamigeri gregis ede choros: –[75]

Oreades den Bergen / Napeen vnd Dryades den Wåldern / Blumen vnd Kråutern; welches auß dieser Venedischen inscription zu sehen / wiewol sie etwas verdåchtig außsihet:

NAPAEIS
SAC.
C. HERENNIO

71. oströmischer Kaiser (450–457).

72. Valentinian III., weströmischer Kaiser (424–455).

73. So kehren die Bienen bei hereinbrechender Nacht von ihren Weiden heim, und der milde Hybla sieht die raschen Scharen mit neuem Honig in seine Höhlen zurückfliegen (Achilleis I, 555 ff.; wahrscheinlicher ist die Lesart »Melle novo gravidas«: »schwer beladen mit neuem Honig«).

74. die reißende Donau und der ferne dacische Apulus. – C. Pedo Albinovanus, römischer Dichter zur Zeit des Augustus.

75. Du nenn mir, Najade, Bewohnerin der Flußufer, die Chöre der schuppigen Herde (Mosella 82 f.).

CRISPO
PATRICIO. C. L.
M. TERENTIVS
VER. MIRA. HER
BAR. PVLCHRITV
DINE. CAPTVS
EX
DONO. V. F.[76]

Vnd Hamadryades eintzelen Båumen.

v. 137. Die Satyri] Sind Waldgötzen / welche auff jhr Alter / wie Pausanias[76a] bezeuget / Sileni genandt worden. Jhre Historie wird eygentlich erzehlet bey dem[77] Casaubon in dem Buche von Satirischen Getichten.

v. 138. Vnd der verbuhlte Pan] Der Gott des Feldes vnnd der Bawersleute: halb Mensch vnd halb Ziege. Dannenher ist das Wort Aegipanes beym Pomponio Mela im 4. Cap. des 1. Buches[77a]. Vnd auff einem alten Steine ist:

Semicapri quicunque subis sacraria Fauni,
Haec lege Romana verba notata manu[78].

Man kan lesen was Turnebus lib. 18. Aduersarior. cap. 8. Dampster zu Johann Rosins Antiquiteten vnd andere von jhm zusammen getragen haben.[78a]

76. Nach Wortfolge und Art der Abkürzungen offenbar unecht. Der Sinn ist im ganzen klar, im einzelnen sind mehrere Deutungen möglich: M. Terentius stiftete zu Lebzeiten, hingerissen von der Schönheit der Kräuter, den Napäen ein Heiligtum; unklar bleibt die Stellung des Dativs (Ablativs?) C. HERENNIO . . . sowie die Auflösung von VER. MIRA. (veris mirabilis? ver miratus?).

76a. schrieb einen Reiseführer (Perihegese) durch Griechenland (2. Jh. n. Chr.).

77. *BC*; bem *D.* – Isaac Casaubon (1559–1644), Humanist, *De Satyrica Graecorum poesi et Romanorum Satyra* (Paris 1605).

77a. römischer Schriftsteller des 1. Jh.s n. Chr. (De chorographia).

78. Der du die Heiligtümer des bocksfüßigen Fauns betrittst, lies diese Worte, geschrieben von römischer Hand.

78a. Hadrian Tourneboeuf (1512–65), französischer Humanist, *Adversariorum libri XXX* (Paris 1564). – Johannes Rosinus (1551–1626?), *Systema Antiquitatum* (mit Thomas Dempsters Paralipomena u. a. Genf 1659).

v. 139. Wie schöne sieht es auß / etc.] Ausonius ist in seiner Mosel sehr artig:

> Quis color ille vadis, seras quum protulit vmbras
> Hesperus, et viridi perfundit monte Mosellam?
> Tota natant crispis juga motibus: et tremit absens
> Pampinus, et vitreis vindemia turget in vndis.
> Adnumerat virides derisus nauita vites, etc.[79]

v. 173. Wie noch die alte Welt / etc.] Auß des Virgilii 1. Buche vom Ackerbaw:

> Nam primi cuneis scindebant fissile lignum;
> Tum variae venere artes. –[80]

Eh' als der harte Stahl vnd newen Künste galten / Da hat die erste Welt mit Keylen Holtz gespalten.

v. 185. Rom war nie besser auff / etc.] Hiervon redet sonderlich Sallustius zu Anfange des Catilinischen Krieges. Vnter andern aber sind diese Wort gar schöne: Nam quid ea memorem, quae, nisi his, qui videre, nemini credibilia sunt; à priuatis compluribus subuersos montes, maria constrata esse? quibus mihi ludibrio videntur fuisse diuitię: quippe, quas honeste habere licebat, per turpitudinem abuti properabant. Sed lubido stupri, ganeae, ceterique cultus non minor incesserat. viri pati muliebria: mulieres pudicitiam in propatulo habere, etc.[81] Der beredte Historicus Vellejus Paterculus[81a] / von dem ein grosser Mann vnbillich

79. Wie herrlich ist doch die Farbe der Fluten, wenn Hesperus die abendlichen Schatten verlängert und den grünen Berg in die Mosel taucht! Ganze Höhenzüge schwimmen in kräuselnden Bewegungen, es bebt die ferne Ranke und die Trauben strotzen in den glasklaren Fluten. Genarrt zählt der Bootsmann die grünen Reben (Mosella 192 ff.).

80. Georgica I, 144 f.

81. Denn was soll ich an Dinge erinnern, die nur, wer sie erlebt hat, glauben kann: von einzelnen wurden Berge abgetragen und Meere überdeckt (indem man Häuser ins Meer hinausbaute). Solchen Leuten, scheint mir, war der Reichtum zum Gespött geworden: was sie nämlich in Ehren besitzen durften, das beeilten sie sich auf die niederträchtigste Weise zu mißbrauchen. Aber hemmungslose Unzucht, die Sucht nach Gelagen und sonstiger Ausschweifung war nicht weniger verbreitet. Männer ließen sich als Weiber gebrauchen; die Frauen trugen die Scham zu Markte (Bell. Cat. c. 13).

81a. römischer Historiker des 1. Jh.s n. Chr.

sagt / er sehe nicht / was so hoch an jhm zu loben were / macht sich an einem Orte hiermit auch sehr lustig.

v. 194. Hier fleußt pur klares Gold] Plin. lib. 33. cap. 4. sagt vom Fließgolde: Nec vllum absolutius aurum est, cursu ipso trituque perpolitum[82].

v. 195. Mit waschen] Das Wort Waschen ist bey den Bergleuten in dieser Bedeutung so viel / als das Gold auß dem Sande der Bäche oder Flüsse waschen.

v. 236. Noch güldener als Gold] So hat die Poetin Sappho gesagt: χρυσῷ χρῦσοτέρα, auro magis aurea.

v. 242. Noch an der tieffen Scheld'] Einem vornehmen Wasser das bey Antorff vorüber fleußt; Lateinisch Scaldes oder Scaldis. Sein erwehnen Caesar / Plinius / der Auctor des Römischen Reisebuchs / vnd andere.

v. 258. Wie Plato auch befahl] Im 7. Buche von den Gesetzen.

v. 267. Gleich wie Euclides thet] Der vornehme Ingenieur vnd Bawmeister zu zeiten Ptolomaei des Ersten[83].

v. 277. Terpsichore] Eine von den neun Göttinnen der guten Künste.

v. eod. Der Sirenen] Deren drey gewesen / Lyca / Leucasia vnd Parthenope / von welcher / wie Jovianus Pontanus[83a] im 6. Buche vom Neapolitanischen Kriege wil / die Statt / so hernach Neapolis genandt worden / den Namen bekommen. Von jhrem lieblichen Gesange ließ Claudianum, vnnd das Sprichwort: Σειρήνους μέλους[84]. Andere sagen / Calliope sey jhre Mutter gewesen.

v. 329. Er darff sein Hütlein / etc.] Dergleichen Reden sind alle Bücher voll. Seneca sagt im Hippolyto:

Non alia magis est libera, et vitio carens,
Ritusque melius vita quae priscos colat,

82. Es gibt kein reineres Gold, durch die Bewegung und die Reibung wird es blank (Nat. hist.).

83. d. h. im 3./4. Jh. v. Chr.

83a. Giovanni Gioviano Pontano, neapolitanischer Minister, Dichter und Historiker (1426–1503), *Belli quod Ferdinandus cum Ioanne Andegavense gessit historiae libri VII.*

84. die Gesänge der Sirenen.

Quam quae relictis moenibus siluas amat.
Non illum auarae mentis inflammat furor,
Qui se dicauit montium insontem jugis;
Non aura populi, et vulgus infidum bonis,
Non pestilens inuidia, non fragilis fauor.
Non ille regno seruit, aut regno imminens
Vanos honores sequitur, aut fluxas opes;
Spei metusque liber. haud illum niger
Edaxque liuor dente degeneri petit.
Nec scelera populos inter atque vrbes sita
Nouit, nec omnes conscius strepitus pauet[85].

Vnd im Hercule Oetaeo:

Colit hic reges, calcet vt omnes,
Perdatque alios, nullumque leuet.
Tantum vt noceat, cupit esse potens.
Quota pars moritur tempore fati?
Quos felices Cynthia vidit,
Vidit miseros abitura dies.
Rarum est, felix, idemque senex[86].

v. 395. Die Lerche schreyt auch dir / etc.] Der Poët hat der Ler-

85. Kein Leben ist freier, ferner vom Laster und treuer den Sitten der Alten als eines, das fern von den Mauern der Städte die Wälder bevorzugt. Den entzündet nicht rasende Habgier, der, frei von Schuld, sich den Höhen der Berge verschrieben hat, noch entflammt ihn Ansehen beim Volk, noch der Pöbel, der die Guten treulos verrät, noch die Pest des Neides noch unstete Gunst. Solch ein Mann dient keinem Königsthron, noch sucht der sich des Throns zu bemächtigen und strebt eitle Ehren an oder vergängliche Macht. Von Hoffnung und Furcht ist er frei. Ihm stellt nicht mit verderblichem Zahn der schwarze gefräßige Neid nach. Er weiß nichts von den Verbrechen zwischen Völkern und Städten, und er muß nicht, seiner Schuld bewußt, jede Unruhe fürchten (Phädra 483–495).

86. Der dient den Königen, damit er alle treten kann, die andern zugrunde richtet, niemandem hilft. Nur um zu schaden, will er mächtig sein. Wie viele sterben schon eines natürlichen Todes (nach der ihnen vom Schicksal bemessenen Lebenszeit)? Die Cynthia (Beiname der Mondgöttin) noch glücklich sah, sah erbärmlich der sinkende Tag. Selten ist jemand glücklich, und das noch als Greis (Hercules Oetaeus 637–643).

chen Gesang hier außdrucken wollen; wie auch der von Bartas[87] im Frantzősischen / vnd sein Dolmåtscher im Lateinischen gethan.

v. 420. Bey vnserm Pontus] Verstehe das Euxinische Meer[88] / welches hinter der Walachey / die mit Siebenbűrgen grantzet / gelegen / vnd von wegen der gifftigen Kråuter / so vmb selbige Gegend wachsen / berůhmet ist. Dannenher saget Virgilius in den Hirtengesprächen:

Has herbas, atque haec Ponto mihi lecta venena
Ipse dedit Moeris; nascuntur plurima Ponto[89].

Besihe Wilhelm Stuckens Scholia vber des Arriani Periplum oder Vmbschiffung dieses Meeres[89a].

v. 429. So ist er dennoch reine] Der von Pybrac saget von einem solchen Weibe:

Si de musc parfumé ou d'ambre n'est leur sein,
Pour le moins on se peut asseurer qu'il est sain,
Et qu'au partir de là on ne prend medicine,
Et le breuuage faict de gajac ou d'esquine[90].

v. 437. O solte doch auch ich / etc.] Virg. 2. Georg.

87. Vgl. du Bartas, Première Sepmaine, 5. Tag, v. 615 ff.
La gentil Alouette avec son tire-lire /
Tire l'ire à l'ire et tire-lirant tire
Vers la voute du ciel: puis son vol vers ce lieu
Vire et désire dire, adieu Dieu, adieu Dieu . . .

88. das Schwarze Meer.

89. Diese Kräuter und diese Giftpflanzen, am Pontus für mich gesammelt, gab mir Moeris selbst; sie wachsen nämlich in großer Zahl am Pontus (Ekloge VIII, 95 f.).

89a. *B*; dessen Meeres *CD*. – Arrian: griechischer Historiker im 2. Jh. n. Chr., u. a. Biograph Alexanders d. Gr., hier gemeint der περιπλους (Reisebericht).

90. Wenn ihr Leib auch nicht nach Moschus oder Ambra duftet, kann man wenigstens sicher sein, daß er gesund ist und man nachher keine Medizin nehmen muß und einen Trank von Guajak (»Franzosenholz«) und Chinin (Les Plaisirs de la Vie Rustique, 1576). Guy du Faur, Seigneur de Pibrac, französischer Diplomat und Dichter (1529–84). Opitz übersetzte seine *Quatrains contenant préceptes et enseignements utiles pour la vie de l'homme* (1574).

– O vbi campi,
Sparchiusque, et Virginibus bacchata Lacaenis
Taygeta! O qui me gelidis in vallibus Haemi
Sistat, et ingenti ramorum protegat vmbra[91]!

v. 439. Jhr Thåler / jhr Gebirg' etc.] Virgilius wider im Culice:

O pecudes, o Panes, et o gratissima Tempe
Fontis Hamadryadum, –[92]

Vnd Horatius lib. 2. Sermon. Sat. 6.

O rus, quando ego te aspiciam? quandoque licebit
Nunc veterum libris, nunc somno, et inertibus horis
Ducere sollicitae jucunda obliuia vitae[93]?

v. 444. Vnd Gauckeley der Welt] Winsbeke ein Edelmann / der vmb das Jahr Christi 1153. gelebet / in einem Getichte an seinen Sohn:

Nun sich der Werlte Gŏchel an /
Wie sie jhr Volger triegen kan[94].

Vnd Petronius: Totus mundus exercet histrioniam[95].

v. 452. Dem Volcke zwar nicht viel / doch selber mir bekandt] Seneca im Thyeste:

Obscuro[96] positus loco
Leni perfruar otio.
Nullis nota Quiritibus
Aetas per tacitum fluat.

91. O wo sind die Felder und der Sparcheus und der Taygetos, den die spartanischen Mädchen durchschwärmen? O wer versetzt mich in die kühlen Täler des Hämus und birgt mich im ungeheuren Schatten des Gezweigs? (Georgica II, 486 ff.).

92. O Herden, o Waldgötter und du, anmutiges Tal mit der Quelle der Hamadryaden . . . (Culex 94 f.).

93. O ihr Fluren, wann werde ich euch sehen? Wann werde ich – bald bei den Schriften der Alten, bald im Schlummer und in Stunden des Nichtstuns – süßes Vergessen finden des unruhigen Lebens? (Sat. II, 6, 60 ff.).

94. Nun sieh das Gaukelspiel der Welt an: wie sie die betrügt, die ihr folgen. – Im Gegensatz zu Opitz' Meinung fällt Winsbekes Schaffen in die ersten Jahrzehnte des 13. Jh.s.

95. Alle Welt treibt Gaukelspiel.

96. *BC*; Obscurus *D*.

Sic cùm transierint mei
Nullo cum strepitu dies,
Plebejus moriar Senex.
Illi mors grauis incubat,
Qui notus nimis omnibus,
Ignotus moritur sibi[97].

v. 461. Ich lernte tåglich] So saget Seneca in dem Buche vom seligen Leben / Cap. 17. Hoc mihi satis est; quotidie aliquid ex vitiis meis demere, et errores meos obiurgare. Daran begnůget mir: tåglich etwas auß meinen Lastern abthun / vnd meine Fehler straffen.

v. 463. Ob einer der sein Land] Philip Port in einer Ode:

L'ambition son courage n'attise,
D'un fard trompeur son ame il ne desguise,
Il ne se plaist à violer sa foy,
Les grands seigneurs sans cesse n'importune:
Mais en viuant content de sa fortune,
Il est sa Cour, sa Faueur, et son Roy[98].

v. 472. Das was Aristons Sohn / ein Gott der Weisen / schreibt] Plato. Cicero im 2. Buche von der Gőtter Natur: Audiamus enim Platonem, quasi quendam Deum Philosophorum. Dann wir wollen den Plato hőren / gleichsam einen Gott der Weltweisen. Sihe sonderlich den H. Augustin im 2. Cap. des 14. Buchs von der Statt Gottes.

v. 473. Stagirites] Aristoteles; von seinem Vatterlande Stagira /

97. Zurückgezogen will ich einen angenehmen Müßiggang genießen. Mein Leben soll still, unbemerkt von allen Römern, dahinfließen. Wenn so ohne Erschütterung meine Tage vergangen sind, will ich hochbetagt als einfacher Mann sterben. Auf dem lastet schwer der Tod, der, von allen nur zu sehr gekannt, sich selbst nicht kennend, stirbt (Thyestes 394–403).

98. Ehrgeiz facht nicht seinen Mut an; seine Seele versteckt sich nicht unter trügerischer Schminke; er liebt es nicht, sein Wort zu brechen; er fällt nicht unablässig den großen Herren zur Last, sondern zufrieden mit dem, was er hat, ist er sich selber Hof, Gunst und König. Philippe Desportes (1546–1606), französischer Dichter in der Nachfolge der Pléiade.

einer Statt in Macedonien vmb den Berg Athos gelegen / also geheissen.

v. eod. Pythagoras verschweiget] Dergleichen Ort ist bey dem Claudiano[99]; Welchen auch Heinsius hat außgedruckt:

> Wat Thales heeft bedocht / Pythagoras geswegen /
> En Socrates geseyt.

v. 490. Worauß / von wem / vnd wie] Ließ den Seneca / in seiner 65. Epistel.

Martin Opitzen
Vielguet.

INdessen daß mein Sinn der Welt gemeines Ziel
Vernichten / vnd sein Lob auff etwas stellen will
Das gut ist vnd die Zeit deß Lebens gut kan machen /
So komm O Hoͤchstes Gut / du Vrsprung guter Sachen /
Deß boͤsen aͤrgster Feind / erwecke mir Verstand /
Verleyhe kecken Muth / vnd schaͤrpffe meine Hand
Zu dringen durch den Neyd deß Volckes von der Erden /
Das sonst mit seiner Schar mein Meister moͤchte werden /
Vnd Warheit kaum vertraͤgt. Du aber / wehrter Heldt /
O mehr als guter Fuͤrst / dem diese Lust gefaͤllt /
Der du das gute liebst von dem ich hier will singen /
Beschawe neben mir wie nichts an vielen Dingen /
Am guten gutes sey das gut heist vnd nicht ist /
Vnd wenig diesem gleicht was du dir hast erkiest.
  Der Vatter der Vernunfft vnnd Kuͤnst'[1] vnd vieler Wercke
Prometheus hatte zwar auß seiner Weißheit Staͤrcke

99. Vgl. Cons. Manl. Theod. 90 ff.: quidquid Democritus risit dixitque tacendo / Pythagoras . . .

1. *E*; Kunst' *D*.

Dem Menschen / welchen er vor ohne Geist gemacht /
Deß Fewers edlen Schein vom Himmel eingebracht /
Durch nůtze Dieberey in seines Leibes Hỏle /
Die erstlich dunckel war / daß also Witz vnd Seele
Deß Cỏrpers Wirthe sind; wann Epimetheus[2] nicht
Ein Faß hått' auffgethan / vnd an das Sonnen-Liecht
Viel Vbel das vns krånckt mit Hauffen außgelassen.
Der Arme wolte sie zwar[3] mit dem Deckel fassen /
Zu stopffen diß Geschirr: Doch leyder gar zu spat /
Was einmal Lufft bekompt das gibt auff keinen Raht /
Vnd kehrt nicht wider vmb. Seit angeregter Zeiten
Sindt Armut / Vppigkeit / Betrug / Gewalt vnd Streiten /
Vnd Kranckheit / vnd der Todt geflogen vmb vnd an
Durch alles was der Tag bey vns bescheinen kan.
Prometheus hat vns wol ein klares Liecht gegeben /
Ein Fewer auffgesteckt / dem rechten nach zu streben /
Zu kennen was vns dient; sein Bruder aber macht
Daß schwartzer Nebel sich mit einer dicken Nacht
Vmb vnser Hertze legt / vnd låßt vns nicht entscheyden
Wohin zu gehen sey: was billich das vermeyden /
Was falsch ist suchen wir; worauff deß Menschen Muth
Am meisten sieht vnd denckt das heißt sein bestes Guet.
  Ein Theil das pfleget sich zum Ertze zuverdammen /
Vnd Hỏllenab zugehn; da lesen sie zusammen
Das Gold den reinen Koth / der bleichen Sorgen Kindt /
Deß Glůckes Außgespey / den Rauch / den thewren Wind
Der in die Tugend stůrmt. Sie scharren auß der Erden
Wordurch sie mehr vnnd mehr dem Himmel frembde werden
Darein kein Goldt nicht kompt. Sie holen vber Meer
Auß einer andern Welt der Laster Werckzeug her /
Versetzen jhren Halß den Wellen selbst zum Pfande /
Sind Blutarm auff der See vmb reich zu seyn zu Lande
Das weit von dannen liegt. Wo ist dein Sinn vnd Rath?

2. Titan, Bruder des Prometheus; er öffnete die Büchse der Pandora, aus der Laster, Krieg, Krankheit, Alter über die Menschheit kamen.
3. *E1* (nach Trunz); sich zwar *ED*.

Was bawst du auff ein Hauß das keinen Boden hat /
O Mensch / du Glůckes-Ball / was håwst du auß den Grůnden,
Vnd suchest in der Bach / im Sande deine Sůnden?
Was lauffst vnnd rennest du vnd schwitzest Tag vnnd Nacht?
Was trågst du diese Last / die sorgenvolle Pracht
Durch Recht vnd Vnrecht ein? daß Jason[4] doch ist kommen
An Colchos wilden Strand / vnd hat das Fell genommen!
Nun weiß man vmb das Golt vnd auch vmb Hassz vnd Streit:
Da noch kein Goldt nicht war da war die gůldne Zeit.
Die Gőtter haben selbst das was wir Golt jetzt nennen /
Vnd erstlich Erde war / gar langsam lernen kennen:
Man sagt daß Jupiter zu zeigen seine Macht
Auff einen Feyertag den Plitz herfůr gebracht /
Neptun den Dreyzanckstab; Minerva trug die Eule /
Die Harpffe Cynthius[5] / Alcides[6] seine Keule /
Die braune Ceres Korn / Pan Pfeiffen / Flora Graß /
Vnd Amor sein Geschoß; ein jeder wuste was
Mit dem er Meister ward: doch hatte schon fůr allen
Der grosse Fůrst Neptun dem Mittel[7] wolgefallen /
Wo nicht die Erde noch auff jhre Schoß gezeigt.
Wie wann deß Tages Ziehr die Sonne Seewerts steigt /
Vnd jhre Strahlen låßt mit einem schőnen Blincken /
Daß Landt vnnd See sich frewt / den sůssen Schlaff-Trunck trincken /
So ließ sie gleichfalls auß deß Goldes falsche Pracht /
Dadurch der Himmel auch jhr dienstbar ward gemacht.
Alsbald nimpt Jupiter jhm[8] Goldt zu seinem Throne /
Zum Scepter den er trågt / die Juno jhr[9] zur Krone /
Mercur vmb seinen Stab der vor nur Hőltzern war /
Vnd Pallas vmb den Schildt: Der Gott der Krieges-Schar

4. raubte aus Kolchis das Goldene Vlies.

5. Beiname des Apoll nach seiner Geburtsstätte auf dem Berge Kynthos auf Delos.

6. Beiname des Herakles.

7. dem Kreis (der Götter).

8. sich.

9. sich.

Mars laͤßt jhm Helm vnd Schwerd / der Titan[10] seinen Wagen /
Saturn das Sichelhefft[11] mit Goldte gantz beschlagen:
Ja der Gerechtigkeit / die nie geliebt den Schein /
Muß jhre Wage-Schal jetzt selbst verguͤldet seyn.
So ist das arge Goldt ein Gott der Goͤtter worden:
Der Himmel geitzet auch / vnd reitzt mit seinem Orden[12]
Den der bey[13] Guͤtern darbt / der seinen Feind bewacht /
Sich hasset vnd liebt Gelt das blind ist vnd blind macht /
Lahm koͤmpt / gefluͤgelt weicht; der sein Gemuͤhte hencket
An einen guͤldnen Strick / vnd nie vernuͤnfftig dencket
Daß dieses was man kriegt vnd auch besitzt mit Pein /
Vnd vbel leben lehrt / kein rechtes Gut kan seyn.
Was soll ich aber dann von Ehr vnd Wuͤrden sagen /
Darauff ein stoltzer Geist sein gantzes wolbehagen
Vnd alle Sinnen setzt? ist diß das beste Gut /
Wann einer dem sein Leib / sein eygen Fleisch vnd Blut
Zum Herren worden ist / deß andern Leib vnd Leben
In seinen Haͤnden hat / beherrschet nur was neben /
Vnd nicht was in jhm ist? diß Fell / diß Vberkleydt
Kan vnderthaͤnig seyn: der Sinn bricht durch[14] die Zeit
Vnd aller Fuͤrsten Sinn / er laͤßt sich nicht regieren
Von einer frembden Hand / nicht bey der Nasen fuͤhren
Als wie ein armes Vieh / vnd was du fuͤr Gewalt
Hast vber seine Haut / das hat auch dergestallt
Ein andrer vber dich. Diß wird kein Gut nicht heissen
Worauff ein boͤser Mensch sich pfleget zu befleissen /
Der alles Vbel thut zu treffen auff sein Ziel /
Vnd wann es troffen ist schafft was er kan vnd will.
Es ist ein groͤsser Lob daß gute Leute fragen
Warumb nit / als warumb dir was wird auffgetragen.

10. der Sonnengott Helios.
11. *E*$_1$ (nach Trunz); Siegelhefft *ED*. – Der Griff der Sichel.
12. Regel, Gesetz. – geitzet: ist habgierig.
13. *E*; er bey *D*.
14. überwindet.

Was kůmmert Cato sich daß etwan ein Vatin[15] /
Ein Narr hoch oben sitzt? ich bleibe wer ich bin
Wann ich zu Fusse geh' vnd Struma[16] pråchtig fehret
Der zwar so viel nicht kan / doch aber mehr verzehret
Dann einer der nichts weiß als nur verståndig seyn.
Du Stock / die gantze Statt die kennet deinen Schein;
Kreuch in ein Lőwen-Fell so reden doch die Ohren[17]:
Durch Hoheit wird der Standt deß Hertzens nicht verlohren;
Die åhre beuget sich worinnen Kőrner sind /
Die auffrecht steht ist Sprew / vnd fleuget in den Wind.
Zwar kőstlich ist es wol ein Theil der Welt regieren /
Herr vieler Herren seyn / das Schwerdt vnd Scepter fůhren /
Besitzen Gut vnd Blut / doch ist hier minder Ruh
Als auff der wilden See die grimmig ab vnd zu
Mit jhren Wellen jagt / vnd nie vermag zustehen.
In einem grossen Hoff wo tausend Leuthe gehen
Zu suchen Gnad' vnd Recht / da schleichen auch hinein
Gefahr / Betrug vnd List: es fůhrt der grosse Schein
Viel Schatten hinter sich. Die auff dem Throne sitzen
In voller Herrligkeit / vnd also håuffig schwitzen /
Was meynst du daß es sey? Der Sommer thut es nicht /
Die Sonne kan nicht hin: was auß der Stirnen bricht
Ist Arbeit vnd Beschwer. So viel hier Leute dienen
Sind jhnen mehrentheils zu Dienste selbst erschienen;
Sie ehren nur die Macht deß Fůrsten vnd nicht jhn /
Vnd wann sein Glůcke fållt so gehn sie auch dahin.
Ist ferrner diß so gut ein starckes Lob erlangen /
Bekandt seyn weit vnd breyt / mit grossem Titul prangen
Der kaum kan auff den Brieff / der Edlen Ahnen Zahl
Zerstůmmelt vnd zerhackt vmb einen gantzen Saal
Mit Wappen vnd Panir[18] in jhrer Ordnung weisen?

15. Publius Vatinius, skrupelloser Parteigänger Caesars, Volkstribun, später Konsul, wurde an Catos Stelle 55 v. Chr. zum Praetor gewählt.

16. Spottname des Vatinius wegen seiner Geschwulste.

17. Anspielung auf die Fabel vom Esel, der in eine Löwenhaut kriecht.

18. Fahne, die dem Wappen des Bannerherrn entspricht.

Ich ehre deinen Standt: Doch soll ich dich auch preisen /
So lebe Ritterlich / vnd laß mich vnverlacht /
Ob du gleich Edel bist gebohren / ich gemacht[19].
Wann schon ein gutes Pferdt auß Barbarey[20] nit kommen /
Wann seine Schlacht[21] schon nit von Naples[22] ist genommen /
Das sonst nur Edel ist / vnd erstlich trifft das Ziehl /
Es habe gleich sein Graß gefressen wo es will /
So kriegt es doch den Preiß. Die Bilder[23] die hier stehen /
Von welcher wegen du pflegst oben an zu gehen /
Die ruffen auff dich her / vnd schawen was du thust:
Folg' jhrer Tugend nach hast du zum Lobe Lust.
  Die Schoͤnheit wird es seyn die gut genennt kan werden /
Dann alles schoͤn ist gut: das schoͤne was der Erden
Allhier nichts schuldig ist / was alles schoͤne macht /
Was Titans Haus[24] besternt / was guͤldner Blumen Pracht
Auff Feld vnd Wiesen setzt / vnd Wald[25] auff gruͤne Huͤgel /
Was Brunnen Quelle gibt / vnd Voͤgeln jhre Fluͤgel /
Vnd alles vns verleyht was schoͤnes an vns ist /
Dasselb' ist schoͤn' vnd gut. Wer dieses nicht erkiest /
Nicht gut von jhm lernt seyn / der will mit etwas prangen
Das keiner Hoffart werth. Die Rosenroten Wangen /
Der Lilienweise Halß / die Augen / dieser Mund
Sind eine schoͤne Wandt / ein Hauß das seinen Grundt
Von innen haben muß. An Cedern / an Cypressen /
Am Lorbeerbaume zwar ist keine Zier vergessen /
Die Fruͤchte desto mehr: ein wolgemahltes Weib /
Das nichts zu zeigen weiß als seinen zarten Leib /
Ist ein gemeiner Raub / dem Mann' ein thewres prangen /
Den Eltern eine Schmach / den Frembden ein Verlangen /

19. Anspielung auf Opitz' Erhebung in den Adelsstand.
20. Berberpferd.
21. Geschlecht, Herkunft, Zucht.
22. Neapel.
23. Ahnenbilder.
24. den Himmel. – Titan: Beiname des Sonnengottes.
25. *E*; Wåld *D*.

Der andern Frawen Neyd / ein schoͤner Koth vnd Wust /
Ein Opffer vnd Altar der offentlichen Lust /
Vnd was du haben wilt: Gestalt pflegt auß zu tretten[26] /
Vnd ist jhr Kuppler selbst: die keiner hat gebetten
Die bleibt am meisten keusch. Es weiß die gantze Welt
Daß reiner Wille sich mit Schoͤnheit kaum gesellt /
Mit Schoͤnheit welcher Stahl vnd grimmes Fewer weichet /
Doch die nicht minder bald zerrinnet vnd verbleichet /
Wie eine Blume thut die mit dem Tage steht /
Vnd wan der Abend koͤmpt mit jhm auch vntergeht.

Viel suchen grossen Ruhm / vnd meynen zu bekleiben[27]
Durch Lob das nimmer stirbt mit lesen vnd mit schreiben /
Vnd sehen diß doch nicht in jhren Buͤchern an /
Daß einer welcher Lob vnd Ruhm verachten kan
Sey vber alles Lob. Was wilt du dich bemuͤhen /
O Mensch / der Sterbligkeit deß Menschen zu entfliehen /
Wann du die Menschen fleugst[28] / machst noch im Leben dir
Auß deinem Hauß' ein Grab / vnd tichtest fuͤr vnd fuͤr
Auff Buͤcher an den Mayn[29] zur Messe fort zu senden /
Da kluge Thorheit wird von so viel tausend Haͤnden
Durch Land vnd See geschlept? bedencke daß die Welt
Noch einen weitern Raum als Teutschland in sich haͤlt /
Vnd Holland auch darzu. Vermeynst du daß dein Wesen
Madrill[30] / Pariß vnd Rom pflegt sonderlich zu lesen /
Da mehr Gehirne waͤchst? Druͤckt an Quinsai[31] Bach
Deß Landes China Volck dir deine Traͤume nach?
Kennt Nilus deine Hand? sey sicher / dieses Schlachten /
Das keiner Voͤlcker schont / wird deiner Kunst nit achten;
Die Weißheit nem' ich auß die Noth vnd Tod zerbricht:
Wer diese Kunst nicht kan der kan gar keine nicht.

26. über die Schnur treten, Untreue begehen.
27. fortzuleben.
28. fliehst.
29. nach Frankfurt.
30. Madrid.
31. chinesische Königsstadt.

Noch hab' ich nie gesagt von Epicurus[32] Sŏhnen /
Der rawen Art / die Gott vnd Menschen pflegt zu hŏhnen /
Vnd schåtzet jhren Bauch fůr Gott vnd fůr jhr Gut;
Denselben opffert sie den Wein der Erden Blut /
Vnd lebet so dahin als dŏrffte[33] sie nicht sterben /
Vnd stirbt als sey hernach kein Leben mehr zu erben:
Sie denckt nicht eines an daß jhre Schwelgerey
Der blossen Důrfftigkeit vnd Kranckheit Mutter sey.
Was klaget doch so sehr deß Volckes Lentz die Jugendt /
Der Tag verlauffe sich / vnd sey zu kurtz zur Tugendt?
Sie selbst fleugt fůr der Zeit / vnd nicht die Zeit fůr jhr.
Was scheubest[34] du viel auff? dein heute das ist hier /
Nicht lebe morgen erst. Du must das wilde fressen /
Den Wein der Venus Milch / die Venus auch vergessen /
Zu leben nach Gebůhr. Was deine Gurgel heißt /
Worauff ein Bawersmann vnd Schiffer sich befleißt /
Was See vnd Acker trågt / das wird gezeugt zum Leben /
Vnd bringt das Leben vmb: wilt du dem Leibe geben /
So frage die Natur. Man soll / daß vns der Wein
Nicht Schaden bringen mag / jhm selber schådlich seyn /
Vnd Bach[35] darunter thun. Die Vollheit lehret hassen /
Entdeckt[36] was dunckel ist / pflegt Argwohn außzulassen /
Vnd alles was nit taug: sie schårpfft die schnŏde Brunst /
Die Liebe welche nichts von einer Himmels-Gunst /
Vom besten guten weiß. Dann wohnet solchen Dingen
Auch etwas gutes bey die bŏsen Außschlag bringen?
Die Liebe sucht in Můh vnd Arbeit jhre Ruh /
Im Schmertzen jhre Lust / schleußt dessen Hertze zu
Der jhr die Augen gŏnnt / heißt Knechte nach den Frawen /
Den Edlen nach der Magdt / den Greiß nach jungen schawen /
Beschŏnt was grewlich ist; sie wird in Angst begehrt /

32. Griechischer Philosoph, der die ἡδονή als höchstes Gut lehrte.
33. müßte.
34. schiebst.
35. Wasser.
36. Deckt auf.

In Hoffnung fort gepflantzt / in Furchtsamkeit gewehrt /
Vnd Eckel folgt jhr nach: Die Rôhte / dieses Blicken /
Der Schweiß / das Hertzenweh / diß auff- vnd nider schicken[37]
Der Såufftzer zeiget ja daß jhre beste Frucht
Ein wahres Stůcke sey der rechten schweren Sucht[38].
O Gut / O bôses Gut was kanst du denen geben
Die deine Folger sind / vnd dir zu Dienste leben!
Du Wollust / wann du mir zu schawen hast gebracht
Die Furche die ein Schiff auff wilder See gemacht /
Vnd eines Adlers Flug / so will ich dir auch finden
Den Weg auff welchem du gewohnt bist zu verschwinden /
Vnd nimbst mit dir dahin die Blůte von der Zeit /
Vor welche du nichts gibst als Armut / Schmach vnnd Leyd.
Komm mit mir wann du kanst; ich will dir etwas weisen
Darnach du nicht erst darffst biß in Peru hin reysen /
Wo solcher Werckzeug wåchst darauff dein Volck sich fleißt.
Komm mit mir an den Orth der Vielguet ist vnd heißt /
In vnserm Schlesien dem jetzt nicht reichen Lande
Das dennoch Vielguet hat; schaw' an dem kleinen Strande
Der Weyde[39] dessen Ruh der seinen Sinn gesetzt
Auff etwas das den Leib vnd Sinn zugleich ergetzt.
Vergônne mir O Trost deß Landes / dein Verweylen
Vnd angenehme Lust auch andern mit zu theylen:
Ein Fůrst ein hohes Haupt ist ein gemeines Gut /
Kan nicht verborgen seyn / vnd was er sagt vnd thut /
Ja fast auch bey sich denckt / zerbricht vnd wider bawet /
Das wird von Jung vnd Alt begierig angeschawet /
Vnd hin vnd her geweltzt. O wol dem der wie du
Kein anders nicht beginnt als wo das Volck darzu
Mit Hauffen rennen mag / vnd auff die Wage setzen
Das Leben so er fůhrt! ein Stein pflegt Stahl zuwetzen /
Die Obrigkeit jhr Volck: ein Mensch wie ich der fållt
Vnd steht auch heimlich auff / ein Herr fůr aller Welt.

37. *E*; nider schicken / *D*.
38. Krankheit.
39. Nebenfluß der Oder.

Wohin nun soll ich wol die Augen erstlich senden?
Dein Vielguet Edler Fürst / das ist an allen Enden
Ein Vielguet wie es heißt / ein Wohnplatz aller Ruh /
Ein Außzug[39a] der Natur / vnd trifft dem Namen zu /
Als wie der Name dir. Hier hast du auffgesetzet
Ohn Hoffart / nicht ohn Lust / ein Hauß das dich ergetzet /
Vnd deine Sorge kühlt so durch dein hohes Ampt /
Durch vnser Vatterland / vnd durch vns allesampt
Dir stets wird auffgelegt. Was wolt jr Menschen bawen
Biß nach den Wolcken zu? was laßt jr Marmor hawen
Mit solcher thewren Kost[40]? worzu taug diese pracht[41]?
Was mawret jhr euch ein? die Vnschuld wird bewacht
Von jhrer Frommigkeit. Was wolt jhr euch beschliessen /
Verrigeln vmb vnd vmb / vnd fürchtet das Gewissen
Das mitten in euch wohnt? was hilfft es daß die Wandt
Von aussen schöne sey / vnd drinnen fehlt Verstandt
Deß Hauses bester Schmuck? es ließ jhm Nero machen
Gar einen güldnen Hoff / darein von allen Sachen
Nichts schlimmers kam als er der Wust / der schnöde Grauß /
Der gantzen Erden Spott. Hier ziehrt der Herr das Hauß /
Das Hauß so ferren liegt von Falschheit / von dem Neide
Der in Pallästen wächst. Der stille Strom die Weide
Laufft ringes hier vmbher / vnd wird doch kaum gehört;
Vnd dieses hat jhn auch sein Hertzog selbst gelehrt
Das Bildt der Gütigkeit. Hier wohnen die Najaden /
Der keuschen Nymphen Chor so mit den Schwanen baden
Die vnser Phebus liebt / weil keiner / wie man sagt /
Wann Zeit zu sterben ist / sich vber diß beklagt
Was Todt genennet wird: sie fangen an zu singen
Ein süsses Grabe-Lied / vnd gehn von diesen Dingen
Mit solcher Frölichkeit / als[42] jhnen auch bewußt
Wie vns vnd kündig sey daß dieser Erden Lust

39a. Quintessenz.
40. Kosten, Aufwand.
41. *E*; dieser Pracht *D*.
42. als ob.

Zergeht vnd eytel ist. Hier sieht man fro̊lich jrren
Vmb jhre Ko̊rbe her mit einem sůssen Kirren
Der frommen Tauben Schar; hier Vieh vnd Herde gehn
Auff jhre Weyde zu; hier scho̊ne Rosse stehn
Durch jhren gantzen Stall. geliebt dir zu spatzieren?
Hier kanst du dich zur Lust der Gårten lassen fůhren
An welchen die Natur nicht wenig hat gebawt
Vnd reichlich sich erzeigt? hast du auch sie beschawt
So nim der Wiesen war; hier lebet auff den Teichen
Der Endten zahmes Wildt; hier sind die hohen Eichen /
Der Pusch so allerseits den gantzen Orth vmbringt /
Wo Pan der Waldtgott selbst mit seinen Faunen singt /
Vnd vmb die Stauden tantzt / wo manche Drias[43] gehet /
Vnd durch jhr kůhnes Lob den starcken Sinn erho̊het
Der alle Liebes-Brunst getrost verlachen kan:
Wo manches schnelles Wild auff seiner freyen Bahn /
Die jhm sein Herr gezeugt / der einig Macht zu schonen
Vnd Macht zu nehmen hat / mag vngehindert wohnen /
Mag lauffen hin vnd her. du jmmergrůner Waldt /
Jhr Båume Jupiters[44] / der Hirschen Auffenthalt /
Der leichten Hindin Ruh / jhr Håuser der Geflůgel /
Jhr frischer Hitze-Schirm / jhr Thåler vnd jhr Hůgel /
Jhr Wiesen / Pusch vnd Feldt / jhr Ort der Einsamkeit /
Wer euch besuchen kan / wer seine stille Zeit
Mit ewrer Lust vermengt / vnd låßt sich diß ergetzen
Was jhm sein Scho̊pffer gibt / den muß man selig schåtzen /
Muß preysen seine Lust / es mag deß Glůckes Schein
Vnd dieser Zeiten Lauff gleich noch so bo̊se seyn.
  Jhm wohnt viel gutes bey vnd seinem gantzen Leben:
Wann sich die Sonne will auß jhrer Ruh erheben /
Vnd schickt die Morgenro̊th im kůhlen vor jhr her /
So steht er auff mit jhr / sein Haupt ist jhm nicht schwer
Von einer frembden Last: er pflegt sich an zu legen /
Zwar sauber doch nicht stoltz / mit seinem Morgensegen /

43. Baumnymphe.
44. Eichen.

Vnd ruffet dessen Schirm zum allerersten an /
Ohn welchen weder Mensch noch Thier sich regen kan /
Der alles schafft vnd ist: jhn lobt er mit dem Munde /
Vnd mit dem Hertzen auch / vnd bringt die erste Stunde
Mit seinem Helffer zu. Auff dieses wo sein Sinn /
Vnd nicht ein andrer will / da geht er selber hin /
Verwůndschet[45] daß jhn Gott auch ferrner also treibe /
Zu leben wie er heischt / vnd bey gesundem Leibe
Gesundes Hertze sey / nimbt also frölich fůr
Was seines Amptes ist / verfähret nach Gebůhr
In allem was er schafft / vnd läßt jhm sein Gewissen
Mit Sachen die jhm nicht gebůhren vnzerrissen /
Vnd treibt sie also fort / daß auch der helle Tag
Diß was er redt vnd thut vnd denckt bescheinen mag.
  Kömpt dann das Mittagsmahl so pfleget er zu leben
Von diesem sonderlich was jhm sein Gut gegeben /
Was etwan auff der Jagt sein Windspiel hat gehetzt /
Darmit er vor den Muth / jetzt auch den Leib ergetzt /
Was jhm sein Teich gebracht / ißt seinen reinen Bissen /
Nimbt seinen klaren Trunck mit redlichem Gewissen /
Ist sicher daß kein Gifft auff dessen Tafel kan
Der seine gantze Zeit dergleichen nichts gethan
Das Gifftes wůrdig ist: jhm wird ein Glaß gereichet /
Nicht zwar darvor ein Mensch verschwartzet vnnd erbleichet /
Ein helles Cristallin / darauß jhm wann er trinckt
Deß Bacchus schöner Glantz biß in die Augen blinckt.
  Er siehet frölich zu wird eines außgestochen[45a]
Das Muth zu reden macht; als wie vor wenig Wochen
Die gůldne Stutte[46] war die also[47] Ritterlich
Ich meinen Mann gewehrt / mich dennoch neben sich
Fast hätte hingelegt. Der Wein erfrischt die Alten /
Vnd weckt die Jugend auff: ich kan darvon nichts halten /

45. Wünscht.
45a. (eine Flasche) ausgeleert.
46. ein Pokal (Oesterley).
47. hier adversativ.

Daß einer gar kein Glaß in seine Fåuste nimbt /
Vnd zu der Sicherheit deß Lebens nůchtern kömpt.
Es heißt vns die Natur mit masse måssig leben /
Die jhrer Gůter Schar nicht hat vmbsonst gegeben:
Wer seine Zeit vollfůhrt wie jetzund wird gesagt /
Der weiß was sich geziembt / sitzt wie es jhm behagt /
Heißt wegthun wann er will / ertrågt nicht Zanck vnnd Streiten
Das voller Sinn gebiehrt[48] / låßt doch den Frölichkeiten
Beym Essen jhren Platz / thut alles nach der Lust /
Die dieses Reichthumb hat / jhm selbst seyn wol bewust.
  Im Fall er also dann mit Ruh ist auffgestanden /
So nimbt er nachmahls auch kein anders vnterhanden
Als einig was jhn Gott vnd sein Gemůte heißt:
In dem der Hundes-Stern[49] anjetzt so hefftig gleißt /
Vnd Feldt vnd Wiesen kocht mit seinen schweren hitzen /
Erkiest er jhm ein Orth an dem er frey kan sitzen /
Liegt etwan bey ein Quell / sucht Schatten an der Bach /
Spatziert vmb jhren Strandt den kůhlen Båumen nach /
Vnd bringt die Stunden hin mit ehrbaren Gedancken /
Die jmmer eines sind / nicht augenblicklich wancken /
Als wie ein schwaches Schiff das wo der Wind hin steht
Den blinden Wellen nach mit vollem Segel geht.
  Indessen will nun fast das grosse Liecht der Erden /
Das Auge dieser Welt / wie wir auch schlåffrig werden /
Da nimbt er widerumb das Nachtmal also ein /
Daß wol zusehen ist / den Tag ein mal satt seyn
Sey der Natur genung; legt dann darauff sich nider /
Vnd allen Kummer auch / danckt seinem Schöpffer wider /
Befiehlt jhm Leib vnd Geist / der jhn die gantze Nacht
In dem er ruhig schlåfft gar Våtterlich bewacht.
  O drey vnd vier mal ist ja selig der[50] zu nennen
Der also leben kan / vnd keinen besser kennen
Nicht lernet als sich selbst: der / was sein Standt vnd Zeit

48. *E*; gebůhrt *D*.
49. Sirius.
50. *E*; der ja selig *D*.

Nur immer leyden will / mit stiller Einsamkeit
In dem was sein ist lebt / vnd bey sich kan vernichten /
Wo Ruh vnd Einfalt wohnt / worauff die Leute tichten[51] /
Das nichts als eytel ist. was nutzt jhn der Demant /
Das viel zu thewre Glaß / an seiner werthen Hand?
Kan etwas das nicht lebt deß Menschen Glieder zieren
Der Seel' vnnd Sinnen hat? der Raub von wilden Thieren /
Der Wuͤrmer Webe-Garn[52] soll dieses Hoffart seyn?
Habt jhr nichts eygnes nicht? muß ewer gantzer Schein
In dem was fluͤchtig ist vnd ausser euch bestehen?
Dem Hoͤchsten hat beliebt euch gleichfalls zu erhoͤhen:
Jhr aber schaͤtzet euch noch minder als ein Thier /
Dieweil jhr ja von jhm entlehnet ewre Zier /
Vnd seine Schuldner seydt. wer an dem Orte wohnet
Wo Demut Wirthin ist / der bleibet gantz verschonet
Von solcher falschen Pracht vnd Gauckeley der Welt /
Die nur gemeiniglich von nichts am meysten haͤlt.
  Er fraget von jhm selbst sein Hertze das nicht leuget /
Nicht Schmeichelworte giebt / vnd wann er je betreuget
Mit einer guten List / so stellt er auff ein Wildt[53] /
Auff keinen Menschen nit. Er zeucht[54] kein falsches Bildt
Fuͤr sein Gesichte her / er redet was er dencket /
Vnd dencket was er redt / hat nichts bey sich versencket
Das andern Schaden bringt; er fuͤhrt sein Hertze bloß /
Sein Hertze welches jm ein Schutz / ein starckes Schloß
Vnd freyer Hafen ist. Er zaͤhmet seine Sinnen /
Die nur sehr jrrdin sind / vnd fuͤhret sein Beginnen
Auß jhren Augen weg / sein Geist sieht vber sich /
Vnd weiß daß diese Last der Zeit so jhn vnd dich
Von allen Seiten druͤckt durch Leyd nicht ist zuwenden;
Drumb nimbt er was GOtt schickt mit außgestreckten Haͤnden /
Mit eysernem Gemuͤt' vnd allen Frewden an /

51. streben.
52. Seide.
53. stellt er einem Wild nach.
54. zieht: setzt keine Maske auf.

Erkennt daß beydes er kein Vbel leyden kan /
Vnd auch kein Vbel thun / verhenget bôse Sachen /
Braucht Ruten vnnd auch Schwerdt die bôsen gut zu machen /
Die guten besser noch / zu průffen wer jhn liebt /
Vnd wer jhm Hertz vnd Sinn in beydem Glůcke[54a] giebt.
Ein armes junges Kind nimbt offtermals ein Messer
Vnd spielet vmb sich her / ein Vatter weiß es besser /
Beraubt es von Gefahr[55]: so thut der Vatter auch
Der alles hat erzeugt / vnd reißt vns den Gebrauch
Der scharpffen Gůter auß darein ein Mensch sich stechen /
Ja Seel' vnd Halß zugleich darůber kôndte brechen.
Wie bitter er auch ist so nim den Tranck nur ein /
Den er dein Artzt dir reicht / wo du gesund wilt seyn.
Ein Leben das von Noth / von Creutze nit kan sagen /
Dem alles auff der Welt ergehet nach behagen /
Ist wie ein todtes Meer das gantz steht vnbewegt /
Vnd niemals an das Landt mit seinen Wellen schlågt.
Ein Fechter fordert auß / ein Landtsknecht liebt das Kriegen /
Ein weiser Mannes Muth will vber Vnglůck siegen /
Begehrt den Feind zu sehn; er steht wann alles fållt /
Vnd schlůgen schon vielleicht auch Stůcke von der Welt
Auff seinen Halß herab; er kan mit grossem Hertzen
Vernichten Furcht vnnd Trost / zertretten Noth vnnd Schmertzen /
Stirbt ab der Sterbligkeit / ist seines Lebens voll /
Vnd hoffet auff den Tag an dem er wandern soll.
Vnd solches kômpt daher daß diese trůbe Hôle /
Diß Sůnden-Nest der Leib an seiner reinen Seele
Die minsten Kråfften hat / der Seele welcher Glut
Nach jhrem Himmel steigt / wie sonst ein Fewer thut
Das freye Lufft bekômpt; die nicht jhr Gut auß Sachen
Erzwingt so sterblich sind vnd gleichfalls sterblich machen /
Die alles Gut vnd Lust nur in sich selber sucht /
Da Frewden ohne Leyd / vnd Reichthumb ohne Flucht

54a. Glück und Unglück.
55. *E*; ohn Gefahr *D*.

Beståndig wohnen kan; die jhren Heyland kennet /
Die hertzlich Tag vnd Nacht fůr seiner Liebe brennet /
Mit jhm sich gantz vergnůgt / vnd jetzt schon zu voran
Worauß sie kommen ist im Himmel wohnen kan.
  Diß Gut ists was jhm hir ein frommer Sinn begehret /
Vnd was das Hőchste Gut nach wůndschen jhm gewehret /
Derselbte dem er Gut vnd Leben in die Lufft
Mit allem Willen strewt / vnd kompt so bald er rufft.

Martini Opitii

Weltliche Poemata

Der Ander Theil.

Zum vierdten mal vermehret vnd vbersehen herauß gegeben.

Franckfurt /
In Verlegung Thomae Matthiae Gôtzen /
Im Jahr M. DC. XXXXIV

Martini Opitii
Erstes Buch Der Poetischen Wälder.

An Jhr. Fürstl. Gnaden Georg Rudolffen / Hertzogen in Schlesien zur Lignitz / Briegk vnd Goldberg.

WEr das was für jhm ist auß dem was ist geschehen
Mit klugen Sinnen kennt / der läßt den Nortwind wehen
So lang er rasen will / vnd schawet trotzig an
Deß Glückes Wanckelmuth den niemand hemmen kan.
Er thut als wiß' er nicht das Wechsel seiner Zeiten
Daß nur von jhm nicht kompt / vnd steht auff allen Seiten
Gewissensfest' vnd steiff: er weiß daß dieses Spiel
Doch also fallen muß wie Gott es haben wil.
Was möglich ist zuseyn das meynt[1] er stets zuwerden /
Jhm kompt nichts frembdes für auff dieser gantzen Erden /
Dann alles Glück vnd Leyd / worüber der hier lacht
Vnd jener trawrig ist / hat er vorhin bedacht.
O Königlicher Fürst / was kan ein Herr beginnen
Zugegen einer Macht die nur von Menschen Sinnen
Sich nicht beherrschen läßt? schaw' auff die Wolcken zu
Von da du kommen bist / daselbst ist Trost vnd Ruh.
Der grosse Himmelvogt / der diesem armen Leben
Euch Fürsten zum Behülff' vnd Rettung hat gegeben /
Der gibt euch auch die Krafft / im Fall jhr sie begehrt /
Durch die jhr gutes heißt / vnd bösen Sachen wehrt.
Er lait' vnd führe dich auff allen deinen Wegen /
Zu meiner Musen schutz[1a]; er schütte reichen Segen
Der Gnaden vber dich / vnd wende seine Hand
Auff dich vnd vnter dir auff vnser Vatterlandt.

1. beabsichtigt.
1a. *C*; Schatz *D*.

An Herrn Johann Wessel / Als derselbe / nach auffgehörter langwiriger Pest zum Buntzlaw / eine Dancksagung-Predigt gehalten.

HIlff Gott! hat denn der Krieg nicht Volck genug gefressen
Von etzlich Jahren her / seyt daß wir gantz vergessen
Daß vnser Vatterland fellt in sein eygen Schwerd /
Vnd wird sein[2] Mörder selbst? Wir werden auch verheert
Durch dich / du wilde Pest / vnd Fresserinn der Erden;
Inmassen Buntzlaw denn hat müssen innen werden
So eine lange Zeit / die zwar fast kleine Statt /
Doch die viel grosser Leut' in sich erzogen hat.
Was Jammer war nun da? Man sah' auff allen Gassen
In höchster Einsamkeit die Häuser gantz verlassen:
Der Vatter ließ sein Kind / das Kind den Vatter stehn /
Vnd dorffte sicherlich kein Mensch zusammen gehn.
Die Vögel machten selbst sich in die ferren Wüsten /
Vnd wolten auß Gefahr nunmehr bey vns nicht nisten.
Wer auß der Frembde kam sucht' eine newe Bahn /
Vnd sahe diß[3] Revier nicht ohne Grawsen an.
Ein jederman erschrack. Der wunderschöne Brunnen /
Der vns so reichlich tränckt / ist trawriger gerunnen /
Weil vmb sein reines Quell der gelben Leichen Heer
In solcher Menge war. Der Bober floß auch schwer /
Vnd war wie gantz verstarrt. Was muste der nun leyden
Der an der Kranckheit lag / eh' als er kundte scheyden /
Vnd ward deß Cörpers loß? das angesteckte Blut /
Trat in den gantzen Kopff als eine heisse Glut /
Vnd nam die Augen ein / die voller Fewers stunden.
Der sprachen weg der Schlund war jämmerlich gebunden /
Die Lunge werthe sich / der gantze Leib lag kranck /
Vnd ließ die Kräfften fort. Ein scheußlicher Gestanck /
Wie sonst ein faules Aaß auch von sich pflegt zu geben /

2. *BC*; seyn *D*.
3. *B*; die *CD*.

Roch auß dem Hals' herauß; das arme schwache Leben
Stund auff der Schwelle schon / vnd sahe hin vnd her /
Ob in der grossen Qual nicht etwan Labsal wer'?
Ach! aber fast vmbsonst. Was satzte nun dem Hertzen /
Das auch voll Flamme war / fůr Kůmmernůß vnd Schmertzen /
Fůr Leyd vnd Wehmuth zu / da såmptlich Hand vnd Bein
Jhr Ampt nicht kondten thun? es schwand das Marck auß Pein /
Der heisse Magen sodt[4] / der Mund blieb offen stehen /
Die Zunge litte Durst / der Pulß hub an zu gehen
Geschwinder als zuvor: Viel haben Tag vnd Nacht
Nie keinen Schlaff gehabt / vnd gåntzlich sich verwacht /
Der Schweiß war auff der Haut / das Prausen in den Ohren /
Das Klopffen vmb die Brust. Nicht wenig die verlohren
Verstand vnd allen Sinn. Die Kålte trat gemach
Den můden Schenckeln zu / biß sie so nach vnd nach
Die Glieder gantz vnd gar mit jhrer Gifft durchfahren /
Die jhnen[5] allbereit nun nicht mehr åhnlich waren:
Der Schlaff[6] ward außgehőlt / die Nase spitz gemacht /
Die Stirne wie gespannt / eh' als die lange Nacht
Den auch fast todten Geist ließ auß dem Kercker fliegen
In dem er harte lag. Wo war nun Trost zu kriegen?
Wo flohen wir doch hin? Wer nahm sich in der Noth
Deß armen Volckes an? Du / O du grosser GOtt.
Du hast dich / als wir sind mit hitzigen Gebeten
Vnd Andacht sonder falsch fůr deinen Thron getreten
Gantz Våtterlich erzeigt / den Eyffer deiner Hand /
Die sonst ergrimmet war / genådig abgewand /
Vnd deinen Zorn in Gůt' vnd Freundlichkeit verkehret /
In Gůt' vnd Freundligkeit / die nun[7] vnd ewig wehret:
Wie sehr wir dich erregt / so hat ein gutes Wort
Das recht von Hertzen geht bey dir doch Platz vnd Ort.
Herr Wessel / diß habt jhr sampt andern wol verrichtet /

4. siedete.
5. sich selbst.
6. Schläfe.
7. *BC*; nnn *D*.

Gesåufftzet Tag vnd Nacht / den schnôden Leib vernichtet /
Die Seele GOtt vertrawt / der auff das schwere Leyd /
Mein werthes Vatterland nun widerumb erfrewt.
Hierumb erhebt jhr jetzt gar recht die ernsten Stimmen /
Vnd laßt sein hohes Lob biß durch die Wolcken klimmen.
Der Ruhm der ware Danck / der nach dem Himmel steht /
Macht daß man hier der Pest vnd dort der Hôll entgeht.

Vber Herrn Andreas Hindenberges new erfundenen Zehltisch.

WEr sind die Leute doch die gåntzlich darvor halten
Daß wir bey weitem nicht zugleichen sind den Alten /
Was Kunst vnd Witz belangt? sie leben in der Welt /
Vnd wissen nicht was Gott mit jhr vor Ordnung helt.
Der weise Kůnstler hat ein Wechsel aller Sachen
Die auff der Erden sind / vnd die wir Menschen machen /
Nicht bloß auß vnsrer Krafft: es ist hier so bewand /
Daß nichts beståndig sey als nur der Vnbestand.
Schaw wie ein jeglichs Ding zum ersten wird erfunden
Durch Arbeit vnd Vernunfft; wåchst dann gemach von stunden
Zu stunden wider auff / biß es zum hôchsten kômpt /
Vnd nachmals vnvermerckt auch seinen Abschied nimpt.
Die klugen Alten zwar (ich muß es nur bekennen)
Die haben viel gehabt das wir nun einig[8] nennen /
Vnd nirgend nicht mehr sehn; doch wird jetzt auffgebracht
Nicht minder kůnstlichs thun darauff sie nie gedacht.
Was ist der Druckerey doch jrrgend vorzuziehen /
Der edlen Druckerey / durch die die Kůnste blůhen /
Vnd so viel Bůcher jetzt gebracht sind an den Tag
Mit denen man Athen vnd Rom auch trotzen mag?
Ja wir gedencken vns wie Meister fast zu werden

8. bloß noch.

Deß grossen Jupiters / vnd donnern auff der Erden
Durch deß Geschůtzes Plitz; die Berge zittern auch /
Die Wolcken werden schwartz von vnsers Pulvers Rauch' /
Vnd lauffen schneller fort. Verhaw' vns zu dem Strande
Deß Meeres Weg vnd Steg; wir segeln hier zu Lande /
Vnd schiffen ohne See. Verjag' vns auß der Welt /
Wir haben eine new' / in welcher Gold vnd Geld
Nicht minder håuffig ist. Wilt du vns Gifft beybringen /
Die Porcellane wird vns in der Hand zerspringen /
Vnd sagen was du thust. Wie schlecht die Bůgel seyn /
So setzen wir vns doch mit jhnen fester ein /
Vnd lassen vns so bald nicht auß dem Sattel heben.
Es pflegt die Sonnevhr vns Vnterricht zu geben
Vmb welche Zeit es sey. Der kôstliche Magnet
Zeigt wo das schwache Schiff auch bey der Nacht hingeht /
Vmbringt durch Wind vnd Flut. Wir kennen hier von[9] fernen
Durch eines Glases Liecht den Monden vnd die Sternen /
Als stůnden wir darbey / vnd sind zu Kriegeszeit
Vor einen Einfall auch vielmehr als sonst befreyt.
Wir kônnen mit der Glut auß jedem Kraut' erzwingen
Die Krafft vnd Seele selbst. Vnnd was von andern Dingen
Sonst hin vnd wider noch nicht vnlångst ist entdeckt /
Das vor so lange lag in tiefer Nacht versteckt.
Hierbey wird nun dein Tisch / Herr Hindenberg / gesetzet /
Fůr manchen trefflich gut / der bey dem Gelde schwåtzet /
Vnd falsche Rechnung macht: der bleibt nun vngequelt /
In dem er fůr sich hat den Tisch der selber zehlt.
So lange das Gewerb' vnd Kauffmannschafft auff Erden
Wird altem Brauche nach durch Geld getrieben werden
Das allen ist so lieb / so lange wird man dein /
Vnd deiner schônen Kunst / zum besten indenck seyn.

9. *BC*; hiervon *D*.

Martini Opitii
Ander Buch Der Poetischen Wålder.
Von Hochzeitgedichten.

Auff Herrn Doctor Johann Geißels Hochzeit.

VNd jhr / Herr Bråutigam / vermeynet frey zu bleiben
Durchs Regiment der Lieb' / vnd laßt bey jhr euch schreiben /
In dem gantz Teutschland fast anjetzt zu Felde liegt /
Vnd vnser schönes Reich sich feindlich selbst bekriegt.
Nein; hier ist gleichfals Streit.[1] ich will nicht viel vermelden
Wie die Amazonen gleich allen hohen Helden
Sich mit der Faust erzeigt / die Brůste weg gebrand /
Den Spieß daran gesetzt / vnd auff den Feind gerannt.
So auch erwehn' ich nichts von der Spartaner Frawen /
Wie sie jhr Hertze mehr dann Weiblich lassen schawen /
Als Pyrrhus[2] in jhr Land die Elephanten bracht /
Vnd jhre Månner selbst verzagt dardurch gemacht.
Wil von der Bőhmischen Valasca[3] nichts nicht sagen /
Die sieben Månner hat in einem Streit' erschlagen /
Vnd vielen andern mehr / die mit gewehrter Hand
Nicht weniger behertzt / nur minder sind bekand.
Diß laß ich alles gehn; ich will nur bloß berůhren /
Wie Venus Krieg auch pflegt gleich als jhr Mars zu fůhren.
Die Jugend zuvorauß taug vnter beyder Fahn:
Ein alter Knecht[4] ist schwach: so auch ein alter Mann.
Sie halten beyde Wach. Hier dieser steht gemeine

1. *BC*; Streit *D*.

2. Beim Feldzug des Königs Pyrrhus von Epirus gegen Sparta (273 v. Chr.) halfen die spartanischen Frauen den Männern bei der Verteidigung der Stadt.

3. Die Vertraute der ersten böhmischen Königin Libussa soll nach deren Tod eine Frauenherrschaft errichtet haben.

4. Landsknecht.

Für seines Hertzen Haus /[5] der für dem Capitayne:
Sie wenden jhr Gemüth vnd Augen für vnd für
Der auff des Feindes Thor;[6] der auff der Liebsten Thür.
Ein Kriegesmann[7] muß fort durch Wind / Schnee / Frost vnd Regen:
Ist dessen schönste weg[8] / er leßt sich nichts bewegen /
Zeucht vber Land vnd See / fragt nach den Wellen nicht:
Sein Wind ist jhre Gunst / sein Nortstern jhr Gesicht.
Ein Landsknecht darff allzeit nach Weine sich nicht sehnen /
Lescht offtmals mit der Bach[9]: ein Buhler mit den Threnen.
Der Krieg ist vngewiß: auch hier ist schlüpffrig Eiß;
Man weiß nicht was man will / vnd will nit was man weiß.
Diß Volck ist auch bewehrt: die Stirnen sind die Schantzen /
Die Oberwehr der Mund / die Augen jhre Lantzen /
Die Brüst' ein ander Schild. wer lieben Faulheit nennt /
Der gibt genung an Tag wie wenig er es kennt.
Achilles der ist nie so laß[10] von Troja kommen /
Als wann Briseis[11] jhm den starcken Sinn benommen:
So matt gieng Hercules von keiner Helden That /
Als wann jhn Omphale[12] / er sie gefangen hat.
Den edlen grossen Mann hat noch deß Löwens Rachen /
Noch die Stymphalides / noch bleiche Gifft deß Drachen[13] /
Vnd was deß Wesens mehr / nie vnter sich gebracht /
Doch ward sein hoher Sinn gelegt durch Weibermacht.

5. *BC*; Hause *D*.
6. *BC*; Thor, *D*.
7. *BC*; Kriegsmann *D*.
8. Konj. Weg *ABCD*.
9. löscht seinen Durst mit Wasser.
10. müde, erschöpft.
11. s. S. 52, Anm. 1.
12. Herkules diente der lydischen Königin Omphale in Frauenkleidern, er spann Wolle, während sie Löwenfell und Keule führte.
13. drei der zwölf Taten des Herkules: er erwürgte den nemeischen Löwen, der ein unverwundbares Fell besaß, er tötete die Stymphaliden, menschenfressende Vögel mit ehernen Flügeln, die sich am See Stymphalos aufhielten, und er schlug der Hydra ihre neun Köpfe ab.

So köndte mancher nun wol diß vnd jenes sagen;
Mich aber meines Theils / Herr Bräutigam / zu fragen /
Ich halt' es gantz mit euch. Hier ist kein andrer Streit /
Als der erreget wird durch Lieb' vnd Freundligkeit /
Durch Freundligkeit vnd Lieb'. O wol / der weit von Kriegen /
Von Kämpffen / Haß vnnd Neyd hier schöpffet sein Genügen /
Hie findet seine Lust / nimpt keines Feindes wahr /
Ist jnner Rast vnd Rhue[14] / vnd ausser der Gefahr.
Hört nicht das Feldgeschrey vnd der Posaunen Krachen /
Darff von den donnernden Kartaunen nicht erwachen /
Sieht nicht die Lufft voll Staub / die Stätte voller Brand /
Die Felder ohne Feld / die Leichen in dem Sand'.
Er darff in Todesangst nicht Augenblicklich[15] schweben /
Kan weit von falscher Lust mit seiner Freundin leben /
Legt aller Sorgen Last in jhren Armen hin /
Stellt nur auff Gott vnd sie sein Hertze / Muth vnd Sinn.
Nun diesen Port sollt jhr / O werther Freund erlangen:
Die schöne Zierligkeit / der Schnee der weissen Wangen /
Der hellen Augen Glantz / die freundliche Gestalt
So euch fieng zuvorhin / habt jhr jetzt in Gewalt.
Die Lippen. Aber seht das grosse Liecht der Erden /
Die Sonn' ist in das Meer mit jhren schnellen Pferden /
Der silberweisse Mond' hat sich herfür gemacht /
Streckt seine Strahlen auß / steht in der Lufft vnd wacht.
Viel tausend tausend par der wunderschönen Sternen
Sind vmb den Himmel her / euch zu zusehn von fernen /
Vnd gantz bey sich bedacht / so lange da zu stehn /
Biß sie euch sehn nicht so wie jetzt von sammen gehn.
Die schöne Venus kömpt mit jhren kleinen Knaben:
Der führt die Braut herzu / der will die Fackel haben /
Ein jeder ist bemüht: die Göttin selber lacht /
Sieht Braut vnd Bräutgam an / wündscht jnen gute Nacht /

14. *BC*; Ruhe *D*.
15. immer.

Vnd singet vberlaut: Geht hin / jhr Kinder / gehet /
Vnd flieht dasselbe nicht / da manches Sinn nach stehet:
Geht hin / jhr liebes par / geht / geht das Streiten ein;
Dann sonst kan zwischen euch kein rechter Friede seyn.

Martini Opitii
Drittes Buch Der Poetischen Wälder.
Vber Leichbegängnisse.

Vber den Abschied einer Edelen Jungfrawen.
Vnter eines andern Namen.

GLeich wie zu Sommerszeit / wann alles frölich blühet /
Vnnd man sich Wald / Feld / Berg vnnd Thal verjüngen sihet /
Vor aller Blumen Schar / so jrrgend mögen seyn /
Die zarte Lilie leßt blicken jhren Schein:
Es fliegen auff sie zu die Bienen hauffen weise /
Vnd saugen mit Begier die angenehme Speise /
Vnd wohlgeschmackten Safft; sie hebt jhr Haupt empor;
Es gläntzt jhr weisses Kleyd vor allen Blumen vor:
Jhr lieblicher Geruch erfrewet Hertz' vnd Sinnen;[1]
Man muß jhr günstig seyn / vnd muß sie lieb gewinnen:
Der schöne Zephyrus[2] wird gegen jhr entzünd /
Vnd weht auß Huld jhr zu den süssen Liebeswind.
Bald kömpt der scharpffe Nord gantz vnverhofft gebrauset
Quer vber Feld daher / pfeifft / heulet / singt vnd sauset /
Vnd nimpt die Lilie mit Vngestümme hin;
Die liebliche Gestalt bricht nichts nicht seinen Sinn.

1. *BC*; Sinnen? *D*.
2. Westwind.

Das grůne Feld beginnt vmb seine Zier zu trawren /
Die andern Blumen auch muß jhre Schwester tawren[3] /
Die Bienen fliegen selbst vor Schmertz' vnd Trawrigkeit
Verjrrt jetzt hin / jetzt her / vnd tragen grosses Leyd.
So bistu auch zuvor / du schǒneste / gewesen /
Du stirbst / durch welch' ich mir verhoffte zu genesen /
O du mein Trost zuvor: jetzt bistu nackt vnd bloß /
Vnd kriegest einen Sarch vor deines Liebsten Schoß.
Du weisse Lilie / du Spiegel aller Tugend /
In deiner besten Blůt' vnd in der grůnen Jugend
Kůrtzt dir der grimme Tod dein schnelles Leben ab /
Vnd fůhret dich behend' auß dieser Welt ins Grab.
Doch bistu nun von jhr vnd jhrer Noth gerissen;
Ich muß hier ohne dich in Qual vnd Trawren bůssen;
Ich wall' im weiten Meer / in Wellen aller Noth.
Du bist tod lebendig / ich bin lebendig tod.

Auff Herrn David Můllers Seeligen Abschied.

VNd bist du auch verblichen /
Mein mehr denn halbes Ich?
Bist du mir auch entwichen
Auff den mein Hertze sich
In allem so verlassen /
Daß ich ohn Furcht vnd Schew
Das Wetter herrschen lassen
In ansehn deiner Trew?

Was jederman muß sehen /
Vnd doch nicht reden sol /
Was ist vnd wird geschehen /
Vervrsacht daß man wol

3. dauern.

Von guter Zeit vnd Wesen
Jhm schlechte Rechnung macht:
Doch deinen Tod zu lesen
Hett' ich jetzt nie gedacht.
  Wo sind Herr Můllers Schreiben?
Fieng ich als Gestern an.
Wo solten sie verbleiben?
Mir ward nur kund gethan
In allen welche kamen
Der sey nun nicht mehr dar
Der mir ein Freund mit Namen /
Mit That ein Bruder war.
  Das Glůck vnd keine Gaben /
Macht mich an Freunden reich
Die hoch sind vnd mehr haben:
An Trew sind wenig gleich.
O Fraw! O Kinder! weynet
Jhr nicht allein vmb jhn:
Den er gewiß gemeynet[4]
Weiß ich daß ich es bin.
  Mir ist zu Ohren kommen
Wie sehr er meiner sich
Bißher hat angenommen /
Viel mehr als eben ich:
Darauß ich auch gespůhret
Deß Hertzens Redligkeit:
Gold wird durch Glut probiret /
Die Freundschafft durch die Zeit.
  Jhr Mangel meiner Jugend /
Was meine Lust beginnt /
Jhr Bůcher / meine Tugend /
Wo Bůcher Tugend sind /
Wer wird euch nun verlegen
So fleissig als wie er?

4. geliebt.

Wer wird euch jetzund pregen
Zu gehn durch Land vnd Meer?

Es wolte mir gehören[5]
Zu dencken auff ein Lied
Zu seines Schwehers Ehren /
Der Selig nechst[6] verschied.
Er hat es auch begehret /
Vnd meinen Fleiß vermahnt;
Jtzt wird es jhm gewehret:
Das mir wol nicht geahnt.

Er schrieb / viel zu ergetzen /
Zu thun was GOTT behagt /
Mocht' ich die Psalmen setzen
So wie ich zugesagt.
Ich wil es ja vollbringen /
Als freylich mir gehört:
Doch er kan besser singen
Worvon der König[7] lehrt.

Er stimpt zu allen Zeiten
Mit tausend Engeln ein /
Hört jhre schöne Seiten /
Vnd lobet den allein
Der nicht gelobt wil werden
Von dem in jener Welt /
Der jhm nicht singt auff Erden
Was seiner Macht gefellt.

Mein Freund auch in dem Grabe
(Dann Liebe stirbet nicht)
Was schenck' ich dir für Gabe /
Dieweil dir nichts gebricht?
Gefellt dir Leyd vnd Schmertzen?
Die sind genugsamb hier.

5. geziemen.
6. vor kurzem.
7. David.

Ein theil von meinem Hertzen?
Das hast du schon mit dir.
Du hofftest mich zu sehen /
Vnd batest jederzeit:
Hier wird es nie geschehen;
Wil GOtt / ich bin nicht weit.
Doch sol ich ferner leben
(Den Tod rufft keiner nicht)
So wil ich dich erheben
Auß steter Liebespflicht.
Jtzt kan ich nichts beginnen /
Mein Trawren macht mich schwach /
Das Leyd bezwingt die Sinnen /
Es leßt der Thrånen Bach
Mein Tichten nicht bekleiben[8] /
Weil sie[9] die Reyme wåscht /
Vnd was ich gleich wil schreiben
Mir auß der Tafel lescht.

Martini Opitii
Vierdtes Buch Der Poetischen Wålder.
Darinnen Liebesgedicht der Ersten Jugendt begriffen sind.

An die Deutsche Nation.

DEr blinden Venus Werck / die sůsse Gifft zu lieben /
Vnd schône Zauberey / in dieses Buch geschrieben /
Nimb erstlich an von mir du werthes Vatterland;

8. bestehen.
9. D. h. die Bach der Thrånen.

Nimb an der Liebe Sach' / als meiner Liebe Pfand.
Mein Sinn floch vber hoch: ich wolte dir vermelden
Durch Kunst der Poesie den Lauff der grossen Helden /
Die sich vor dieser Zeit den Ròmern wiedersetzt /
Vnd in dem stoltzen Blut' jhr scharpffes Schwerd genetzt:
Apollo nahm mich an in seine Gunst vnd Holde /
Vulcanus hatte schon gemacht von gutem Golde
Die Feder meiner Faust: ich war nun gantz bereit
Mit meines Geistes Frucht zu brechen durch die Zeit[1].
Da kam der Venus Kind / bracht' einen Krantz von Myrten[2]
Vor meine Lorbeerkron'[3] / vnd stieß mich zu den Hirten
In einen grůnen Wald / wieß auff ein schônes Bildt /
Die edle Nymph' hat mir Gemůth' und Sinn erfůllt.
In jhren Augen hab ich alles dieses funden
Was ich mich in diß Buch zu schreiben vnterwunden:
Das jrrdische Gestirn' hat meinen hohen Geist
In dieses enge Meer der Eitelkeit geweist.
In dieses enge Meer / auff welchem meine Sinnen
Nicht als von Freundligkeit vnd Liebe dencken kônnen /
Von Lieb' vnd Freundligkeit: die bittersůsse Pein
Die muste mir an statt der Heldenthaten seyn.
Ich thue / Asterie / nach deinem Wolbehagen /
Vnd will dein hohes Lob biß an die Sternen tragen:
So weit der Deutschen Red' vnd Tugend ist bekandt
Soll auch dein' Ehr' vnd Preiß durchdringen alles Landt.
O hohe werthe Seel' in Weißheit außerkohren /
Zum Spiegel weiblicher vollkommenheit gebohren /
Sey mir mit deiner Gunst vnd trewen Huld bereit;
Komm / komm / vnd laß vns gehn den Weg der Ewigkeit.
Du Deutsche Nation / voll Freyheit / Ehr' und Tugend
Nimb an diß kleine Buch / die Frůchte meiner Jugend /
Biß daß ich hôher steig' / vnd deiner Thaten Zahl
Werd' vnablåssiglich verkůnden vberall.

1. das Vergängliche, Zeitliche zu überwinden.
2. Hymen und der Venus heilig.
3. Apoll heilig, Schmuck des Dichters.

Diß Buch ist mein Beginn in Lieb vnd auch das Ende:
Ein nochgelehrter Werck / zu dem ich jetzt mich wende /
Daß soll mehr als diß Buch so viel mal besser seyn /
Je besser Weißheit ist als Venus süsse Pein.

Vom Abwesen seiner Liebsten.

WErd ich die Zeit wohl sehn / daß doch der Tag anbreche /
Darinnen ich mein Lieb noch endlich schawen soll?
Jhr Stunden laufft doch fort / fliegt weg als Wasserbäche:
Weil jhr so langsam seyd / so bin ich trawrens voll.[4]
Auff / Morgenröth / auff / auff; spann' an des Phebus[5] Pferde /
Vnd sprich / er solle fort / es sey schon ziemlich spat /
Daß er betrogen werd' / vnd nahe sich der Erde:
Ach Thetis[5a] laß jhn gehn den langen Sommergrad.
Du / Monde / kanstu dich denn also wol verweilen?
Wie lange seet doch der Morpheus[6] Schlaffkraut auß?
Sieh' ob du nicht vermagst die Sonne zu ereilen /
Vnd einzukommen noch in jhr vergüldtes Hauß.
Ich muß noch manche stund' in Sorg' vnnd Kummer schweben /
Muß noch in Angst vnd Noth verbringen lange Zeit /
Eh' als der Tag anbricht / darinnen mich mein Leben
Bescheine durch das Liecht der hohen Freundligkeit.
Ach warumb hab' ich doch in mein Gemüt' empfangen
Jhr' vnerhörte Zier vnd Tugend gantz vnd gar?
Mein Hertze seufftzet stets / vnd brennet mit Verlangen /
Vnd macht mir einen Tag noch länger als ein Jahr.
Als mich das schnöde Glück' auß jhrer Hand gerissen /
Hat es zugleiche mich gerissen auch von mir:
Ich muß mein Hertze nun mit Threnen stets begießen:

4. *B*; voll *CD*.
5. seit der Spätantike mit dem Sonnengott identifiziert.
5a. Meeresgöttin. – Sommergrad: die lange Bahn der Sonne im Sommer.
6. Gott des Schlafes.

Ich bin nicht bey mir selbst wann ich nicht bin bey jhr.
Ach solt' ich sehen nur jhr Göttliches Gesichte /
Wie selig weren mir Gedancken / Muth vnd Sinn!
Ein eintzig Augenblick von jhrem hellen Liechte /
Daß fast die Sternen trutzt / legt alles Trawren hin.
Ach keme doch die Zeit der hochgewünschten frewden /
Daß ich erblickte nur den wunderklaren schein.
Wann aber ich von jhr mich werde müssen scheiden /
Da wünsch' ich weiter dann im leben nicht zu seyn.

An eine Jungfraw.

VMb alles Gut vnd Geldt in diesem gantzen Lande
Erzehl' ich weder euch noch andern was zu Schande
Vnd weiß gewißlich auch / daß niemand sprechen kan /
Ich hab auß Feindschafft jhm was Leides angethan.
Jhr möget aber doch darneben kühnlich gleuben /
Daß ich ohn euch / Gott lob /[7] wol werd' im Leben bleiben /
Wil derenthalben auch mich nimmer vnterstehn
Von wegen ewrer Gunst mit Lügen umb zu gehn.
Diß alles laß ich euch die Hofeleut' erzeigen /
Die prächtig Berg hinan mit Reden können steigen /
Vnd jedes Wort auffziehn nicht ohne grossen Schein /
Auff daß sie so bey euch in Gnaden mögen seyn.
Sie thun wol einen Eyd / nicht dennoch ohne lachen /
Daß ewer' Augen auch die Sternen finster machen /
Vnd daß sie heller sind denn[8] alles Firmament /
Ja daß die Sonne selbst auch nicht so hefftig brent.
Sie schweren hoch vnd sehr / daß Gott euch außerlesen
Vor aller Zierligkeit vnd allem[9] schönen Wesen /
Vnd sagen selig sey das Jahr vnd denn die Zeit /

7. *A*; ich / ohn euch Gott lob *D*.
8. *BC*; den *D*.
9. *BC*; allen *D*. – allem, was schön ist.

In der jhr grosse Ziehr der Welt gebohren seydt.
Sie sprechen wol darbey / daß jhr mit ewren Blicken
Ein härter Hertz als Stein vermöget zu entzücken /
Daß auß America die beste Specerey
Mit ewrem Athem weit nicht zu vergleichen sey;
Daß solche Hände nicht gemahlet werden köndten /
Daß gegen jhnen Schnee zu gleichen sey der Tinten /
Daß jedes Zähnlein sey ein köstlicher Demant /
An welches die Natur all' jhre Kunst gewandt /
Vnd daß die Lippen auch / so mehr als Rosen blühen /
Weit seyn[10] den edelsten Corallen vorzüziehen:
Daß Haar (ich glaube nicht daß es von Hertzen kömpt)
Ein jeglicher vor Gold vnd beste Perlen nimpt.
Sie setzen wohl hinzu / wenn sie euch reden hören /
Daß auch ein jedes Wort starck sey sie zu versehren /
Vnd daß der starcke Mars durch ewrer Zungen Schein
Die Waffen abzuthun bereitet würde seyn.
Geliebet euch hernach von Venus was zusingen /
Die Winde könnet jhr mit ewrer Stimme zwingen /
Vnd wenn jhr weiter auch euch zu der Lauten findt /
Ist Orpheus vngelehrt / vnd gegen euch ein Kindt.
Wann jhr zu Felde kompt / wohin man euch sieht gehen
Da sieht man alsobald die schönsten Blumen stehen;
In summa / die Natur hat diß an euch gethan /
Daß ewre Treffligkeit kein Mensch beschreiben kan.
Wie möcht' ich aber wol so falsch erdachte sagen /
Vnd groß' Auffschneyderey mit Langmut nur ertragen?
Ich glaube welcher sich nimpt solcher lügen an
Er Feder vnd Pappier auch schamroth machen kan.
Vnd was dann mich belangt / bin ich gar nicht der Sinnen
Daß ich also die Gunst verhoffe zu gewinnen /
So hat mein Hertze noch anjetzt ein solches Ziel /
Daß ich jhm ohne kunst kan wehren wann ich wil.
Ich sage freylich wol / vnd weiß es war zu machen /

10. *B*; weit weit *CD*.

Daß jhr gar rein' vnd steiff bewahret ewre Sachen /
Vnd daß auch sehr viel sindt voll Hoffart / stoltz vnd pracht
Die jhr gar weißlich doch nicht sonders habt in acht.[11]
Daß ich euch aber auch fůr gőttlich solt' erkennen /
Man mőcht' es / fůrcht ich nur / wol Tråum' vnd Lůgen nennen:
In ewrem Leichnam[12] ist zwar alle Zierligkeit /
Doch auch nicht wenig steht vom Himmel trefflich weit.

Echo oder Wiederschall.

DIß Ort mit Båumen gantz vmbgeben /
Da nichts als Furcht[13] vnd Schatten schweben /
Da Trawrigkeit sich hin verfůgt /
Da alles wůst' vnd őde liegt /
Da auch die Sonne nicht hinweichet /
Da gifftig Vngezieffer schleichet /
Da gar kein Wasser sich ergeust /
Als das auß meinen Augen fleust /
Da gar kein Liecht nicht wird erkennet /
Als daß auß meinem Hertzen brennet /
Bedůncket mich bequeme seyn /
Da ich mich klag' ab meiner Pein /
Ab meiner Pein vnd tieffstem Leiden /
Daß mich jetzund wird von mir scheiden;
Doch ehe der gewůntschte Tod
Mit Frewden abhilfft meiner Noth /
Will ich von meiner Liebe klagen /
Vnd / ob schon gantz vergeblich / fragen /
Ist dann niemand der tr̊oste mich /
Weil ich so trawer' jnniglich? Ich.[14]

11. *BC*; acht *D*.
12. Leib.
13. *BC*; Frucht' *D*.
14. *BC*; Ich *D*.

O Echo / wirst nur du alleine
Hinfort mich tr°osten / vnd sonst keine? eine.[15]
Wie soll sie leschen meinen Brandt /
Ist sie mir doch noch vnbekandt? bekandt.
Sie wil es aber nicht verstehen /
Lest mich in Angst ohn Ablaß[16] gehen. laß gehen.
Verleuret sich denn ja mein Leidt /
Wem soll ichs dancken mit der Zeit? der Zeit.
So ist nun Noth daß ich verscharre
Das Fewer / vnd der Stund' erharre? harre.
Wenn ich zu lange harren solt'
Hůlff etwas meiner Vngedult? Gedult.
Vielleichte[17] m°ocht' ich sterben ehe /
Weil ich im h°ochsten Elend gehe? entgehe.
So folg' ich deinem Rathe schlecht[18] /
Hoff' alles werde gut vnd recht. recht.
Nun bin ich vieler Noth entbunden /
Vnd habe guten Trost empfunden.
Du vnbewohnte Trawrigkeit /
Jhr Hecken voll von meinem Leid' /
Jhr schwartzen H°olen vnd jhr Wůsten /
Da Eulen / Natern / Schlangen nisten /
Du °odes Ort / gehabt euch wol;
Ich bin fůr[19] Trawren Frewde voll /
Fůr Finsternůß such' ich die Sonnen /
Fůr Threnen einen kůhlen Bronnen:
Die so Vertr°ostung mir gethan /
Ist so daß sie nicht lůgen kan.

15. *BC*; eine *D*.
16. unablässig.
17. *BC*; Vielleicht *D*.
18. einfach, schlicht.
19. anstelle von.

Elegie.

IN dem die Sonne sich hat in das Meer begeben /
Vnd das gestirnte Haupt der Nacht heraußer bricht /
Sind Menschen / Vieh vnd Wild wie gleichsam ohne Leben /
Der Monde scheinet[20] auch gar kaum mit halbem Liecht.
Ich / ob schon alles schlåfft / muß ohn Auffhören wachen
Von vielen Tagen her / vnd wallen ohne Ruh:
Ist schon die gantze Welt befreyt von jhren Sachen /
So bring' ich doch vor Lieb' vnd Angst kein Auge zu.
Auch dich / Asterie / hat gantz der Schlaff vmbringet /
Der Tagesarbeit furth[21] / deß Todes Ebenbild;
Da mir der Zehren Bach auß beyden Augen dringet /
Bist du mit sanffter Rhu auff deinem Bett' erfůllt.
Wie wann sich Delia hat in den Walt verborgen /
Wird durch den Schlaff erwuscht / vnd fellt ins grůne Graß;
Vnd wie die Nymphen auch sich legen gegen morgen /
Nach dem der Nachttantz sie gemacht hat můd vnd laß.
Sie ruhen sicherlich bey einem frischen Bronnen /
Die Båume halten auff der Morgenröthe Liecht;
Daß sie nicht alsobald erwachen von der Sonnen
Deckt sie der dicke[22] Wald: Pan aber schlåffet nicht.
Er geht / er rufft / er schreyt mit sehnlichem Verlangen /
Daß seine stimm erklingt durch pusche / Berg vnd Thal /
Vnd sie sind sånfftiglich mit sůssem Traum vmbfangen /
Dem Pan antwortet nur der blosse Wiederschal.
Du auch / mein Leben / schlåffst / ich muß in Nöthen wallen /
Du bist in guter Rhu / ich wache fůr vnd fůr /
Biß mich der letzte Tod wird endlich vberfallen /
Auff den ich sehnlich wart allhier bey deiner Thůr.

20. *BC*; bescheinet *D*.
21. *BC*; Tagesarbeitfurth *D*. – Ziel (wörtl.: Einfahrt) der Tagesarbeit.
22. dichte.

An Asterien.

ZWeymal ist jetzund gleich der schoͤne Fruͤling kommen /
Vnd zweymal hat der Frost deß winters abgenommen
Der baͤume gruͤnes kleid / als Venus zu mir kam /
Vnd mich / Asterie / von Phebus Seiten nam /
Vnd dir zugab.[23] vorhin entbrandten meine Sinnen /
Durch Durst der Ewigkeit / als ich mich zu gewinnen
Der Tugendt schloß befließ: jetzt bin ich / meine Ziehr /
So weit von jhnen ab / so nah' ich bin bey dir.
Wie offt' hab' ich bißher gehoffet frey zu werden /
Wie offtmals hatten mich gefuͤhret von der Erden
Die Fluͤgel der Vernunfft / wann nicht das weite Meer
Der grossen Freundligkeit in dir gewesen wer?
Jedoch wird mich vnd dich Thalia[24] nicht verschweigen /
Mein Augentrost ich geh' / ich geh' jetzt zuersteigen
Der Ehren hohes Schloß[25]; ob gleich der schnoͤde Neid
Den Weg verwachen wird / den Weg der Ewigkeit.
Der schnellen Jahre Flucht / so alles sonst kan toͤdten /
Hat nicht Gewalt in vns; die trefflichen Poeten
Sind viel mehr als man meynt: jhr hoher Sinn vnd Geist
Ist von deß Himmels Sitz' in sie herab gereist.
Ein frey Gewissen auch ist gar nicht angebunden
An das Geschrey deß Volcks / das aͤhnlich ist den Hunden:
Sie bellen in die Lufft wo sie nicht koͤnnen gehn /
Vnd bleiben doch allhier weit von dem Himmel stehn.
So bald vns Atropos[26] den Faden abgeschnitten /
So balde haben wir auch vnser Recht erlitten:
Wann vnsre Seel' vnd Geist deß Leibes sind befreyt
Vnd lassen diese Welt / so lest vns auch der Neidt.
So ward auch Hercules / der Kern der Helden / inne /
Daß niemandt weil er lebt die Mißgunst zaͤhmen koͤnne.

23. *C*; zu gab *D*.
24. Muse der Geschichtsschreibung.
25. *A*; Schoß *BCD*.
26. die dritte der Parzen.

Diß ist der alte Lauff. Ich / den du hier siehst[27] stehn[28] /
Vnd auch dein Lob mit mir / soll nimmer vntergehn:
Es sey daß mir hinfort fůr andern wird belieben
Was Aristoteles / was Xenophon[29] geschrieben /
Was Plato reich von list[29a] / was Seneca gesagt /
Was Cato; oder auch es sey das mir gehagt
Ohn einigen Termin die Bůcher aller Alten /
So[30] durch deß Himmels Gunst bißher sind vorbehalten /
Zu schliessen in mein Hertz' / als wie ein muthig Pferdt /
Das sich an keinen Zaum vnd keine schrancken kehrt /
Vnd kan nicht stille stehn / begiehrig fort zu lauffen;
Es sey auch wie es will / so werd' ich von dem Hauffen
Deß Pőfels seyn getrennt; mein Lieb / mit dem bescheid'
Erwart' ich deiner Huldt vnd Gegenfreundligkeit.
Gleich wie ein Tigerthier der såuglinge beraubet /
Jetzt dort' / jetzt dahin laufft; es wůtet / tobet / schnaubet /
Es heulet daß die Berg' vnd aller Wald erschallt;
So schrey ich auch nach dir mein bester Auffenthalt.
Ergib dich daß du nicht / wann ich dir bin genommen /
Důrffst sagen allererst: Ach mőchstu wider kommen /
O Philomusus[31] werth / O edeler Verstandt;
Wie hertzlich wolt' ich doch dir bieten meine Hand /
Dir bieten[32] meine Lieb' vnd rechte wahre Trewe:
Dann wird vergeblich seyn / O Jungfraw deine Rewe /
Dann wird vergeblich seyn dein Weinen / Klag' vnd Leidt;
Das Korn wechst gar nicht mehr ists einmal abgemeyt[33].
Wer wird hernach / mein lieb / wer wird hernach dich preisen
Wann diß mein jrrdin Faß dann wird die Wůrme speisen?[34]

27. *BC*; sihest *D*.
28. *A*; stehen *BCD*.
29. *A*; Seneca / *BCD*.
29a. Wissen.
30. *BC*; Ss *D*.
31. Musenfreund.
32. *A*; bitten *BCD*.
33. abgemäht.
34. *A*; preisen *BCD*.

Drumb komm / O Schöne / komm / eh' es zu langsam[35] ist /
Komm / laß vns gehn den Weg / den ich mir außerkiest.
Schaw' / O Asterie / die Meisterinn der Zeiten
Das ewige Geschrey[36] / die Hand nach dir außbreiten /
Vnd dir geneiget seyn: nimb sie von Hertzen an /
Die ewig deine Ziehr vnd dich erhalten kan.

An eine Jungfraw.

VNd du wirst auch bey meiner Buhlschafft stehen /
O Delia / du Bildnuß aller Ziehr:
Ich wil auch dich durch meine Verß' erhöhen;[37]
Ich wil dein Lob erweitern für vnd für.
Sey nicht erzürnt / Asterie / mein Leben /
Weil ich anjetzt so sehr weit von dir bin /
Daß ich mich hab' in andre Huld ergeben /
Vnd frembde Gunst mir kommen in den Sinn.
Ich habe dich in jhren Augen funden:
Dein Angesicht' und rosenrother Mund /
Dein schönes Haar ist so in jhr verbunden /
Daß ich sie nicht für dir erkennen kundt'.
Ich fandt in jhr was ich bey dir verlassen;
Ich fand in jhr dich so gebildet ein /
Daß ich vermeyn' ich könne sie nicht hassen
Ich müsse denn auch dir zu wider seyn.
O Delia / du Spiegel meiner Frewden /
Du Ebenbild der schönsten in der Welt /
Vergönne doch daß sich mein' Augen weiden /
Weil deine Ziehr mein Leben in sich helt;
Weil jhr Gesicht' ist so in dich geschrieben /
Daß sie jhr selbst nicht ähnlicher seyn kan /

35. spät.
36. Ruhm.
37. *BC*; erhöhen? *D*.

Wie wolt'[38] ich dich / mein' Augenlust / nicht[39] lieben?
Ach nimb mich doch von jhrentwegen an.
So wil ich auch mit steten Versen ehren
Dein' hohe Ziehr / vnd edlen Augenschein.
So lange man von Liebe nur wird hören /
Wird man zůgleich' auch deiner inndenck seyn.

Daß die Poeterey vnsterblich sey.

WAs wirffstu / schnöder Neid / mir für die Lust zu schreiben
Von Venus / vnd mit jhr die Jugend zu vertreiben?
Ich achte deiner nicht / du liebest Eitelkeit:
Mein Lob vnd Name wird erklingen weit vnd breit.
Cupido führet mich[40] in eine grüne Wüsten /
Da der Poeten Volck / weit von Begier vnd Lüsten /
Vorzeiten hat gelebt / wie noch die erste Welt
Nichts von den Stådten wust' / vnd wohnet vmb das Feld.
Die Nymphen werden mir den Lorberkrantz auffsetzen /
Mit meinen Versen wird sich Erato[41] ergetzen:
So weit die grüne Lust vnd hohen Wålder gehn /
So weit wird mein Gedicht' an allen Båumen stehn.[42]
Jhr örter voller Frewd' / jhr Auffenthalt der Hirten /
Jhr Båch' / jhr Ahornbåum' / jhr Quell / jhr zarten Myrten /[43]
Jhr Thåler / jhr Gebirg' /[44] jhr Blumen vnd jhr Stein' /
Jhr Wohnhauß aller Rhu / bey euch wüntsch ich zu seyn;
Sonst nirgends als bey euch: von ewrer Lust besessen
Wil ich deß jrrdischen / vnd meiner selbst / vergessen.

38. *BC*; wol *D*.
39. *BC*; nichl *D*.
40. *BC*; führet mich auch *D*.
41. Muse des Liebesliedes.
42. *B*; stehn *D*.
43. *BC*; Myrten. *D*.
44. *B*; Gebirg' *CD*.

Wie Perseus[45] als er erst Andromeden erblickt /
Ward mitten in der Lufft durch jhre Ziehr verzůckt /
So daß er kaum das Roß vermochte zu regieren:
So soll auch mich von euch kein andre[46] Liebe fůhren /
Biß mich der Letzte Todt hier vnversehens kriegt /
Vnd Venus mich begråbt wo jhr Adonis[47] liegt.

Martini Opitii
Oden oder Gesånge.

I.
Galathee.

COridon[1] der gieng betrůbet
An der kalten Cimbersee[2] /
Wegen seiner Galathee /
Die er vor so sehr geliebet /
Die jhm vor so sehr behagt
Eh' er ward von jhr verjagt.
Seit daß ich hinweg bin kommen /
Seit daß wir geschieden seyn /
Sang er / hat deß Mondens schein
Viermal ab vnd zugenommen:

45. Sohn des Zeus und der Danae; er besiegte die Meduse und rettete Andromeda aus der Gewalt eines Seeungeheuers.

46. *BC*; andere *D*.

47. Geliebter der Venus, der von deren Gatten Ares in der Gestalt eines Ebers zerrissen wurde.

1. Coridon, Tityrus, Galathee, Thyrsis, Daphnis: Gestalten aus Vergils Bucolica.

2. spielt auf Opitz' Aufenthalt in Dänemark an.

Galathee / so lange Zeit
Bin ich von dir allbereit.
Nun du wirst dich noch besinnen
Daß ich bey dir gantz vnd gar
Fuß zu halten willens war /
Vnd auch kaum gesegnen[3] kônnen:
Rawe Heidelberg mich sehr[4] /
Du viel tausend mal noch mehr.
Galathee / ich were blieben /
Vngeschewt der Kriegesnoth;
Der verlacht Gefahr vnd Tod
Welcher trewlich pflegt zu lieben:
Aber es ist dir wol kundt
Daß es gar bey mir nicht stundt.[5]
Ich zoh'[6] hin von meinen Schaffen /
War auch schon biß an den Mayn;
Doch es wolte gantz nicht seyn /
Ich vermochte nicht zu schlaffen /
Biß ich wieder zu dir kam /
Vnd noch einmal Abschied nahm.
Dann must' ich / was solt ich machen?
Wieder auff mein Franckfurt zu:
Tityrus der sprach: wie nu?
Wie stehts[7] jetzund umb die Sachen?
Mich bedûncket gantz vnd gar /
Daß dir vor viel besser war.
Tityrus ist recht gewesen;
Ich ward jmmer ârger kranck:
Thyrsis gab[8] mir einen Tranck /
Ob ich kôndte so genesen;

3. Abschied nehmen.
4. versetzt Heidelberg mich in Betrübnis.
5. *B*; stundt *CD*.
6. zog.
7. Konj.; stehets *BCD*.
8. *BC*; gar *D*.

Aber alle Kråuterkunst
War vergebens vnd vmbsunst.
Keiner Můh' hab' ich geschonet /
Schifft' hin in das Niederlandt;
Leyden[9] wird die Stadt genanndt /
Da der grosse Daphnis wohnet;
Daphnis der berůmbte Mann /
Der so trefflich spielen kan.
Ich kam zu jhm / wolte singen
Wie zu Heidelberg vorhin:
Nein / es schlieff mir Muth vnd Sinn;
Alle Worte must' ich zwingen:
Bloß mein Schatten gieng allhier /
Ich war nirgend als bey dir.
Doch er ließ es jhm gefallen /
Sagte: wol mein Coridon /
Fahre fort; dein guter Thon
Kan noch weit vnd breit erschallen:
Es war aber nicht vor mich;
Ich gedachte nur an dich.
Bin ich vnten oder oben /
Es gilt alles eben viel /
Vnd was hilfft es das mein Spiel[10]
Alle die es hőren loben /
Du hergegen / O mein Liecht /
Die ich lobe hőrst es nicht?
Nachmals kam ich zu den Friesen /
Sah' jhr schőnes Vieh da stehn /
Vnd im feisten Grase gehn /
Vnd die Låmmer auff den Wiesen:
O wie wol ist doch daran /
Sprach ich / der so leben kan!

9. wo Daniel Heinsius wohnte.
10. *BC*; Spiel / *D*.

Nun ich wil euch gar nicht neiden /
Ja ich wůntsche noch darzu
Daß jhr lange Zeit in Rhu /
Liebe Hirten / můget weiden.
Aber ich hier vnbekandt
Flieh' anjetzt mein Vatterlandt.
Jhr kůndt singen bey den Quellen /
Daß man hůret weit vnd breit
Von der schůnen Freundligkeit
Das gestade Wiederschellen:
Ich muß singen auff der See:
Wo ist meine Galathee?
O wie bistu so verdrungen!
Wo ist jetzt die Herrligkeit /
Corydon / wie vor der Zeit?
Nun sing wie du vor gesungen:
Galathee / bey dir allein
Wil ich jetzt vnd jmmer seyn.
Geh' jetzund hin zu dem Brunnen /
Da deß Wolffes[11] strenge Macht
Mutter Jetten vmbgebracht /
Da sich offtes durch der Sonnen
Heisse Stralen angeregt
Galathee zu dir gelegt;
Da sie dich mit vielen Kůssen
In die weissen Armen schloß;
Da du in der zarten Schoß
Deine Lust recht kondtest bůssen:
Aber jetzt / O Corydon /
Ach wie weit bistu darvon!
Nun wir haben es erlebet /
Was du / Gott / verhangen hast /
Daß bey vns ein frembder Gast[12]
Auff den schůnen åckern gråbet:

11. der Wolfsbrunnen bei Heidelberg; vgl. Sonett Nr. 3, S. 170.
12. die spanischen Söldnertruppen.

Was wir haben außgestrewt /
Wird von andern abgemeyt[13].
Wol dem der sein Feld kan bawen /
Lieben Schåffer / gleich wie jhr /
Darff sein Leben nicht mit mir
Nur dem blossen Winde trawen:
Jhr habt ewer Vattergut /
Ich muß auff die wůste Flut.
Nach dem hin vnd wieder ziehen
Kam ich endlich doch hieher /
Galathee / weit vber Meer:
Weiter kan ich nun nicht fliehen;
Weiter fliehen kan ich nicht /
Weil mir Wind vnd See gebricht.
Wo die Schiffe vor geflossen[14] /
Da liegt scharffes Eiß vnd Schnee:
Dieses Vfer da ich geh
Hat der[15] Winter gantz verschlossen;
Vor der grůnen Felder Lust
Ist[16] hier lauter Reiff vnd Frost.
Nun ich wolte gerne leiden
Was ich jmmer leiden soll;
Ja / mir were gantz so wol /
Wann ich dich nicht dörffte[17] meiden:
Alle Trawrigkeit vnd Pein
Fůhl ich nur von wegen dein.
Alle Nacht pflegt mir zu tråumen
Wie ich bey dem Necker sey /
Wie ich aller Sorgen frey
Bey den rauchen[18] Kestenbåumen[19]

13. geerntet.
14. geschwommen, gefahren.
15. Konj.; den *BCD*.
16. *BC*; Jhr *D*.
17. müßte.
18. Nebenform zu rauh.
19. Kastanien.

Mit dir / liebe Galathee /
Oepffel auff zu lesen geh.
  Dein Verstand vnd kluge Sinnen /
Die mir meine liessen nicht /
Deiner schönen Augen Liecht /
Die ich muste lieb gewinnen /
Deiner roten Lippen Ziehr
Sind ohn vnterlaß allhier.
  Gantz verstarret vnd erfroren
Durch den Schnee vnd strengen Nort
Jrr' ich offters vmb den Port /
Ruffe dir die ich verlohren.[20]
O vergebens / Corydon /
Sie ist allzuweit hiervon.
  Tåglich geht die Sonne nieder
Steht auch tåglich wider auff /
Vnd helt[21] jhren alten Lauff;
Aber wann seh' ich dich wieder?
Ach / wie weit ist doch der Tag /
Daß ich dich vmbfangen mag!
  Manches Land muß ich noch sehen /
Vnd mich lassen hin vnd her
Durch das weite wilde Meer
Manche rauhe Winde wehen /
Eh' ich / reicht mir Gott die Hand /
Schawen kan mein Vaterland.
  Vnterdessen meine Frewde /
Galathee gehab dich wol /
Biß ich / wo ich leben soll / [22]
Weit von Trawren vnd von Leide[23]
Bey den meinen vnd bey dir
Bleiben werde fůr vnd fůr.

20. *BC*; verlohren *D.*
21. *BC*; hielt *D.*
22. *BC*; soll. *D.*
23. Konj.; Leidt *BCD.*

Dieses Vfer wil ich haben;
Galathee in deiner Schoß
Kan ich werden frey vnd loß;
Hier wil ich mein Leyd vergraben:
Hier soll weit von Angst vnd Pein
Meiner Reise Ruhstadt seyn.
Also sang er / daß die Wellen
Vnd das Vfer an der See
Galathee / O Galathee /
Såmptlich muste wiederschellen /
Biß die Abendrôthe kam /
Vnd die Nacht den Tag weg nahm.

II.

Ist jrgend zu erfragen
Ein Schåffer vmb den Rein /
Der sehnlich sich beklagen
Muß vber Liebespein / [24]
Der wird mir můssen weichen /
Ich weiß sie plagt mich mehr:
Niemand ist mir zu gleichen /
Vnd liebt er noch so sehr.
Es ist vorbey gegangen
Faßt jetzt ein volles Jahr /
Daß Phyllis mich gefangen
Mit Liebe gantz vnd gar;
Daß sie mir hat genommen
Gedancken / Muth vnd Sinn:
Ein Jahr ists daß ich kommen
In jhre Liebe bin.

24. *B*; Liebespein *CD*.

Seit dem bin ich verwirret
Gewesen fůr vnd fůr /
Es haben auch geirret
Die Schaffe neben mir;
Das Feld hab' ich verlassen /
Gelebt in Einsambkeit /
Hab' alles můssen hassen
Worumb ein Mensch sich frewt.
Nichts hab' ich kǒnnen singen
Als nur jhr klares Liecht;
Von jhr hab' ich zu klingen
Die Lauten abgericht;
Wie sehr ich sie muß lieben /
Vnd jhre grosse Ziehr /
Das hab' ich fast geschrieben
An alle Bǎwm' allhier.
Kein Trincken vnd kein Essen /
Ja nichts hat mir behagt /
Ich bin nur stets gesessen /
Vnd habe mich beklagt:
In diesen schweren Orden
Verendert alles sich /
Die Herd' ist mager worden /
Vnd ich bin nicht mehr ich.
Sie aber hat die Sinnen
Weit von mir abgekehrt /
Ist gar nicht zu gewinnen /
Als wer' ich jhr nicht werth;
Da doch was ich gesungen
Im Brittenland' erschallt /
Vnd auch mein Thon gedrungen
Biß durch den Bǒhmer Waldt.
So hab' ich auch darneben /
Ich habe was bey mir /
Daß ich nicht wolte geben
Vmb alles Vieh allhier

Das an deß Neckers Rande
Im grůnen Grase geht:
Mein Lob wird auff dem Lande
Vnd in der Stadt erhöht.
  Jedoch nach diesem allen
Frag' ich nicht sonders viel /
Der Phyllis zu gefallen
Ich einig singen wil /
Weil nichts ist das auff Erden
Mir ohne sie gefellt;
Kan jhre Gunst mir werden /
So hab' ich alle Welt.

III.

  Wol dem der weit von hohen dingen
Den Fuß stellt auff der Einfalt Bahn;
Wer seinen Muth zu hoch wil schwingen /
Der stőst gar leichtlich oben an.
 Ein jeder lobe seinen Sinn /
 Ich liebe meine Schåfferinn.
  Ein hohes Schloß wird von den Schlågen
Deß starcken Donners mehr berůhrt;
Wer weit wil fellt offt auß den Wegen /
Vnd wird durch seinen Stoltz verfůhrt.
 Ein jeder lobe seinen Sinn /
 Ich libe meine Schåfferinn.
  Auff grosser See sind grosse Wellen /
Viel Klippen / Sturm vnd harter Wind:
Wer klug ist bleibet bey den Quellen /
Die in den grůnen Wåldern sind.
 Ein jeder lobe seinen Sinn /
 Ich liebe meine Schåfferinn.

Hat Phyllis gleich nicht Gold vnd Schätze /
So hat sie doch was mir gefellt:
Wormit ich mein Gemüt' ergetze /
Wird nicht erkaufft vmb Gut vnd Geldt.
Ein jeder lobe seinen Sinn /
Ich liebe meine Schäfferinn.
Man steth bey reicher Leute Pforte
Sehr offt / vnd kömpt doch selten ein:
Bey jhr bedarff es nicht der Worte;
Was jhr ist / ist nicht minder mein.
Ein jeder lobe seinen Sinn /
Ich liebe meine Schäfferinn.
Glentzt sie gleich nicht mit thewren Sachen /
So gläntzt doch jhrer Augen Liecht:
Gar viel muß Hoffart schöne machen /
Jhr schlechter Schein betreugt mich[25] nicht.
Ein jeder lobe seinen Sinn /
Ich liebe meine Schäfferinn.
Ist sie gleich nicht von hohem Stande /
So ist sie dennoch auß der Welt:
Hat sie gleich keinen Sitz im Lande / [26]
Sie selbst ist mir ein weites Feldt.
Ein jeder lobe seinen Sinn /
Ich liebe meine Schäfferinn.
Wer wil mag in die Lüfften fliegen /
Mein Ziel erstreckt sich nicht so weit:
Ich lasse mich an dem begnügen
Was nicht bemüht vnd doch erfrewt /
Vnd lobe billich meinen Sinn /
Vnd meine schöne Schäfferinn.

25. *BC*; micht *D*.
26. *BC*; Land. *D*.

IV.

Jetzund kömpt die Nacht herbey /
Vieh vnd Menschen werden frey /
Die gewüntschte Ruh[27] geht an;
Meine Sorge kömpt heran.
Schöne gläntzt der Mondenschein / [28]
Vnd die Gülden Sternelein;
Froh ist alles weit vnd breit /
Ich nur bin in Trawrigkeit.
Zweene mangeln vberall
An der schönen Sternen Zahl;
Diese Sternen die ich mein'
Ist der Liebsten Augenschein.
Nach dem Monden frag' ich nicht /
Tunckel ist der Sternen Liecht;
Weil sich von mir weggewendt
Asteris mein Firmament.
Wann sich aber neigt zu mir
Dieser meiner Sonnen Ziehr /
Acht' ich es das beste seyn /
Daß kein Stern noch Monde schein.

V.

Kompt last vns außspatzieren /
Zu hören durch den Wald[29]
Die Vögel musiciren /
Das Berg vnd Thal erschallt.
Wol dem der frey kan singen /
Wie jhr / jhr Volck der Lufft;

27. *A*; Ruhe *BCD*.
28. *A*; Mondenschein; *BCD*.
29. *BC*; Wald. *D*.

Mag seine Stimme schwingen
Zu der auff die er hofft.
  Ich werde nicht erhöret /
Schrey ich gleich ohne Rhu;
Die so mich singen lehret
Stopfft selbst die Ohren zu.
  Mehr wol dem der frey lebet /
Wie du / du leichte Schar /
In Trost vnd Angst nicht schwebet /
Ist ausser der Gefahr.
  Jhr werdet zwar vmbgangen[30] /
Doch helt man euch in werth;
Ich bin von der gefangen
Die meiner nicht begehrt[31].
  Jhr könnt noch Mittel finden /
Entfliehen auß der Pein;
Sie muß noch mehr mich binden /
Soll ich erlöset sein.

VIII.

Ach liebste laß vns eilen /
  Wir haben Zeit /
Es schadet das[32] verweilen
  Vns beyderseit.
Der Edlen schönheit Gaben
  Fliehn[33] fuß für fuß:
Daß alles was wir haben
  Verschwinden muß.
Der Wangen Ziehr verbleichet /
  Das Haar wird greiß /

30. Euch stellt man nach.
31. *BC;* begehret *D.*
32. *BC*; vns *D.*
33. *A*; Fliehen *BCD.*

Der Augen Fewer weichet /
Die Brunst wird Eiß.
Das Mündlein von Corallen
Wird vngestalt /
Die Händ' als Schnee verfallen /
Vnd du wirst alt.
Drumb laß vns jetzt genießen
Der Jugend Frucht /
Eh' als wir folgen müssen
Der Jahre Flucht.
Wo du dich selber liebest /
So liebe mich /
Gieb mir das wann du giebest
Verlier auch ich.

XIII.

Allhier in dieser wüsten Heyd'
Ist gar kein Mensch nicht weit vnd breit /
Die wilden Thier allein
Die seh' ich selbst Mitleyden tragen /
Die Vögel trawrig seyn /
Vnd mich mit schwacher Stimme klagen /
Die kalten Brunnen stärcker fliessen /
Viel Threnen gleichfals zu vergiessen.
Stein / Wälder / Wiesen / Feld vnd Thal
Hör' ich beklagen meinen Fall;
Sie fühlen meine Pein /
Die Schafe wollen gar nichts weiden.
Du / Delia / allein
Wirst nicht beweget durch mein Leiden /
Du Kron vnd Zier der Schäfferinnen /
Du strenge Fürstin meiner Sinnen.

In dich hab' ich mein Ziel gericht /
Mein einig All / meins Lebens Liecht:
Nun hat deß Glückes Neid
Von deiner Seiten mich gerissen;
Drumb wüntsch' ich dieser Zeit
Nicht mehr deß Lebens zu geniessen;
Vom Todte nur werd' ich bekommen
Die Freyheit so du mir genommen.
Laß' ich gleich aber diese Welt /
Wird meine Trew doch nicht gefellt;
Die Liebe gegen dir
Hab' ich an manchen[34] Baum geschnitten;
Da sieht man für vnd für
Was ich für Angst vnd Pein erlitten:
So lang' Arcadia[35] wird stehen
Soll auch mein Nahme nicht vergehen.
Es trit Diana selber hin /
Mein Grab zu machen in das grün;
Die Göttin Flora geht
Sich nach Violen vmbzuschawen /
Mein Leichstein ist erhöht /
Darein die Nymphen werden hawen:
Hier hat den Geist dahin gegeben
Den[36] seine Liebste bracht vmbs Leben.

XIV.

Asterie mag bleiben wer sie wil /
Ich weiß nichts mehr von jhr /
Vnd jhrer Huld; ein sehr viel höher Ziel
Hab ich anjetzt vor mir:

34. *BC*; manchem *D*.
35. Landschaft auf der Peloponnes, das utopische Land der Schäferpoesie.
36. *BC*; Der *D*.

Ich will mich weiter schwingen
Als durch den Erdenkreiß /
Vnd nur alleine singen
Der Tugend Ehr' vnd Preiß.
Wie selig ist wer in Vollkommenheit
Der Weißheit sich verliebt /
Die süsse Gifft der schnöden Eitelkeit
Jhn nimmermehr betriebt;
Er weichet von den Wegen
Der Vppigkeit der Welt /
Darauff zuvor erlegen
Manch freyer kühner Heldt.
Die Schönheit zwar veracht' ich gäntzlich nicht /
Weil sie von oben kömpt /
Das sag' ich nur daß sie gar leichte bricht /
Vnd bald ein Ende nimpt:
Der rote Mund / die Wangen /
Der schönen Augen Glantz /
Ja alle Pracht vnd Prangen
Ist wie ein Rosenkrantz.
Wer Tugend liebt / der stirbet nimmermehr /
Er dringt durch alle Noth /
Durch alle Welt erklingt sein Lob vnd Ehr /
Er bleibt / vnd lebet todt:
Drumb wil ich nichts mehr schreiben
Von zeitlicher Begiehr /
So wird mein Lob bekleiben[37] /
Vnd grünen für vnd für.
Weg / Venus / weg / du Pest der jungen Zeit /
Ich selbst vergesse mein;
Ich wil jetzt gehn den Lauff der Ewigkeit /
Vnd auff der süssen Pein
Verwirten Bahn nicht wallen /

37. bleiben, bestehen.

Die Tugend ist mein Ziel;
Asterie sampt allen
Mag bleiben wer sie wil.

XVII.

Jhr schwartzen Augen / jhr / vnd du / auch schwartzes Haar /
Der frischen Flavien / [38] die vor mein Hertze war /
Auff die ich pflag zu richten /
Mehr als ein weiser soll /
Mein Schreiben / Thun vnd Tichten /
Gehabt euch jetzund wol.
Nicht gerne sprech' ich so / ruff' auch zu Zeugen an
Dich / Venus / vnd dein Kind / daß ich gewiß hieran
Die minste Schuld nicht trage /
Ja alles Kummers voll
Mich stůndlich krånck' vnd plage /
Daß ich sie lassen soll.
Jhr Parcen / die jhr vns das Thun deß Lebens spinnt
Gebt mir vnd jhr das was ich jr / vnd sie mir go̊nnt /
Weil ich's ja soll erfůllen /
Soll zåhmen meinen Fuß /
Vnd wieder Lust vnd Willen
Auch nachmals sagen muß:
Jhr schwartzen Augen / jhr / vnnd du / auch schwartzes Haar /
Der frischen Flavien / die vor mein Hertze war /
Auff die ich pflag zu richten /
Mehr als ein weiser soll /
Mein Schreiben / Thun vnd Tichten /
Gehabt euch jetzund wol.

38. *BC*; Flavien *D*.

XVIII.

Ich empfinde fast ein Grawen
Daß ich / Plato / für vnd für
Bin gesessen über dir;
Es ist Zeit hinauß zu schawen /
Vnd sich bey den frischen Quellen
In dem grünen zu ergehn /
Wo die schönen Blumen stehn /
Vnd die Fischer Netze stellen.
Worzu dienet das studieren
Als zu lauter Vngemach?
Vnter dessen laufft die Bach
Vnsers Lebens das wir führen /
Ehe wir es inne werden /
Auff jhr letztes Ende hin /
Dann kömpt ohne Geist vnd Sinn
Dieses alles in die Erden.
Hola / Junger / geh' vnd frage
Wo der beste Trunck mag seyn /
Nimb den Krug / vnd fülle wein.
Alles Trawren / Leid vnd Klage
Wie wir Menschen täglich haben
Eh' vns Clotho[39] fort gerafft
Will ich in den süssen Safft
Den die Traube gibt vergraben.
Kauffe gleichfals auch Melonen
Vnd vergieß deß Zuckers nicht;
Schawe nur daß nichts gebricht.
Jener mag der Heller schonen /
Der bey seinem Gold' vnd Schätzen
Tolle sich zu krencken pflegt /
Vnd nicht satt zu Bette legt:
Ich wil weil ich kan mich letzen.

39. Die zweite der Parzen, die den Schicksalsfaden zumißt.

Bitte meine gute Brůder
Auff die Music vnd ein Glaß:
Kein ding schickt sich / důnckt mich / [40] baß /
Als ein Trunck vnd gute Lieder.
Laß' ich schon nicht viel zu erben /
Ey so hab ich edlen Wein;
Wil mit andern lustig seyn /
Wann ich gleich allein muß sterben.

XX.

O wol dem der die rechte Zeit
In allen dingen siehet /
Vnd nicht nach dem was allbereit
Hinweg ist sich bemůhet /
Der kennet was er lieben soll /
Vnd was er soll verlassen;
Er lebet frey vnd allzeit wohl /
Vnd darff sich selbst nicht hassen.
Die Gŏttin der Gelegenheit
Ist fornen nur mit Haaren[41] /
Im Nacken bleibt sie kahl allzeit;
Drumb laß sie ja nicht fahren
Weil du sie bey der Stirnen hast;
Der Tag geht[42] eylends nieder[43] /
Die Stunden lauffen ohne rast /
Vnd kommen gantz nicht wieder.

40. *BC*; mich *D*.
41. *C*; harren *D*.
42. *C*; gehet *D*.
43. *C*; mir dar *D*.

Martini Opitii Sonnete.

An diß Buch.

SO wiltu dennoch jetzt auß meinen Hånden scheiden
Du kleines Buch vnnd auch mit andern seyn veracht?
Gewiß du weissest nicht wie hônisch man jetzt lacht /
Wie schwerlich sey der Welt Spitzfindigkeit zu meiden.
Es muß ein jeglich Ding der Menschen Vrtheil leiden /
Vnd / ob es tauglich[1] sey / steht nicht in seiner Macht;
Der meiste Theil ist doch auff schmåhen nur bedacht /
Vnd denckt was er nicht kan / dasselbe muß' er neiden.
Noch dennoch (daß du nicht so offt' vnd viel von mir
Auffs newe dulden důrffst daß ich dich nehme fůr)
Muß ich dir loß zu seyn vnd außzugehn erleuben.
So ziehe nun nur hin / weils ja dir so gefellt /
Vnd nimb dein Vrtheil an / zieh' hin / zieh' in die Welt;[2]
Du hettest aber wol zu Hause kônnen bleiben.

II.

Vber den Thurn zu Straßburg.

PRintz aller hohen Thůrn' / als jemals wird beschawen
Der Sonnen klarer Glantz / vnd vor beschawet hat;
Wie recht / weil Straßburg ist dergleichen schône Stadt /
Hat man dich nur in sie alleine můssen bawen.
Du rechtes Wunderwerck bist zierlich zwar gehawen /
Doch noch bey weitem nicht zu gleichen in der That[3]

1. *BC*; tåglich *D*.
2. *BC*; an / zieh' hin' in die Welt; *D*.
3. *BC*; That / *D*.

Der feinen Policey / dem weisen Recht' vnd Rhat' /
Vnd[4] grosser Ho̊ffligkeit der Månner vnd der Frawen /
Welch' vber deine Spitz' an Lobe zu erho̊hen:
Kein Ort wird jrgend je gefunden weit vnd breit
Der jhnen gleichen mag an Gůt' vnd Freundligkeit.[5]
Wie wol gibt die Natur hiermit vns zu verstehen /
Daß / wann die Båwe gleich mehr steinern sind als Stein /
Der Menschen Hertzen doch nicht sollen steinern seyn.

III.

Vom Wolffesbrunnen bey Heidelberg.

DV edler Brunnen du / mit Rhu vnd Lust vmbgeben /
Mit Bergen hier vnd da als einer Burg vmbringt /
Printz aller scho̊nen Quell' / auß welchen Wasser dringt
Anmutiger dann Milch / vnd ko̊stlicher dann Reben /
Da vnsers Landes Kron' vnd Håupt mit seinem Leben /
Der werthen Nymph' / offt selbst die lange Zeit verbringt /
Da das Geflůgel[6] jhr zu Ehren lieblich singt /
Da nur ergetzlichkeit vnd keusche Wollust schweben /
Vergeblich bist du nicht in dieses grůne Thal
Beschlossen von Gebirg' vnd Klippen vberall:
Die kůnstliche Natur[7] hat darumb dich vmbfangen
Mit Felsen vnd Gepůsch' / auff daß man wissen soll
Daß alle Fro̊ligkeit sey Můh' vnd Arbeit voll /
Vnd daß auch nichts so scho̊n / es sey schwer zuerlangen.

4. *C*; Von *D*.
5. *BC*; Freundligkeit *D*.
6. Vögel.
7. die Künstlerin Natur.

VII.

An die Bienen.

JHr Honigvögelein / die jhr von den Violen
Vnd Rosen abgemeyt[8] den wundersüssen Safft /
Die jhr dem grünen Klee entzogen seine Krafft /
Die jhr das schöne Feld so offt vnd viel bestohlen /
Jhr Feldeinwohnerin / was wollet jhr doch holen
Daß so[8a] euch noch zur Zeit hat wenig Nutz geschafft /
Weil jhr mit Dienstbarkeit deß Menschen seyd behafft /
Vnd jhnen mehrenteils das Honig musset zohlen?
Kompt / kompt zu meinem Lieb' auff jhren Rosenmund /
Der mir mein krannckes Hertz hat jnniglich verwundt /
Da solt jhr Himmelspeis' auch vberflüssig brechen:
Wann aber jemand sie wil setzen in Gefahr /
Vnd jhr ein Leyd anthun / dem solt du starcke schar
Für Honig Galle seyn / vnd[9] jhn zu Todte stechen.

IIX.

An die Augen seiner Jungfrawen. Fast auß dem Holländischen.

LEitsternen meines Haupts / vnd meiner jungen Zeit /
Die als Planeten sind gesetzet meinem Leben /
Jhr Augen / wann ich euch so freundlich sehe schweben /
So bin ich als entzückt / vnd[10] kenne gantz kein Leid:
Dann jhr beschliest in euch ein' hohe Liebligkeit /
Vnd lieblich' Hoheit; jhr / jhr könnt alleine geben

8. geerntet.
8a. Relativpronomen.
9. *BC*; vnd' *D*.
10. *BC*; so *D*.

Genüge / rechte Lust: wornach wir Männer streben
Das habt jhr / O mein Liecht / vor allem weit vnd breit.
Natura selber liegt im Tunckeln fast begraben /
Vnd mangelt jhres Liechts / von wegen jhrer Gaben /
Die gantz versamblet sind in solcher engen statt;
Doch ist sie enge nicht / vnd kann sich weit ergiessen /
Ja were groß genung fast alles einzuschließen /
Weil sich mein' arme Seel' in jhr verirret hat.

X.

Einer Jungfrawen Klage vber nahendes Alter.

ACh wo ist nun die Zeit / in der man pflag zu gleichen
Der Rosen schöner Zier mein' edele Gestalt?
Ja freylich bin ich so / nun ich bin graw vnd alt[11].
Eh' als der Sonnen Glantz die Rose kan erreichen
So muß sie durch die Lufft der Nacht zuvor verbleichen /
Vnd hat nur von dem Thaw ein wenig Vnterhalt:
So netzen mich jetzt auch die Threnen mannigfalt /
Weil ich die junge Zeit nun habe lassen schleichen.
Geht dann der Morgen an / so wird die Rose roth;
Ich werde Schamroth auch / gedenck ich an die Noth.
Doch hab ich diesen Trost / daß gleich wie von den Winden
Die Rose wann der Tag sich neigt / wird abgemeit[12] /
So werd' auch ich / weil nun mein Abend nicht ist weit /
Kan ja es hier nicht seyn / doch Ruh' im Grabe finden.

11. jetzt, wo ich grau und alt bin.
12. abgemäht, entblättert.

XI.

DV schoͤne Tyndaris / wer findet deines gleichen /
Vnd wolt' er hin vnnd her das gantze Land durchziehn?
Dein' Augen trutzen wohl den edelsten Rubin /
Vnd fuͤr den Lippen muß ein Tuͤrckis auch verbleichen /
Die Zaͤhne kan kein Gold an hoher Farb' erreichen /
Der Mund ist Himmelweit / der Halß sticht Atstein[13] hin:
Wo ich mein Vrtheil nur zu fellen wuͤrdig bin /
Alecto[14] wird dir selbst des Haares halben weichen /
Der Venus Ehemann[15] geht so gerade nicht /
Vnd auch der Venus Sohn hat[16] kein so scharff Gesicht.
In summa / nichts mag dir verglichen werden koͤnnen:
Weil man dann denen auch die vns gleich nicht sind wol /
Geht es schon sawer ein / doch gutes goͤnnen soll /
So wuͤndsch' ich daß mein Feindt dich moͤge lieb gewinnen.

XXI.

Francisci Petrarchae.[16a]

ISt Liebe lauter nichts / wie daß sie mich entzuͤndet?
Ist sie dann gleichwol was / wem ist jhr Thun bewust?
Ist sie auch gut vnd recht / wie bringt sie boͤse Lust?
Ist sie nicht gut / wie daß man Frewd' auß jhr empfindet?
Lieb' ich ohn allen Zwang / wie kan ich schmertzen tragen?
Muß ich es thun / was hilfft's daß ich solch Trawren fuͤhr'?
Heb' ich es vngern an / wer dann befihlt es mir?
Thue ich es aber gern' / vmb was hab' ich zu klagen?

13. Ätna.
14. Furie mit Schlangenhaaren.
15. der lahme Schmied Vulcan.
16. *B*; kan *CD*.
16a. Vgl. Canzoniere, Sonett 88.

Ich wancke wie das Graß so von den kuͤhlen Winden
Vmb Vesperzeit bald hin geneiget wird / bald her:
Ich walle wie ein Schiff das durch das wilde Meer
Von Wellen vmbgejagt nicht kan zu Rande finden.
Ich weiß nicht was ich wil / ich wil nicht was ich weiß:
Im Sommer ist mir kalt / im Winter ist mir heiß.

XXII.

Auß dem Italienischen der edelen Poetin Veronica Gambara; wie auch nechstfolgende sechse[17].

Sie redet die Augen jhres Buhlen an / den sie vmbfangen.

SO offt' ich[18] ewren Glantz / jhr hellen Augen / schawe /
Bin ich in grosser Lust vertaͤufft[19] so hoch vnd weit /
Daß ich mich frewen muß auch in Truͤbseligkeit
Vnd eusserster Fortun[20] / in dem ich auff euch bawe.
Hergegen schaͤtz' ich mich fuͤr die betruͤbste Frawe /
Wann jhr nicht wie zuvor geneigt vnd freundlich seyd:
Ich bin mir selber gram / mein Leben ist mir leydt /
Dieweil ich euch nicht hab' auff die ich einig trawe.
Jhr jrrdisches Gestirn' / jhr sterblichen Planeten /
Jhr meine Sonn' vnd Mond' / jhr / die jhr mich koͤnt toͤdten /
Ohn euch ist alle Lust nichts als ein blosses Bild.
Was wundert jhr euch dann / daß ich zu euch muß eilen /
Mein bester Trost / es fleucht ein jeder fuͤr den Pfeilen
Deß Todes / wieder welch' jhr seyd mein starcker Schild.

17. Von diesen Gedichten sind hier das 1. und das 4. abgedruckt; Veronica Gambara, italienische Renaissancedichterin (1485–1550).

18. *BC;* offt ich' *D.*

19. eingetaucht.

20. äußerste Schicksalsschläge.

XXV.

Vber den Ort / da sie jhren Adonis zum ersten vmbfangen.

JHr schŏnen Wasserbăch' / jhr Vfer an den flůssen /
Da sich deß Himmels Lufft erzeigt sehr hell vnd klar / [21]
Vnd fast an euch erschŏpfft die Gaben gantz vnd gar /
Die ander' ŏrter[22] sonst sehr sparsamlich geniessen.
Wann dieses mein Sonnet so wol sich kŏndte schliessen /
Als es von Hertzen geht / so macht' ich offenbahr
Durch diese Reimen euch vnd ewrer Gaben Schar;
Man solte weit vnd breit hiervon zu reden wissen.
Nun[23] aber mein Verstand deß Rhumes hohe Zinnen
Vnd ewer rechtes Lob nicht wird ersteigen kŏnnen /
So weichet vnd erliegt der viel zu enge Sinn.
Die Hand ist viel zu schwach / die Zunge steht gebunden;
Doch hab' ich grosse Frewd' vnd Lust bey euch empfunden
Vor die wil ich hernach euch růhmen weil[24] ich bin.

XXXII.

AV weh! ich bin in tausend tausend Schmertzen
Vnd tausend noch! die Seufftzer sind vmbsunst
Herauff geholt; kein Anschlag / List noch Kunst
Verfengt bey jhr. wie wann im kůhlen Mertzen
Der Schnee zugeht durch Krafft der Himmel-kertzen /
Vnd netzt das Feld; so feuchtet meine Brunst
Der Zehren Bach / die noch die minste Gunst
Nicht außgebracht. Mein' Augen sind dem Hertzen

21. *BC*; klar. *D*.
22. *BC*; orter *D*.
23. *BC*; Nur *D*.
24. solange.

Ein schädlichs Gifft: das Dencken an mein Liecht
Macht daß ich jrr' / vnd weiß mich selber nicht /
Macht daß ich bin gleich einem blossen Scheine /
Daß kein Gelenck vnd Gliedmaß weder Krafft
Noch Stärcke hat / die andern[24a] keinen Safft
Noch Blut nicht mehr / kein Marck nicht die Gebeine.

XXXIV.

JHr / Himmel / lufft vnd wind / jhr hügel voll von schatten /[25]
Jhr Hainen / jhr Gepüsch' / vnnd du / du edler Wein /
Jhr frischen Brunnen jhr so reich am Wasser seyn /
Jhr Wüsten die jhr stets müßt an der Sonnen braten /
Jhr durch den Weissen thaw bereifften schönen Saaten /[26]
Jhr Hölen voller Moß / jhr auffgeritzten Stein' /
Jhr Felder welche ziert der zarten Blumen Schein /
Jhr Felsen wo die Reim' am besten mir gerathen /
Weil ich ja Flavien / daß ich noch nie thun können /
Muß geben gute Nacht / vnd gleichwohl Muth vnd sinnen
Sich[27] förchten allezeit / vnd weichen hinter sich /
So bitt' ich Himmel / Lüfft / Wind / Hügel / Hainen / Wälder /[28]
Wein / Brunnen / Wüsteney / Saat / Hölen / Steine / Felder /
Vnd Felsen sagt es jhr / sagt / sagt[29] es jhr vor mich.

24a. *BCD*; Adern?
25. *BC*; schatten *D*.
26. *BC*; Saaten *D*.
27. *BC*; Sie *D*.
28. *BC*; Wälder *D*.
29. *BC*; sagt / *D*.

XXXV.

Ich wil diß halbe mich / was wir den Cörper nennen /
Diß mein geringstes Theil / verzehren durch die Glut /
Wil wie Alcmenen Sohn[30] mit vnverwandtem[31] Muth'
Hier diese meine Last / den schnöden Leib / verbrennen /
Den Himmel auff zu gehn: mein Geist beginnt zu rennen
Auff etwas bessers zu.[32] diß Fleisch / die Handvoll Blut /
Muß außgetauschet seyn vor ein viel besser Gut /
Daß sterbliche Vernunfft vnd Fleisch vnd Blut nicht kennen.
Mein Liecht entzünde mich mit deiner Augen Brunst /
Auff daß ich dieser Haut / deß finstern Leibes[33] Dunst /
Deß Kerkers voller Wust vnd Grawens / werd entnommen /
Vnd ledig / frey vnd loß / der Schwachheit abgethan /
Weit vber alle Lufft vnd Himmel fliegen kan
Die Schönheit an zu sehn von der die deine kommen.

XXXVI.

In mitten Weh vnd Angst / in solchen schweren zügen /
Dergleichen nie gehört / in einer solchen Zeit
Da Trew vnd Glauben stirbt / da Zwietracht / Grimm vnd Neidt
Voll blutiger Begier gehäufft zu Felde liegen /
Da vnverfänglich ist Gericht vnd Recht zu biegen /
Da Laster Tugend sind / wie bin ich doch so weit
In Thorheit eingesenckt? der Liebsten Freundligkeit /
Jhr blüendes Gesicht / jhr angenehmes Kriegen /
Jhr Wesen / Thun vnd Art / das ist es was ich mir
Bloß eingebildet hab' / vnd rühme für vnd für.[34]
Diß Leid / diß Jammer sehn / vnd dennoch nichts als lieben?

30. Herakles.
31. *BC*; vnverwandten *D*.
32. *BC*; zu *D*.
33. *BC*; Liebes *D*.
34. *BC*; für *D*.

Die klüger sind als ich schleust man in Clausen ein.
Jhr Musen[35] last mich gehn: es muß doch endlich seyn
Was anders oder ja gar nichts nicht mehr geschrieben.

XXXVII.

Ich gleiche nicht mit dir deß weissen Mondens Liecht:
Der Monde fellt vnd steigt; du bleibst in einem Scheine:
Ja nicht die Sonne selbst: die Sonn' ist gantz gemeine /
Gemein' auch ist jhr Glantz; du bist gemeine nicht.
Du zwingst durch Zucht den Neid / wie sehr er auff dich sticht.
Ich mag[36] kein Heuchler seyn / der bey mir selbst verneine
Das was ich jetzt[37] gesagt: es gleichet sich dir keine /
Du bist dir åhnlich selbst; ein ander Bild gebricht
Das dir dich zeigen kan; du bist dein eigen Glücke /
Dein eigenes Gestirn / der Schönheit Meisterstücke.
Du hettest sollen seyn wie noch die Tugend war
Geehret als ein Gott / in der Welt ersten Jugend /
So were wol gewiß gewesen deine Tugend
Die Kirch' vnd Opfferung / der Weyrauch vnd Altar.

XXXVIII.

DV güldne[37a] Freyheit du / mein wündschen vnd begehren /
Wie wol doch were mir / im fall ich jederzeit
Mein selber möchte seyn / vnd were gantz befreyt
Der Liebe die noch nie sich wollen von mir kehren /

35. *BC*; Mussen *D*.
36. *BC*; mach *D*.
37. *BC*; was jetzt *D*.
37a. *BC*; güldene *D*.

Wiewol ich offte mich bedacht bin zu erwehren.
Doch / lieb' ich gleichwol nicht / so bin ich wie ein Scheit /
Ein Stock / vnd rawes Bley.[38] die freye Dinstbarkeit /
Die sichere Gefahr / das tröstliche Beschweren /
Ermuntert meinen Geist / daß er sich höher schwingt
Als wo der Pöfel kreucht / vnd durch die Wolcken dringt /
Geflügelt mit Vernunfft vnd muthigen Gedancken.
Drumb geh' es wie es wil / vnd muß ich gleich darvon /
So vberschreit' ich doch deß Lebens enge Schrancken;
Der Name der mir folgt ist meiner Sorgen Lohn.

XXXIX.

EIn jeder spricht zu mir / dein Lieb ist nicht dergleichen
Wie du sie zwar beschreibst: ich weiß es warlich nicht /
Ich bin fast nicht mehr klug; der scharffen Sinnen Liecht
Vermag gar kaum was weiß vnd schwartz ist zu erreichen.
Der so im Lieben noch was weiß herauß zustreichen /
Durch vrtheil vnd verstandt / vnd kennt auch was gebricht / [39]
Der liebet noch nicht recht. Wo war ist was man spricht /
So hat der welcher liebt der sinnen gar kein zeichen /
Vnd ist ein lauter Kind. Wer schönheit wehlen kan /
Vnd redet recht darvon der ist ein weiser Mann.
Ich weiß nicht wie ich doch die Fantasie gelose[40] /
Vnd was die süsse Sucht noch endlich auß mir macht:
Mein wissen ist dahin / der Tag der ist mir Nacht /
Vnd eine Distelblüt' ist eine schöne Rose.

38. *BC*; Bley *D*.
39. *BC*; gebricht. *D*.
40. los werde.

XLI.

Ich machte diese Verß in meiner Pierinnen[41]
Begrůnten Wůsteney / wie Deutschland embsig war
Sein Mőrder selbst zu seyn / da Herdt vnd auch Altar
In Asche ward gelegt durch trawriges beginnen
Der blutigen begier / da gantzer Vőlcker sinnen
Vnd tichten[42] ward verkehrt / da aller Laster schar /
Mord / Vnzucht / Schwelgerey / vnd triegen gantz vnd gar
Den Platz der alten ehr' vnd tugend hielten jnnen.
Damit die bőse Zeit nun wůrde hingebracht /
Hab' ich sie wollen hier an leichte Reime wenden.
Mars thuts der Liebe nach / daß er der Thrånen lacht:
Mein Krieg ist lobens werth / vnd seiner ist zu schånden;
Dann meiner wird gestillt durch zweyer Leute Schlacht /
Den andern kőnnen auch viel tausend noch nicht enden.

Beschluß Elegie.

Das blinde Liebeswerck / die sůsse Gifft der Sinnen /
Vnd rechte Zauberey hat letzlich hier ein End':
Es wird das lose Kind so mich verfůhren kőnnen /
Gott lob / jetzt gantz vnd gar von mir hinweg gewendt.
Nun suche wo du wilt dir anderwerts Poeten;
Hier / Venus / hab' ich mir gesteckt mein eignes Ziel;
Es ist mir deine Gunst jetzt weiter nicht von nőthen;
Ich haß' all' Eitelkeit; es liebe wer da wil.
Was meine schwache Hand vor dieser Zeit geschrieben /
Durch deinen Geist gefůhrt / das ist der Jugend schuld;
Ich werde weiter nicht von solcher Lust getrieben;
Was dir gehåssig[43] ist zu diesem trag' ich huld.

41. Musen (nach ihrer Heimat Pierien am Nordabhang des Olymps).
42. streben.
43. *BC*; gefållig *D*.

Wann Vrtheil vnd Verstand bey mir zu rathe sitzen /
So hattest du mir zwar bethőrt den jungen Sinn:
Jetzt seh' ich daß dein Sohn sey ohne wahn[44] vnd Witzen /
Du aber / Venus / selbst ein' edle Kuplerinn.
Dein Wesen ist ein Marckt da Leid wird feil getragen /
Ein Winckel da verdruß vnd Wehmuth jnnen steht /
Ein' Herberg' aller Noth / ein Siechhauß vieler Plagen /
Ein Schiff der Pein / ein Meer da Tugend vntergeht.
Wo soll die Schőnheit seyn / wann alles wird vergehen /
Die Lippen von Corall / diß Alabaster Bild /
Die Augen so jhr seht gleich als zwo Sonnen stehen /
Der rothe Rosenmund / der weissen Brůste Schild?
Sie sollen / vnd wir auch / als Asch' vnd Staub entfliehen /
Vnd allzugleiche gehn den Weg der Eitelkeit:
Pracht / Hoffart / Gut vnd Geld / vmb das wir vns so můhen /
Wird Wind vnd Flůgel noch bekommen mit der Zeit.
Ich laß' es alles stehn: das Ende meiner Jugend /
Vnd Frucht der Liebeslust beschließ' ich gantz hierein:
Ein Werck das hőher ist / der Anfang meiner Tugend /
Ob dieses gleich verdirbt / soll nimmer sterblich seyn.

44. urspr. Erwartung, Hoffnung, (unsichere) Meinung, bezeichnet bei Opitz auch neutral Meinung, Gedanke, Sinn (ohne das Moment des Unsicheren, Falschen); »ohne wahn vnd Witzen«: ohne Sinn und Verstand (Grimmsches Wörterbuch).

ZU AUSWAHL UND TEXTREDAKTION

Die vorliegende Auswahl sucht Opitz' geistliche und weltliche Gedichte, die größeren Lehrdichtungen und die Gelegenheitspoesie einigermaßen gleichmäßig zu berücksichtigen. Nicht aufgenommen wurden Prosatexte und Dramen. Die abgedruckten Texte sind vollständig wiedergegeben mit Ausnahme der »Trost-Gedichte In Widerwertigkeit Deß Kriegs«, bei denen aus Raumgründen die Beschränkung auf das erste und zweite Buch erforderlich war. Textgrundlage ist die letzte von Opitz selbst veranstaltete Ausgabe in drei Bänden: »Martini Opitii Geistliche Poëmata, Von jhm selbst anjetzo zusammen gelesen / verbessert vnd absonderlich herauß gegeben. In Verlegung David Müllers Buchhändlers S. Erben. M.DC.XXXVIII.« (Breslau); »Martini Opitij Weltliche Poemata Zum Viertēmal vermehret vnd vbersehen herraus geben. Franckfurt am mayn bey Thomas Matthias Götzen« (1644)[1]; »Martini Opitii Weltliche Poemata. Der Ander Theil. Zum vierdten mal vermehret vnd vbersehen herauß gegeben. Franckfurt / In Verlegung Thomae Matthiae Götzen / Im Jahr M.DC.XXXXIV«. Einleuchtende Gründe hat G. Schulz-Behrend[2] für die erste von Opitz selbst redigierte Ausgabe von 1625 geltend gemacht (die dann durch die jeweiligen Erstdrucke der nach 1625 erscheinenden Werke zu ergänzen wäre). Doch lag es näher, für eine repräsentative Auswahl die vollständigste Sammlung mit – relativ – einheitlicher Textgestaltung zugrunde zu legen. Dabei wurden die Texte dieser Ausgabe letzter Hand (D) – benutzt wurde das Exemplar des Germanistischen Seminars der Universität Köln (Sign.: NT 10418 – 30 – Mag. 1) – mit den Texten der beiden von Opitz selbst veranstalteten Sammlungen von 1625 (B) bzw. 1628/29 (C) sorgfältig verglichen; wo diese nicht weiterhalfen, wurden auch die Ausgabe Zincgrefs von 1624 (A) bzw. die jeweiligen Erstausgaben (E)[3] herangezogen. Der Text von D wurde aber nur dort

1. Vgl. Erich Trunz im Nachwort zur Ausgabe der Geistlichen Poemata, S. 21* und im Nachwort der Weltlichen Poemata I, S. 5* ff.: Es handelt sich um eine Titelauflage des 1638 zuerst erschienenen 1. Bandes. Mit der Jahreszahl 1638 ist nur ein Exemplar bekannt gewesen, das aber im letzten Krieg verlorenging.

2. *On editing Opitz*, a. a. O. S. 437.

3. Es handelt sich um folgende Texte:
»Vielguet. Gedruckt zum Brieg, durch Augustinum Gründern. in Verlegung David Müllers . . . in Breßlaw. 1629.« (bei Trunz E)
»TrostGedichte In Widerwertigkeit Deß Krieges; In vier Bücher abgetheilt / Vnd vor etzlichen Jahren von einem bekandten Poeten anderwerts geschrieben.

verändert, wo eindeutig Fehler vorlagen bzw. durch Inkonsequenzen von Orthographie und Zeichensetzung Mißverständnisse drohten. Solche Eingriffe in den Text werden unter Hinweis auf die bessere Lesart einer der übrigen Ausgaben in jedem Fall nachgewiesen. Die Vorläufigkeit dieses Verfahrens ist durch das Fehlen einer kritischen Ausgabe gerechtfertigt, der die Beseitigung der erwähnten Inkonsequenzen und die Berücksichtigung sämtlicher Lesarten vorbehalten bleibt[4]. Im übrigen wurden Abkürzungen und Ligaturen aufgelöst und die Schreibung des Großbuchstabens 𝔍 entsprechend der innerhalb der Texte gebräuchlichen Kleinschreibung in I und J differenziert.

[Fortsetzung Fußnote 3.]
In verlegung David Müllers Buchhendlers in Breßlaw. Leipzig . . . Anno 1633.« »Zehen Psalmen Davids Aus dem eigentlichen Verstande der Schrifft . . . Leipzig / In Verlegung David Müllers Buchhändlers in Breßlaw / Im Jahr 1634.«

4. Nach Fertigstellung des Manuskripts erschien der 1. Band der von George Schulz-Behrend betreuten kritischen Ausgabe (s. Bibl.), der die Dichtungen zwischen 1614 und 1621 enthält, also nachträglich nur für die Trostgedichte berücksichtigt werden konnte. Gegenüber Schulz-Behrends weitgehender Normalisierung von Orthographie und Interpunktion wurde gerade bei den Trostgedichten an Eigenheiten von *D* (Virgel bei der Vergleichspartikel »wie« oder als Abtrennung des Wortes »Gott« vom übrigen Satz) festgehalten (vgl. I, V. 127, 231, 309 bzw. 62, 144, 204, 236 usw.).

ZEITTAFEL

1597 23. Dezember: Martin Opitz wird in Bunzlau am Bober (Schlesien) geboren. Seine Eltern sind der Fleischermeister Sebastian Opitz und seine Frau Martha, die Tochter eines Bunzlauer Ratsherrn.

seit 1605 Besuch der Lateinschule in Bunzlau. Aus dieser Zeit stammt seine Freundschaft mit den Mitschülern Bernhard Wilhelm Nüßler und Caspar Kirchner. Seine Lehrer sind der Onkel Christoph Opitz und Valentin Senftleben.

seit 1614 Schüler des Maria-Magdalenen-Gymnasiums in Breslau. Beziehungen zu den Humanisten Caspar Cunrad (1571–1633) und Daniel Rintfleisch gen. Bucretius (1562–1626), dessen Söhne Opitz unterrichtet.

1615 Druck der ersten lateinischen Gedichte.

1616 *Strenarum libellus*, lat. Gelegenheitsgedichte, Senftleben gewidmet.

1617 Auf dem Akademischen Gymnasium in Beuthen (Oder).
Aristarchus sive de contemptu linguae Teutonicae, Programmschrift für eine volkssprachliche deutsche Literatur mit eigenen und fremden Beispielen von Gedichten in deutscher Sprache.

1618 In Görlitz, Frankfurt (Oder) und Bunzlau. Lat. Gedicht *Hipponax ad Asteriam*, zusammen mit einigen deutschen Gedichten veröffentlicht.

1619 Zum Studium nach Heidelberg. Freundschaft mit Caspar Barth, Julius Wilhelm Zincgref, Balthasar Venator. Reisen nach Straßburg und Tübingen. In Heidelberg entsteht ein großer Teil der Sonette, Oden und Lieder.

1620 Lobrede auf den »Winterkönig« Friedrich V. von der Pfalz.
Unter der Bedrohung Heidelbergs durch die spanischen Truppen Spinolas geht Opitz als Hofmeister eines jungen Dänen nach Holland (in Leiden Bekanntschaft mit Daniel Heinsius) und weiter nach Dänemark (vgl. das Gedicht: *Coridon der gieng betrůbet*). Dort laut eigener Aussage bereits Arbeit an den erst dreizehn Jahre später veröffentlichten *Trostgedichten*.

1621 Übersetzung von *Dan. Heinsii Lobgesang Jesu Christi*. Rückkehr nach Schlesien (lat. Gedicht *De Reditu ex Cheroneso Cimbrico suo*).

1622 *Danielis Heinsii Hymnus Oder Lobgesang Bacchi* übersetzt.

Mai: Lehrer am Akademischen Gymnasium in Weißenburg im Dienst des Siebenbürgischen Fürsten Bethlen Gabor.
Besuche im benachbarten Zlatna (vgl. das gleichnamige Gedicht).
Materialsammlung für die geplante *Dacia antiqua*.

1623 Rückkehr nach Schlesien, u. a. beim Herzog Georg Rudolf in Liegnitz.
Zlatna Oder Getichte Von Ruhe deß Gemůthes.
Veröffentlichung des älteren Gedichtes *Lob des Feldtlebens* (nach Vergil).

1624 Julius Wilhelm Zincgref gibt in Straßburg gegen Opitz' Wunsch dessen deutsche Gedichte heraus nach einem noch in Heidelberg verfaßten Manuskript, dessen Metrik Opitz' jetzigen Ansprüchen nicht mehr genügt. Im Anhang auch neuere Gedichte Opitz' (u. a. *Zlatna*). Plan einer eigenen verbesserten Ausgabe der Gedichte.
Buch von der Deutschen Poeterey.
Die Episteln Der Sontage vnd fůrnembsten Fest deß gantzen Jahrs (Herzog Georg Rudolf gewidmet). (Das Gedicht zum 1. Advent wird später von J. S. Bach vertont.) Fürstlicher Rat bei den Herzögen von Liegnitz und Brieg.

1625 Februar: mit einer Delegation der schlesischen Stände nach Wien, von Kaiser Ferdinand II. zum Poeta laureatus gekrönt.
Sommer: Reise nach Sachsen; Besuch bei Augustus Buchner in Wittenberg und in Köthen beim Fürsten Ludwig von Anhalt, dem Haupt der »Fruchtbringenden Gesellschaft«. Bekanntschaft mit dem Dichter Dietrich von dem Werder.
L. Annaei Senecae Trojanerinnen deutsch vbersetzt.
Acht Bůcher Deutscher Poematum (Fürst Ludwig von Anhalt gewidmet), als Korrektur der von Opitz als sprachlich und metrisch überholt angesehenen Ausgabe Zincgrefs.

1626 *Die KlageLieder Jeremia.*
Übersetzung des neulateinischen Romans *Argenis* von John Barclay (1621).
Sekretär bei Carl Hannibal von Dohna, dem Präsidenten der kaiserlichen Kammer und Führer der katholischen Partei in Schlesien.

1627 Bearbeitung von *Salomons Deß Hebreischen Kőniges hohem Liedt* (1658 von Andreas Hammerschmied vertont).
Dafne (nach der Oper von Rinuccini und Peri); Aufführung mit

der Musik von Heinrich Schütz in Schloß Hartenfels bei Torgau. Die Musik von Schütz ist verloren.
Reisen mit Dohna nach Warschau und Oberschlesien.
Lobgedicht auf Dohna.
November: Reise nach Prag. Opitz wird auf Veranlassung Dohnas vom Kaiser geadelt: »Opitz von Boberfeld«.

1628 *Lob des Krieges Gottes Martis* (Dohna gewidmet).
Jonas (nach Grotius), mit gelehrten Anmerkungen herausgegeben.
Neuausgabe der *Deutschen Poemata* (1. Teil).
Massive Rekatholisierungsversuche in Schlesien. Teilnahme Opitz' an katholischem Gottesdienst.

1629 Übersetzung des gegenreformatorisch ausgerichteten *Manuale controversiarum* des Jesuiten Martin Becanus.
Dionysii Catonis Disticha De moribus ad filium germanice expressa.
2. Teil der *Deutschen Poemata* (Dohna gewidmet).
Arbeit an der *Schåfferey von der Nimfen Hercinie.*
Vielguet (dem schlesischen Landeshauptmann Fürst Heinrich Wenzel von Münsterberg-Oels gewidmet).
Von der Welt Eytelkeit. Auß dem Frantzősischen.
Opitz wird in die »Fruchtbringende Gesellschaft« aufgenommen.

1630 Opitz' Becanus-Übersetzung von Dohna an den Kaiser gesandt.
Schåfferey von der Nimfen Hercinie, der erste deutsche Schäferroman, erscheint.
Februar: in diplomatischer Mission Reise über Straßburg nach Paris. Bekanntschaft mit Hugo Grotius.
Oktober: Rückkehr nach Schlesien. Änderung der politischen Situation durch Landung der Schweden unter Gustav Adolf in Deutschland.

1631 *Hugo Grotius von der Wahrheit der Christlichen Religion Auss Hollåndischer Sprache Hochdeutsch gegeben.*
Der Argenis Anderer Theil Verdeutscht.
Die Becanus-Übersetzung *(Becanus redivivus)* erscheint anonym.

1632 Siege der Schweden. Dohna flieht vor den protestantischen Truppen.
Übersetzung: *Die sůssen Todesgedanken. Auss dem Frantzősischen des von Serre.*

1633 Opitz wieder im Dienst der protestantischen Piastenherzöge Georg Rudolf von Liegnitz und Johann Christian von Brieg. Tod Dohnas.

Reise ins Lager der sächsischen Armee. Verbindung mit Prinz Ulrich von Holstein, dem Sohn Christians IV. von Dänemark. Opitz widmet ihm die erst jetzt veröffentlichten *Trostgedichte in Widerwertigkeit deß Kriegs.* Prinz Ulrich fällt einem Attentat zum Opfer (lateinische Lobrede Opitz').

Vesuvius (Herzog Johann Christian von Brieg gewidmet).

Diplomatische Missionen beim Kurfürsten von Brandenburg und beim schwedischen Kanzler Axel Oxenstierna. Besuch in Köthen bei Ludwig von Anhalt. Den vor den Heeren Wallensteins fliehenden Piastenherzögen folgt Opitz nach Thorn.

1634 Reisen zwischen Thorn, Breslau und Dresden. Verhandlungen mit dem schwedischen General Banér.

Gelegenheitsgedichte. *Deß Herren Von Pibrac Tetrasticha* übersetzt. *Zehen Psalmen Davids* . . . in Übersetzung herausgegeben.

1635 Friede von Prag zwischen dem Kaiser und Sachsen. Schlesien wieder unter kaiserlicher Hoheit. Opitz in Thorn; er kehrt künftig nicht wieder ins Reich zurück. Ausscheiden aus dem Dienst der Piastenherzöge.

Das geistliche Drama *Judith* (1646 von Matthaeus Apelles von Loewenstern vertont).

1636 Beziehung zum polnischen Hof durch Graf Dönhoff, den Schwiegersohn Johann Christians von Brieg. Audienz in Danzig.

Lobgedicht An die Königliche Majestät zu Polen, Lobreden auf Mitglieder des polnischen Hofes.

Herbst: Übersiedlung nach Danzig. Tätigkeit für den polnischen König. Korrespondenz mit Oxenstierna.

Übersetzung der *Antigone* des Sophokles.

1637 Hofhistoriograph des Königs von Polen.

Variorum lectionum liber, in quo praecipue Sarmatica.

Vollständige Übersetzung des Psalters: *Die Psalmen Davids* (bis 1685 sechs Auflagen).

Arbeit an einer Neuausgabe der Gedichte in drei Bänden.

1638 Reise nach Königsberg. Beziehung zu Simon Dach und seinem Kreis.

Reise nach Warschau.

Übersetzung der *Arcadia* von Philipp Sidney.

Die *Geistlichen Poëmata* und die *Weltlichen Poemata I* erscheinen bei David Müller in Breslau.

Arbeit an der *Dacia antiqua* (die unvollendet bleibt).

1639 Begegnung mit dem Vater in Lissa an der polnisch-schlesischen Grenze.
Florilegium variorum epigrammatum (Übersetzung antiker und moderner Epigramme).
Veröffentlichung des frühmittelhochdeutschen *Annoliedes (Rhythmus de Sancto Annone).*
20. August: Opitz stirbt in Danzig an der Pest.
1644 Der 2. Teil der *Weltlichen Poemata* erscheint in Frankfurt.

BIBLIOGRAPHIE

(Auswahl)

I. Die wichtigsten Ausgaben der deutschen Poemata

Martini Opicii Teutsche Poemata vnd Aristarchus Wieder die verachtung Teutscher Sprach, Item Verteutschung Danielis Heinsij Lobgesangs Jesu Christi, vnd Hymni in Bachum Sampt einem anhang Mehr auserleßener geticht anderer Teutscher Poeten . . . (hrsg. v. Julius Wilhelm Zincgref, Straßburg 1624).

Zitiert als *A*.

Neudruck von Georg Witkowski (Martin Opitz, Teutsche Poemata, Halle 1902; in der Vorrede sind die ausländischen Vorbilder der Gedichte zusammengetragen).

Zitiert als Witk.

Martini Opitii Acht Bůcher deutscher Poematum durch Jhn selber herausgegeben / auch also vermehret vnnd vbersehen . . . Inn Verlegung David Müllers Buchhandlers Inn Breßlaw. 1625.

Zitiert als *B*.

Martini Opitii Deutscher Poëmatum Erster Theil; zum andern mal vermehrt vnd vbersehen herauß gegeben. In verlegung David Müllers Buchhändlers in Breßlaw. 1628.

Zitiert als *C*.

Martini Opitii Deutscher Poëmatum Anderer Theil; Zuevor nie beysammen, theils auch noch nie herauß gegeben. In verlegung David Müllers Buchhendlers in Breßlaw. 1629.

Zitiert als *C*.

Martini Opitii Geistliche Poemata, Von jhm selbst anjetzo zusammen gelesen / verbessert vnd absonderlich herauß gegeben. In Verlegung David Můllers Buchhåndlers S. Erben. 1638.

Zitiert als *D*.

Martini Opitij Weltliche Poemata Zum Viertēmal vermehret vnd vbersehen herraus geben. Franckfurt am mayn bey Thomas Matthias Götzen. 1644.

Zitiert als *D*.

Martini Opitii Weltliche Poemata. Der Ander Theil. Zum vierdten mal vermehret vnd vbersehen herauß gegeben. Franckfurt / In Verlegung Thomae Matthiae Go̊tzen / Im Jahr 1644.

Zitiert als *D*.

Fotomechanischer Nachdruck der Geistlichen Poemata und der Weltlichen Poemata I, hrsg. v. Erich Trunz, Tübingen 1966 u. 1967 (in den Nachworten wird die Geschichte der zeitgenössischen Ausgaben bzw. die des Druckes der Weltl. Poem. v. 1644 resümiert).

Martin Opitz: Weltliche und geistliche Dichtung. Hrsg. v. H. Oesterley. Stuttgart / Berlin o. J. (Kürschners Deutsche National-Literatur 27).

Martin Opitz: Gesammelte Werke. Kritische Ausgabe. Hrsg. v. George Schulz-Behrend. Bd. I: Die Werke von 1614–1621. Stuttgart 1968 (Bibliothek des literarischen Vereins Stuttgart 295).

II. Gesamtdarstellungen und Schriften zur Biographie

Kaspar Gottlieb Lindner: *Umständliche Nachricht von des weltberühmten Schlesiers Martin Opitz Leben Tode und Schriften.* 2 Teile. Hirschberg 1740/41.

Hermann Palm: *Martin Opitz.* In: H. P.: Beiträge zur Geschichte der deutschen Literatur des 16. und 17. Jahrhunderts. Breslau 1877. S. 129–260.

Ernst Höpfner: *Straßburg und Martin Opitz.* In: Beiträge zur deutschen Philologie, Julius Zacher dargebracht. Halle 1880. S. 295–302.

Max Rubensohn: *Der junge Opitz.* In: Euphorion 2 (1895) S. 57–99. 6 (1899) S. 24–67; S. 221–271.

Max Rubensohn: *Martin Opitz und Breslau.* In: Zeitschrift des Vereins für Geschichte und Altertum Schlesiens 34 (1900) S. 231–252.

Georg Witkowski: *Ein kleiner Beitrag zur Opitz-Biographie.* In: Euphorion 19 (1912) S. 16–18.

Walter Raschke: *Der Danziger Dichterkreis des 17. Jahrhunderts.* Diss. Rostock 1921.

Friedrich Gundolf: *Martin Opitz.* München 1923. Neudruck in: F. G.: Dem lebendigen Geist. Heidelberg 1962. S. 87–136.

Richard Alewyn: *Opitz in Thorn 1635–1636.* In: Zeitschrift des Westpreußischen Geschichtsvereins 66 (1926) S. 171–179.

Marian Szyrocki: *Martin Opitz.* Berlin 1956.

Gerhard Storz: *Martin Opitz und die deutsche Dichtung.* In: G. St.: Figuren und Prospekte. Stuttgart 1963. S. 40–48.

III. Zum dichterischen Werk (insbes. zur Lyrik)

Richard Beckherrn: *Martin Opitz, Pierre Ronsard und Daniel Heinsius.* Diss. Königsberg. 1888.

Georg Baesecke: *Die Sprache der Opitzischen Gedichtsammlungen von 1624 und 1625.* Diss. Göttingen 1899.

Alfred Hübner: *Das erste deutsche Schäferidyll und seine Quellen.* Diss. Königsberg 1910.

Anton Mayer: *Zu Opitz' Dafne.* In: Euphorion 18 (1911) S. 754 bis 760.

Agnes Wurmb: *Die deutsche Übersetzung von Sidneys Arcadia 1629 und 1638 und Opitz' Verhältnis dazu.* Diss. Heidelberg 1911.

Anton Mayer: *Quelle und Entstehung von Opitzens Judith.* In: Euphorion 20 (1913) S. 39–53.

Martin Goebel: *Die Bearbeitungen des Hohen Liedes im 17. Jahrhundert.* Diss. Leipzig 1914.

Kurt H. Wels: *Opitzens politische Dichtungen in Heidelberg.* In: Zeitschrift für deutsche Philologie 46 (1914) S. 87–95.

Kurt H. Wels: *Opitz und die stoische Philosophie.* In: Euphorion 21 (1914) S. 86–102.

Adam Stössel: *Die Weltanschauung des M. Opitz, besonders in seinen Trostgedichten in Widerwärtigkeit des Krieges.* Diss. Erlangen 1918.

Friedrich Neumann: *Geschichte des neuhochdeutschen Reims von Opitz bis Wieland.* Berlin 1920.

Ernest Tonnelat: *Deux imitateurs allemands de Ronsard, G. R. Weckherlin et Martin Opitz.* In: Revue de littérature comparée 4 (1924) S. 557–589.

Günther Müller: *Geschichte des deutschen Liedes.* München 1925.

Richard Alewyn: *Vorbarocker Klassizismus und griechische Tragödie. Analyse der Antigone-Übersetzung des Martin Opitz.* Heidelberg 1926 (Neudruck Darmstadt 1962).

Herbert Rademann: *Versuch eines Gesamtbildes über das Verhältnis von Martin Opitz zur Antike.* Diss. Jena 1926.

Paul Hankamer: *Die Sprache. Ihr Begriff und ihre Deutung im 16. und 17. Jahrhundert.* Bonn 1927.

Hugo Max: *Martin Opitz als geistlicher Dichter.* Heidelberg 1931.

Erich Trunz: *Die Entwicklung des barocken Langverses.* In: Dichtung und Volkstum 39 (1938) S. 427–468.

Theodoor Weevers: *The influence of Heinsius on two genres of the German baroque.* In: Journal 37 (1938) S. 524–532.

Theodoor Weevers: *Some aspects of Heinsius' influence on the style of Opitz.* In: The Modern Language Review 34 (1939) S. 230–239.

Erika Kanduth: *Der Petrarkismus in der Lyrik des deutschen Frühbarock.* Diss. Wien 1953.

Arthur Scherle: *Das deutsche Opernlibretto von Opitz bis Hofmannsthal.* Diss. München 1954.

George Schulz-Behrend: *Opitz' Übersetzung von Barclays Argenis.* In: Publications of the Modern Language Association of America 70 (1955) S. 455–473.

Herbert Cysarz: *Martin Opitz. Drei Sonette.* In: Die deutsche Lyrik. Hrsg. v. Benno v. Wiese. Düsseldorf 1956, Bd. I, S. 109–130.

Günther Weydt: *Nachahmung und Schöpfung bei Opitz. Die frühen Sonette und das Werk der Veronica Gambara.* In: Euphorion 50 (1956) S. 1–26.

Theo Buck: *Die Entwicklung des deutschen Alexandriners.* Diss. Tübingen 1957.

Ursula Bach: *Martin Opitz von Boberfeld. Kleine Beiträge.* Andernach 1959.

Adelheid Beckmann: *Motive und Formen der deutschen Lyrik des 17. Jahrhunderts und ihre Entsprechungen in der französischen Lyrik seit Ronsard.* Tübingen 1960.

Reinhard Hoßfeld: *Die deutsche horazische Ode von Opitz bis Klopstock. Eine metrische Untersuchung.* Diss. Köln 1961.

Horst Nahler: *Das Lehrgedicht bei Martin Opitz.* Diss. Jena 1961.

Karl Otto Conrady: *Lateinische Dichtungstradition und deutsche Lyrik des 17. Jahrhunderts.* Bonn 1962.

George Schulz-Behrend: *Opitz' Zlatna.* In: Modern Language Notes 77 (1962) S. 398–410.

George Schulz-Behrend: *On editing Opitz.* In: Modern Language Notes 77 (1962) S. 435–438.

Étienne Mazingue: *De la Renaissance Opitzienne au Frührokoko.* In: Études germaniques XIX (1964) S. 482–492.

Boris Ravicovitch: *Les conceptions réligieuses de Martin Opitz.* In: Études germaniques XXI (1966) S. 329–347.

Janis Little Gellinek: *Martin Opitz. Seine dichterische Entwicklung.* Yale University, New Haven 1965.

IV. Zu Opitz' Poetik

Martin Opitz: *Buch von der Deutschen Poeterey.* Neu hrsg. von Richard Alewyn. Tübingen 1963.

Martin Opitz: *Buch von der Deutschen Poeterey.* Hrsg. von Cornelius Sommer. Stuttgart 1970 (Universal-Bibliothek 8397/98).

Viktor Beranek: *Martin Opitz in seinem Verhältnis zu Scaliger und Ronsard.* Progr. Wien 1883.

Otto Fritsch: *Martin Opitzens Buch von der deutschen Poeterey.* Diss. Halle 1884.

Karl Borinski: *Die Poetik der Renaissance und die Anfänge der literarischen Kritik in Deutschland.* Berlin 1886.

Georg Wenderoth: *Die poetischen Theorien der französischen Pléiade in M. Opitz' Deutscher Poeterey.* In: Euphorion 13 (1906) S. 445 bis 468.

Andreas Heusler: *Deutsche Versgeschichte.* Bd. 3. Berlin 1929.

Bruno Markwardt: *Geschichte der deutschen Poetik.* Bd. 1. Berlin/Leipzig 1937.

Horst Rüdiger: *Martin Opitz' »Aristarchus« und die deutsche Bildung.* In: H. R.: Wesen und Wandlung des Humanismus. Hamburg 1937. S. 137–155.

NACHWORT

Nicht in erster Linie als Dichter von Oden und Sonetten, sondern als der Verfasser des *Buches von der Deutschen Poeterey* ist Martin Opitz in die Literaturgeschichte eingegangen. Faßt dieser schmale Band auf engem Raum die Bemühungen von Vorgängern und Zeitgenossen um eine Läuterung des Deutschen zur Literatursprache und um eine Regelung der Vers- und Reimtechnik zusammen und wird er damit für ein Jahrhundert zur allgemein respektierten Autorität, so wirken Opitz' Gedichte, gemessen an der Sprachgewalt eines Gryphius, an der Virtuosität der Nürnberger, an der formalen Überfeinerung der Gedichte Hofmannswaldaus oder Lohensteins, dürr, oft schulmeisterlich, blaß in der Metaphorik und im sprachlichen ornatus. Diese Gedichte scheinen gewissermaßen nur Illustrationen zu den Regeln der Poetik: und tatsächlich spart Opitz ja in der *Poeterey* so wenig wie im sieben Jahre älteren *Aristarch* mit ausführlichen Selbstzitaten, wo er die Anwendbarkeit seiner theoretischen Forderungen beweisen und die Möglichkeiten einer deutschen Literatursprache erproben will. In seinem Jahrhundert allerdings war der Dichter Opitz nicht weniger geschätzt als der Theoretiker – das zeigen die zahlreichen Ausgaben seiner weltlichen und geistlichen Gedichte bis hin zu Bodmers Sammlung von 1745, das zeigen Vertonungen einzelner Werke, das zeigen Widmungen und Lobreden der Zeitgenossen. Noch 1740 kann Opitz von seinem Landsmann und Biographen Kaspar David Lindner »der Vater, ein König, Fürst, Held, Meister und Urheber der wahren deutschen Dichtkunst« genannt werden (S. 2).

Zur Erklärung für das geschwundene Interesse an Opitz' Dichtung genügt es nicht, auf die gewandelte Auffassung von Lyrik seit dem Sturm und Drang hinzuweisen; freilich fehlt diesen Gedichten – Übersetzungen zu beträchtlichem Teil – in besonders hohem Maße das, was seit Goethe als Kennzeichen echter Lyrik galt: Unmittelbarkeit des Ausdrucks und Einmaligkeit der sprachlichen Prägung. Solche unhistorischen Maßstäbe, die

Selbstverständnis und Absicht des Dichters im 17. Jahrhundert verfehlen, wurden seit der Wiederentdeckung des literarischen Barocks in den zwanziger Jahren zurechtgerückt; dennoch: der Dichter Martin Opitz wurde nicht wiederentdeckt; die wenigen größeren Würdigungen seiner Person und seines Werks (bes. Gundolf, Alewyn, Szyrocki) haben meist auf die Grenzen seiner Ausdrucksmittel aufmerksam gemacht.

Was Umfang und Vielseitigkeit seines Werks angeht, so schien Opitz allerdings keine Grenzen zu kennen: neben den beiden dichtungstheoretischen Schriften, neben einer Fülle von Liedern, Oden, Sonetten, Hochzeits- und Begräbnispoemen stehen Gedichte in lateinischer Sprache, stehen, häufig mit gelehrten Anmerkungen versehen, prunkvoll-repräsentative Dichtungen wie das *Lob des Krieges Gottes Martis*, der *Vesuvius*, die *Trostgedichte in Widerwertigkeit deß Kriegs* oder – mehr der bukolischen Kleinepik in der Nachfolge Vergils verpflichtet – *Zlatna*, das *Lob des Feldtlebens* oder *Vielguet*. Opitz ist der Librettist der ersten deutschen Oper – *Dafne* –, die Heinrich Schütz komponiert und deren Vorbild, das gleichnamige Werk von Rinuccini und Peri (1594), am Beginn der Geschichte der Oper steht. Ein geistliches Drama *Judith* wird erst nach Opitz' Tod vertont. Durch seine Übersetzungen der *Trojanerinnen* des Seneca und der *Antigone* des Sophokles schafft Opitz ein deutsches Kunstdrama, das mit den Werken der meistbewunderten Tragiker Griechenlands und Roms in Wettbewerb tritt. Opitz übersetzt John Barclays Staatsroman *Argenis* und die *Arcadia* von Philipp Sidney; mit der *Schåfferey von der Nimfen Hercinie* schreibt er den ersten deutschen Pastoralroman (der seinen Aufbau allerdings Jacopo Sannazaro entlehnt). Hinzu kommen Epigramme, meist Übersetzungen aus klassischen Autoren oder zeitgenössischen Sammlungen (Pibrac, Ronsard). Dem neuerwachten Interesse an »altdeutscher« Dichtung, das sich in Goldasts Sammlung von Liedern und Sprüchen mittelalterlicher Dichter gezeigt hatte, trägt Opitz durch eine Edition des frühmittelhochdeutschen *Annoliedes* Rechnung. Zum philologischen Interesse kommt das historische: der spätere Hofhistoriograph des Königs von Polen schreibt seit seinem Aufenthalt in Siebenbürgen an einer *Dacia antiqua*; das Material, das er dafür sammelt, arbeitet er z. T. in die Anmerkungen zu *Zlatna* ein: Dichtung und humanistische Studien gehören auf das engste zusammen. Und endlich sind noch die Übersetzungen religiöser Schriften zu nennen, z. B. des *Manuale controversiarum huius temporis* (Erscheinungsjahr 1623; übers. 1629) des holländischen Jesuiten Martin van der Beeck oder das auf Ausgleich der Konfessionen zielende *De veritate religionis christianae* (Erscheinungsjahr 1622; übers. 1631) von Hugo Grotius. Mag die Intensität der Opitzschen Gelehrsamkeit umstritten sein – R. Alewyn hat da auch für die verlorengegangene *Dacia antiqua* Bedenken angemeldet –, die Vielseitigkeit ist bewunderungswürdig; in den repräsentativen Gattungen der Literatur stellt Opitz Muster in deutscher Sprache auf, er hat historische und philologische Interessen und steht in geistigem Austausch mit der zeitgenössischen gelehrten Welt: mit dem Straßburger Kreis um Zincgref, den Königsberger Dichtern um Simon Dach, mit August Buchner in Wittenberg und Dietrich von dem Werder in Köthen, wo er dem Fürsten Ludwig von Anhalt vorgestellt und Mitglied der Fruchtbringenden Gesellschaft wird; er besucht Heinsius in Leiden und Grotius in Paris.

Aber auch mit diesem im weitesten Sinne humanistischen Wirken ist erst eine Seite der Persönlichkeit dieses Mannes angesprochen: Opitz ist auch Politiker und Diplomat. Literatentum, Studium der Humaniora und politisches Engagement sind bei ihm ebenso eng miteinander verknüpft wie bei seinen größeren Zeitgenossen Grotius oder Bacon. Das Bild des Politikers Opitz allerdings ist noch schillernder. Derselbe Mann, der in seiner Heidelberger Studentenzeit ein Anhänger des Kurfürsten Friedrich von der Pfalz ist (den die böhmischen Stände gegen den katholischen Habsburger zu ihrem König gewählt hatten), derselbe Mann, der gegen Spinola und seine von Belgien her den Rhein bedrohenden spanischen Truppen schreibt, wird einige Jahre später vom Kaiser Ferdinand II. zum Poeta laureatus gekrönt und geadelt. Zu dieser Zeit steht er in den Diensten

des Grafen Carl Hannibal von Dohna, dem Führer der katholischen Partei in Schlesien. In den Jahren vor der Landung der Schweden unter Gustav Adolf, als die kaiserlichen Heere an der Ostsee stehen und die Gegenreformation in den habsburgischen Erblanden energisch durchgeführt wird, befindet sich der Protestant Opitz im katholischen Lager, übersetzt, wie erwähnt, das gegenreformatorisch ausgerichtete *Manuale* des Becanus, fährt für Dohna in geheimer Mission nach Paris und nimmt, als der Druck zu stark wird, auch an der Messe teil. Dann aber, nach Einmarsch der Schweden und der Flucht Dohnas, nimmt er alte Beziehungen zu den protestantischen Herzögen von Liegnitz und Brieg auf, er verhandelt mit den Kurfürsten von Sachsen und Brandenburg und tritt in lebenslange Korrespondenz mit dem schwedischen Kanzler Axel Oxenstierna, der nach Gustav Adolfs Tod die Politik der protestantischen Allianz leitet. Als die Heere Wallensteins Schlesien besetzen, wechselt er nicht wieder die Partei, sondern geht außer Landes, zunächst noch als Vertrauensmann der Herzöge von Liegnitz und Brieg; dann tritt er in den Dienst des Königs von Polen. Im polnischen Exil stirbt er, ohne das Reichsgebiet wieder betreten zu haben, in Danzig an der Pest.
Die Hintergründe dieses bewegten Lebens liegen immer noch im dunkeln. Ist Opitz' Lavieren zwischen den Parteien Opportunismus? Entspringt es einem klaren politischen Konzept, dem »irenischen« Gedanken einer Vermittlung zwischen den konfessionellen und politischen Parteien (Szyrocki)? Ist es der Versuch einer „geschickten Ausnutzung des günstigen Moments zur Durchsetzung dichterischer Eigenständigkeit" (Nahler, S. 59)? Die Fragen müssen offenbleiben, solange das biographische Material nur bruchstückhaft bekannt ist: die Dichtungen geben kaum eine Antwort darauf. Allenfalls sind die politischen Wirrungen an den wechselnden Adressaten von Widmungen und Lobgedichten (Erzherzog Carl, Dohna, der dänische Prinz Ulrich von Holstein, Wladislaus IV. von Polen) ablesbar. In den Trostgedichten am ehesten scheint Opitz zum großen Krieg und seinen ideologischen Rechtfertigungen Stellung zu nehmen:

Gewalt macht keinen fromm / macht keinen Christen nicht.
...
Gut von sich selber thun das heist Religion /
Das ist Gott angenehm. Laßt Ketzer / Ketzer bleiben /
Vnd glaubet jhr fůr euch: Begehrt sie nicht zu treiben ...

Opitz' lyrisches Werk ist vorwiegend – jedenfalls was die weltlichen Gedichte betrifft – noch in den Heidelberger Studienjahren 1619/20 entstanden[1]. Die Mehrzahl der hier vereinigten weltlichen Gedichte findet sich schon in der Sammlung, die Opitz' Freund Zincgref 1624 in Straßburg herausgab nach einem Manuskript, das der Dichter ihm wohl noch vor seiner Flucht aus Heidelberg übergeben hatte. In späteren Sammlungen (1625, 1629, 1638 u. 1644) kommen neben Gelegenheitsgedichten die umfangreicheren Lehrgedichte (*Vielguet, Lob des Krieges Gottes, Vesuvius*) hinzu, daneben die verschiedenen Sammlungen geistlicher Dichtungen: die *Episteln* (1624), die *Klagelieder des Jeremias* (1626), das *Hohe Lied* (1627), *Jonas* (1628) und die verschiedenen Psalmenübersetzungen. In den dreißiger Jahren scheint die Produktivität nachzulassen, neue Werke folgen einander nicht mehr in so engem Abstand, das Schwergewicht verlagert sich zugunsten von Übersetzungen. Anläßlich der Hochzeit des Freundes Georg Kohlhaas deutet Opitz selbst ein Nachlassen seiner dichterischen Fähigkeiten an:

Es ist mir sehr vergangen
Im schreiben Grieff vnd kunst /
...
So schwindet vnd versitzet
Auch durch Gebrauch der Zeit
Der Sinnen Fruchtbarkeit.

(*Weltl. Poemata* II, 90)

1. Cysarz (*Die deutsche Lyrik*, hrsg. v. B. v. Wiese, S. 112) erweckt fälschlich den Eindruck, als entstammten die Sonette *Ich wil diß halbe mich ...*, *Ich gleiche nicht mit dir ...* und *Ein jeder spricht zu mir ...* erst der Ausgabe

Im übrigen aber kann man kaum von einer Entwicklung des Dichters Opitz sprechen; das bestätigt ein Vergleich der verschiedenen Ausgaben, die Opitz von seinen Gedichten veranstaltete. Seinen Unwillen hatte die Sammlung Zincgrefs erregt, weil dort noch Tonbeugungen, unsaubere Reime, Fremdwörter und fremdsprachige Flexionsweisen vorkamen: diese Verse entsprachen noch nicht den Anforderungen, die Opitz daraufhin in aller Eile in der *Deutschen Poeterey* zusammenfaßte: am folgenreichsten war, daß dort Übereinstimmung von Wort- und Versakzent sowie das regelmäßige Alternieren von Hebung und Senkung gefordert wurde. Der Theorie folgten die Beispiele: in der vom Dichter selbst redigierten Ausgabe von 1625, deren Verse im Sinne der Poetik geglättet sind, wobei völlig Unbrauchbares – auch einige allzu freimütigen Gedichte – ausgeschieden wurde. Die späteren Ausgaben verändern den Text nur unwesentlich, und wenn, dann meist im Sinne einer glatteren Lesbarkeit, nicht um einen stärkeren Ausdruck zu erreichen oder die Aussage zu modifizieren. In diesen Veränderungen spiegelt sich keine dichterische Biographie. Wenn Opitz nach einzelnen Versuchen (von denen drei in dieser Ausgabe enthalten sind) 1638 noch einmal darangeht, den gesamten Psalter neu zu übersetzen, und wenn er dabei von den älteren Fassungen erheblich abweicht, dann weist das nicht auf ein gewandeltes Verhältnis des Dichters zum biblischen Text, dann ist das nicht Ausdruck eines unermüdlichen Ringens um eine adäquate Wiedergabe der heiligen Worte, sondern hat einen technischen Grund: die neuen Übersetzungen sollen auf die Melodien Claude Goudimels zum Psalter von Béza und Marot gesungen werden, sie müssen also in Metrum und Silbenzahl mit diesem übereinstimmen. Und Opitz liefert den Beweis, daß auch zu diesem Kunststück die deutsche Sprache geeignet ist. Man hat festgestellt, daß Opitz' Übersetzungen sich in den späteren Jahren immer genauer an den Originaltext halten; paradoxerweise be-

letzter Hand; tatsächlich finden sie sich schon in der Sammlung von 1625. Schon diese enthält – mit Cysarz zu sprechen – die »Ernte der vollen Meisterschaft«.

stätigt gerade das die Leistungsfähigkeit der neuen Dichtersprache, die nicht mehr bei der Wiedergabe fremder Muster auf bloße Paraphrase angewiesen ist.

Auf die sprachliche Leistung kommt es zuerst und vor allem an, „wo es buchstäblich galt, eine Sprache allererst zu schaffen. Opitzens ganze übersetzerische Tätigkeit ist aus seiner Sprachleidenschaft heraus zu beurteilen, aus der verselbständigten Freude am reinen Wortefinden und Sätzebilden“ (R. Alewyn, S. 13). Der gegen Opitz häufig erhobene Vorwurf mangelnder Originalität geht, wie Alewyn bemerkt hat, an der Tatsache vorbei, daß die Grenzen zwischen Übersetzung, Paraphrase und »eigenem« Werk, das doch auch aus dem Geist und dem Formen- und Motivschatz einer großen Tradition lebt, fließend sind. Nicht auf Originalität, sondern auf vollendete Handhabung der überlieferten Mittel kommt es an. Die Literaturwissenschaft hat die direkten und indirekten Quellen der Opitzschen Gedichte auch da nachgewiesen, wo der Dichter sie nicht selbst angibt: neben antiken Autoren sind es die Gedichte Petrarcas und des Petrarkismus, die Dichter der Pléiade (vor allem Ronsard) und die noch junge niederländische Renaissance-Poesie (hier sind vor allem Daniel Heinsius und die 1608 erstmals erschienene Anthologie *Den Bloemhof. Van de Nederlandsche Jeught beplant* zu nennen). Die niederländische Literatur nimmt dabei eine besondere Vermittlerstelle ein: Rubensohn und Weevers vor allem haben gezeigt, daß Opitz eine Reihe von Gedichten aus romanischen Sprachen in niederländischer Übersetzung kennenlernte. Übersetzungen aus dem Niederländischen, das dem Deutschen strukturell so eng verwandt ist, können sich am engsten an das Original anschließen.

Die Erneuerung einer deutschen Kunstsprache erfolgt aus europäischem Geist. Opitz beruft sich zwar für eine originär deutsche Dichtung auf die Zeugnisse des Tacitus, Strabo, Ammianus Marcellinus und auf die Werke eines Walther von der Vogelweide, Reinmar von Zweter oder Winsbeke (den er in den Anmerkungen zu *Zlatna* neben Vergil und Horaz zitiert), aber trotz diesem Bewußtsein einer »nationalen« Tradition (vgl.

Poeterey, Tübingen 1963, S. 15) übt er sich an ausländischen Vorbildern. Als Literatursprache muß sich das Deutsche wie die übrigen Volkssprachen am Maßstab des Lateinischen und Griechischen orientieren. Vergebens wäre es, »im fall sich jemand an vnsere deutsche Poeterey machen wolte / der / nebenst dem das er ein Poete von natur sein muß / in den griechischen vnd Lateinischen bůchern nicht wol durchtrieben ist / vnd von jhnen den rechten grieff erlernet hat« (*Poeterey*, S. 16 f.). Mit Opitz holt die deutsche Literatur eine Entwicklung nach, die sich in den romanischen Ländern seit Dantes *De vulgari eloquentia* schrittweise vollzogen hatte und im 16. Jahrhundert in Italien, Spanien und Frankreich, in den letzten Jahrzehnten vor 1600 auch in England und den Niederlanden zum Abschluß gekommen war: die Emanzipation der Volkssprache zur Literatursprache, die, am Latein geschult, dieses schließlich ersetzt. Auch bei Opitz ist die Nationalpoesie eine humanistisch-gelehrte Aufgabe (das unterscheidet seine Leistung von der der Luther-Bibel, die auf literarischem Gebiet im engeren Sinne ohne Folgen geblieben war); volkstümliche Dichtungstraditionen, die Kontinuität der im Meistersang, in Volksbüchern u. ä. freilich nur noch verstümmelt fortwirkenden mittelalterlichen Dichtung brechen mit Opitz – trotz gelegentlichen gelehrten Zitaten – ab. Der neuen Dichtung gehen wissenschaftliche Auseinandersetzungen mit der deutschen Sprache voraus – Wörterbücher, Grammatiken, etymologische Forschungen; in den Sprachgesellschaften des 17. Jahrhunderts vereinigen sich Sprachwissenschaftler und Dichter, oder beides ist – wie bei Zesen – in einer Person vereint.

Opitz' Dichtung ist auch da, wo er seine Quellen nicht in Anmerkungen nachweist – wie etwa in den Trostgedichten –, gelehrt; gelegentlich aber – z. B. im *Jonas* nach Hugo Grotius – übertreffen die gelehrten Kommentare die Dichtung selbst an Umfang. Nach Opitz enthält die Poesie »alle andere kůnste vnd wissenschafften in sich«; Vergil war, obgleich nur Dichter, »ein gutter Ackersman / Lucretiůs ein vornemer naturkůndiger / Manilius ein Astronomus ...« (*Poeterey*, S. 10). In den Anmerkungen zu *Zlatna* begnügt Opitz sich nicht damit, schwer verständliche Namen oder Sachverhalte zu erklären, er baut ja auch nicht nur historische und archäologische Kenntnisse ein, sondern weist selbst Quellen für den poetischen ornatus, für Metaphern u. ä. nach: die Verse, die die abendliche Flußlandschaft um Zlatna schildern, lehnen sich – laut Anmerkung zu V. 139 – an die *Mosella* des Ausonius an; oder: der Dichter kann mit Stolz darauf hinweisen, daß er den Gesang der Lerche in Klang und Deutung ebenso sinnreich nachgeahmt habe wie sein Vorbild du Bartas. Häufig gibt er – wie vor ihm die Meistersinger – den »Ton« an, auf den ein Gedicht geschrieben ist, d. h., er übernimmt Vers- und Strophenform von einem fremden Vorbild: *Ach liebste laß vns eilen* entspricht dem Chanson *Ma belle je vous prie*, *Kompt last vns außspatzieren* dem französischen *Allons dans ce bocage* usw. Es ist ein Schmuck der eigenen Dichtung, wenn es gelingt, Fremdes in sie zu integrieren. Für dieses Verfahren kann Opitz sich auf antike Vorbilder berufen: »so das sich Virgilius selber nicht geschåmet / gantze plåtze auß andern zue entlehnen« (*Poeterey*, S. 54).

Trotz dieser engen Bindung an die rhetorischen Traditionen von der Antike bis zum Humanismus lassen sich Daten der äußeren Biographie des Dichters häufig sehr viel direkter aus seinen Gedichten ablesen als zweihundert Jahre später aus der sog. Erlebnislyrik. Die Ode *Galathee* z. B. enthält die Geschichte von Opitz' Reise über Holland nach Dänemark, freilich transponiert auf das Personal der *Bucolica* Vergils. Opitz selbst ist Corydon, seine Geliebte Galathee, Daniel Heinsius ist Daphnis, aus den Holländern werden Schäfer. Solche Maskerade gehört zur Tradition der Schäferdichtung; trotz der Verkleidung werden einzelne Vorfälle durchaus greifbar: der Einmarsch der Truppen Spinolas, der Besuch bei Heinsius, dessen Anerkennung für Opitz' dichterische Versuche, der winterliche Aufenthalt in Dänemark; vom Wolfsbrunnen bei Heidelberg und vom Neckar ist die Rede. Ein hier nicht abgedrucktes Gedicht *Als er auß Siebenbůrgen sich zurůck anheim begab* berichtet von

Reibereien in Weißenburg, vom Plan einer Griechenlandreise, die durch Krankheit vereitelt wurde, und vom Entschluß, am »Strand« des »schnellen Bobers« ab jetzt ein zurückgezogenes Gelehrtenleben zu führen. Das Datum seiner Abreise aus Siebenbürgen läßt sich genau aus einem lateinischen Gedicht ermitteln (vgl. Szyrocki, S. 51). Überall spricht Opitz von seiner Bedeutung für die junge deutsche Literatur, und in *Vielguet* verteidigt er seine eigene »gemachte« Nobilität gegen den Hochmut des Geburtsadels. *Zlatna* enthält eine Reihe von Einzelheiten aus dem Leben des jüdischen Flüchtlings Lisabon und seiner Familie, und doch konnte man für die Schilderungen im einzelnen eine Reihe literarischer Vorbilder namhaft machen von Vergil und Horaz bis zu Pibracs *Les Plaisirs de la Vie Rustique*[2].

Beides schließt sich nicht aus: der Dichter nennt zwar immer wieder Personen und Begebenheiten aus seiner Umgebung, aber er stilisiert sie entsprechend den Formen und Inhalten, die er in der literarischen Tradition vorfindet: so gleicht sich *Zlatna* den Schauplätzen der Vergilischen Hirtengedichte an, so verweist *Vielguet* auf das Horazische Sabinum, so kann Opitz in der *Schåfferey von der Nimfen Hercinie* gleichzeitig Sannazaro nachahmen und im Gespräch mit seinen Freunden von persönlichen Vorhaben (dem Plan einer Parisreise) sprechen. Bereits die antiken Autoren – Horaz etwa – stilisieren in dieser Weise die eigene Existenz; in der Tradition wird daraus eine Art von idealer Biographie, deren Einzelzüge sich auch bei Opitz nachweisen lassen: der »Venus werck«, die »nugae« der Liebespoesie – das gehört der Jugend an; toposhaft findet sich deshalb immer wieder die Absage an dergleichen »Eitelkeit« und der Entschluß, ab jetzt der »Bahn« der Tugend zu folgen, das Vaterland zu besingen oder – wie in den Trostgedichten – mit den größten Dichtern des heroischen Epos in Wettstreit zu treten. Eine Biographie ist das nicht im Sinne einer dichterischen Entwicklung; der petrarkistische Topos der Absage an Amor (vgl.

2. Vgl. G. Schulz-Behrend, *Zlatna*.

hierzu Beckmann, S. 45) spiegelt vielmehr einen Wertungskodex: Liebespoesie – ernste Dichtung, und er ermöglicht darüber hinaus eine zyklische Abfolge der Liebesgedichte; er muß vom Werk, nicht vom Dichter und seiner Biographie her verstanden werden. Bei Opitz wird die zyklische Abfolge dadurch etwas verwischt, daß es mehrere solcher Absagen an die Liebe gibt: die letzte, die *Beschluß Elegie* (schon der Name deutet an, daß es sich um den Abschluß eines Zyklus handelt), findet sich schon in Zincgrefs Ausgabe: nachträglich können beliebig viele neue Liebesgedichte eingeschoben werden. Einen eigenen kleinen Zyklus bilden die sechs Gedichte nach Veronica Gambara mit der Liebesabsage am Schluß[3]. Die Liebe selbst erscheint in allen Graden und Abstufungen, die eine jahrhundertelange Liebeskasuistik entwickelt hat: Liebe als schäferliche Tändelei (vor allem in den Oden), die Liebe, die dem Geist des Dichters erst Schärfe gibt, ihn mit »Vernunfft vnd muthigen Gedancken« beflügelt *(Du gůldne Freyheit du)*, die himmlische Liebe, die die Schranken der Sinnlichkeit überwindet *(Ich wil diß halbe mich)*, die Liebe als göttliche Macht *(Ich gleiche nicht mit dir)*, die Liebe, die dem Liebenden den Verstand raubt *(Ein jeder spricht zu mir)* und so fort. Auch das ist nicht als psychologisch begründbarer Ablauf zu verstehen. Der Dichter sucht sich gerade gegen den Vorwurf, er habe das, was er schreibt, auch wirklich erlebt, zu verteidigen, denn anderenfalls könnte ihm der Vorwurf der Leichtfertigkeit nicht erspart bleiben, als Gelehrter, als fürstlicher Rat wäre er nicht mehr ernst zu nehmen. So spricht auch Opitz den Gemeinplatz aus, daß sich bei Wahl seiner poetischen Gegenstände der Dichter »die Sprache vnd sich zu vben wol etwas fůrnimpt / welches er in seinem Gemůte niemals meynet« (Vorrede zu *Weltl. Poemata* I, [23.] unpaginierte S.). Gegen den Vorwurf, Erlebnislyrik zu schreiben, hat man sich zu verwahren.

3. Die Anordnung kann nicht zufällig sein, selbst wenn sie mit der bei Zincgref, wo die sechs Gedichte nicht hintereinander stehen, übereinstimmt; zumindest hat Opitz die übersetzten Gedichte in Hinblick auf eine solche Abrundung ausgewählt (vgl. Weydt, S. 17).

Zur idealen Biographie gehört auch das Wunschbild eines den Musen und Wissenschaften geweihten »procul negotiis«, gehört der Wunsch, die Stätten der Alten zu besuchen oder als Dichter sich Unsterblichkeit zu sichern. Hier fügt sich auch die Liebe ein: indem er die Liebe, das Flüchtigste und Vergänglichste, besingt, begründet der Dichter seinen und der Geliebten ewigen Ruhm (*An die Deutsche Nation, Ist jrgend zu erfragen, Allhier in dieser wůsten Heyd* usw.). Nur was in diesen überlieferten, gewissermaßen literaturfähigen Erfahrungshorizont sich fügt, findet Eingang in Opitz' Lyrik. Das Leben am Hof oder im Heerlager, das Opitz als Vertrauensmann so vieler Potentaten doch kennen mußte, wird nie Thema dieser Dichtung – oder höchstens, wiederum entsprechend der literarischen Konvention seit Horaz, als Folie bäuerlicher Einfalt und Unverdorbenheit. Opitz' »Ämter, Reisen, Verhältnisse sind in seinem Werk zwar genannt, aber nicht ausgedrückt« (Gundolf, S. 91).

Insofern gibt es hier im strengen Sinne keine Gelegenheitsgedichte, denn dieser Begriff setzt ja eine Unterscheidung zwischen bloß äußerlichem Anlaß und einer inneren Nötigung zur Selbstaussage voraus: bei Opitz wird jedoch jeder scheinbar noch so beliebige äußere Anlaß ebenso wie irgendwelche persönlichen Erfahrungen (die Reise aus Siebenbürgen, der Tod eines nahen Freundes) sogleich ins Überindividuelle, Typische übersetzt[4]: beides ist nur Ausgangspunkt für die Entfaltung überlieferter Denkformen und Bilder; indem er sich dieser Topik anverwandeln kann, wird der Anlaß seiner ursprünglichen Nichtigkeit enthoben, wird er würdiger Gegenstand der Dichtung. So gibt z. B. die Hochzeit eines Freundes Gelegenheit, das alte Thema von Liebe und Krieg abzuhandeln; der »Zehltisch«, den ein Bekannter erfindet, ruft die Frage nach dem Verhältnis von Antike und Moderne herauf, eine Frage, die für das Selbstverständnis des 17. Jahrhunderts (man denke an die spätere »Querelle« in Frankreich) so bedeutsam ist: der Humanist Opitz steht auf der Seite der »modernes«, indem er den wissenschaft-

4. K. O. Conrady hat diese Eigenschaft antiker und humanistischer Lyrik in einer Fülle von Einzelanalysen aufgewiesen (vgl. f. Opitz bes. S. 178 ff.).

lich-technischen Fortschritt gegenüber der Antike hervorhebt. »Vielguet«, der Landsitz eines adeligen Gönners, provoziert durch seinen Namen die Frage nach dem höchsten Gut, und es erweist sich, daß dieses höchste Gut in der ländlichen Idylle selbst besteht: das einzelne – scheinbar beliebiger Anlaß – erweist sich als Erfüllung einer allgemeinen Norm. Wenn Opitz ein Sonett auf den Turm des Straßburger Münsters verfaßt, dann schildert er nicht das Äußere dieses Turms, noch sucht er – wie Goethe in seinem 150 Jahre jüngeren Aufsatz – die Besonderheit des künstlerischen Genius, der ihn entwarf, auszudrükken, sondern faßt den Turm in seiner Vortrefflichkeit als Sinnbild für die Tugenden der Straßburger. Nur damit in einer Klimax deren Vorzüge in noch hellerem Licht erscheinen, wird das Kunstwerk gepriesen, denn diese Vorzüge sind noch »vber deine Spitz' an Lobe zu erhöhen«. Aber diese eine Beziehung genügt noch nicht, der Scharfsinn entdeckt noch eine zweite: aus der Klimax »rechtes Wunderwerck« des Turms – »Gůt' vnd Freundligkeit« der Straßburger wird eine Antithese, die gnomisch das Gedicht abschließt:

> Daß / wann die Båwe gleich mehr steinern sind als Stein /
> Der Menschen Hertzen doch nicht sollen steinern seyn.

Jetzt steht nicht mehr die Schönheit des Turms im Blick, sondern das Material, das ex contrario die rechte Beschaffenheit des menschlichen Herzens anzeigt: das Gegenständliche interessiert nur, insofern es »bedeutet«. Ähnliches zeigt sich an einer Reihe von anderen Gedichten: der Wolfsbrunnen z. B. ist einmal das Refugium des Fürsten, der dem Treiben der Welt entgehen will; dann aber zeigt seine versteckte Lage auch an, »daß auch nichts so schön / es sey schwer zu erlangen«. Diese Zweigliedrigkeit tritt besonders deutlich im Gedicht über den *Abschied einer Edelen Jungfrawen* zutage: die Schönheit der Geliebten wird mit dem Bild der Lilie umschrieben, deren Glanz alle anderen Blumen übertrifft und die jeder liebgewinnen muß. Nur auf dieser Bildebene wird die Beziehung zur Geliebten ausgesprochen; im Rahmen des Gleichnisses wird auch der jähe Umschlag angedeutet: der unbarmherzige Nordwind entblättert die Lilie; erst dann wird das eigentlich Gemeinte, der Tod der Geliebten, genannt. Unmittelbar ausgesprochen erscheint nur die Klage des Dichters um den Verlust, wobei die Beziehung zum Gleichnis nachträglich noch einmal fast überdeutlich betont wird (»Du weisse Lilie«); der Übergang aber von Schönheit in Tod, von Liebe in Trauer wird im Bild objektiviert.

An diesem Gedicht läßt sich noch eine andere stilistische Eigentümlichkeit ablesen: Opitz' Streben nach einer prägnant gefaßten Pointe. Die letzten vier Verse nämlich deuten einen Trost an: die Geliebte ist aus der irdischen Not befreit und in ein besseres Leben übergegangen, während der Dichter trauernd zurückbleibt: nicht sie, er ist eigentlich tot. Dieser Gedanke wird zugespitzt in der Schlußzeile des Gedichts formuliert (mit doppeltem Oxymoron):

Du bist tod lebendig / ich bin lebendig tod.

Der Bau des Sonetts begünstigt solche überraschenden Wendungen (vgl. z. B. *Ein jeder spricht zu mir*, *An diß Buch* u. a.), Opitz strebt sie aber auch sonst an, wie z. B. in *Einer Jungfrawen Klage vber nahendes Alter*: seiner Schönheit wegen hatte man das Mädchen mit einer Rose verglichen, aber erst jetzt, wo sie alt ist, trifft der Vergleich wahrhaft zu, denn beide verwelken nur zu rasch. – Tyndaris' Schönheit wird mit der traditionellen Edelsteinmetaphorik umschrieben, nur daß jedem Körperteil der falsche Edelstein zugeteilt wird: Tyndaris hat rote Augen und Goldzähne. Das Bemühen um witzige Pointen verbindet Opitz viel eher mit den Dichtern des frühen 18. Jahrhunderts als mit seinen unmittelbaren Nachfolgern, ebenso wie die Schlichtheit eines *Ach liebste laß vns eilen* oder eines *Ist jrgend zu erfragen* viel eher an die Anakreontea Hagedorns oder Gleims erinnern als an die virtuoseren Gedichte seiner Zeitgenossen.

Bei Opitz finden sich noch kaum die Merkmale, die dem 18. Jahrhundert als schwülstig und unerträglich schienen am Stil der älteren Generation. Opitz' Dichtung bleibt in Stil und Wahl der Motive, wie Conrady bemerkt hat, auf der »mittleren Ebene« der Renaissance-Lyrik. Das hyperbolische Preisen der Geliebten, die preziösen Vergleiche, mit denen der Dichter des Hochbarocks die Gewalt weiblicher Reize fühlbar zu machen trachtet, sind für Opitz noch Gegenstand des Spottes *(An eine Jungfraw)*: dergleichen ist »Auffschneyderey«, die »Feder vnd Pappier auch schamroth machen kan«. Bei Opitz findet sich noch nicht das krasse und übergangslose Nebeneinander von Weltlust und Weltabsage, von überhitzter Sinnlichkeit und radikaler Askese: er steigert Gegensätze noch nicht zu unerträglicher Spannung. Seine Welt wird noch nicht so radikal als leerer Schein, als vanitas vanitatum entlarvt. Die Vorläufigkeit und Vergänglichkeit alles Weltlichen ist nur ein Thema unter anderen in Opitz' Dichtung; daneben stehen behaglich ausgemalte Bilder ländlicher Idylle, eines ungestörten Gelehrtenlebens und die Hoffnung auf Ruhm und Ansehen für den Dichter in dieser Welt. Man hat Opitz' geistlichen Dichtungen den Mangel an echter Religiosität vorgeworfen. An den *Episteln* vielleicht am deutlichsten zeigt sich der nüchterne, leicht moralisierende Predigerton dieser Gedichte: die Frage nach dem rechten Leben in dieser Welt wird von der Sehnsucht nach dem besseren Leben in jener nicht überspielt. Es ist bezeichnend, daß Opitz neben einer mystischen Deutung des *Hohen Liedes* dessen Verwandtschaft zu Vergils *Hirtengedichten* hervorhebt (Vorrede, *Geistl. Poemata*, S. 10). Selbst in den *Trostgedichten*, wo an den Greueln des Krieges sich doch exemplarisch die Gebrechlichkeit der Welt erweisen müßte, verzichtet Opitz nicht auf eine immanente Rechtfertigung des Schreckens: wie das Beispiel der Römer zeigt, entwickelt sich die Tüchtigkeit eines Volkes gerade dank äußeren Schwierigkeiten.

Opitz' Schilderungen von Krieg und Pest fehlen Wucht und Pathos eines Gryphius. Schrecklich ist auch ein Bild wie das der Pest im Gedicht *An Herrn Johann Wessel*, aber das liegt am

Gegenstand, der mit geradezu klinischer Exaktheit beschrieben wird. Die Abfolge der Symptome – Sodbrennen, erhöhter Puls usw. – dient nicht rhetorischer Intensivierung, sondern sie entspricht dem Verlauf der Krankheit bis hin zu Bewußtlosigkeit und Tod. Die Häufung von Details ist sachbedingt, sie entspringt nicht – wie ja auch die blassen Epitheta deutlich machen – dem Bemühen um gesteigerten Ausdruck des Schreckens.

Diese Nüchternheit, das Bemühen um Klarheit und Übersichtlichkeit unterscheiden Opitz von der Dichtung des Hochbarock; seine Sprache ist häufig sentenziös (*Wol dem der weit von hohen dingen* oder *O wol dem der die rechte Zeit* z. B.), sie ist arm an schmückenden Epitheta, sie vermeidet dunkle Metaphern. Wo Opitz in seinen ausländischen Vorlagen auf gesuchte Bilder oder auf eine kühne Verknüpfung heterogener Vorstellungen stößt – wie etwa im *Hohen Lied* –, da bemüht er sich um erklärende Zusätze, um Einfügen von Zwischengliedern, um Milderung der Kühnheiten. Man hat diesen Stil als »vorbarocken Klassizismus« bezeichnet (Alewyn). Opitz macht noch sparsamen Gebrauch von den rhetorischen Schmuckformen, die, dem antiken Erbe entstammend, durch ihre exzessive Häufigkeit den sogenannten Barockstil prägen.

Auch wo Opitz' Perioden komplizierter sind, bleiben sie überschaubar: Die ersten acht Verse der *Klage bey dem Creutze vnsers Erlösers* sind in eine einzige Periode gespannt, zwischen die Anrede (»Jhr armen Sterblichen«) und die Angabe des Themas (»denselben seht nun hier«). Die beiden wichtigsten Glieder des Gedankens (Habt ihr *je* an *Gott* gedacht?) werden durch Parallelkonstruktionen jeweils erweitert und näher expliziert: die zeitliche Bestimmung ist in vier parallele Nebensätze gegliedert (»wann ...«), das Objekt wird durch einen daß-Satz vertreten, dessen Subjekt durch zwei Relativsätze erläutert wird. Eine solche Entfaltung der einzelnen Satzglieder wird ein Kennzeichen der hochbarocken Rhetorik sein; bei Opitz dient sie nicht einer Steigerung des Ausdrucks, die Erweiterungen sprengen noch nicht das Satzganze, sondern sind die wohlgeordneten Glieder eines übersichtlichen Gedankens. Damit sind auch die Grenzen dieser Dichtung bezeichnet: sie liegen überall da, wo es nicht nur auf Deutlichkeit, Korrektheit und Eleganz ankommt, wie z. B. in den Übersetzungen des Psalters, des *Hohen Liedes* oder der Sophokleischen *Antigone*. Sie liegen ferner da, wo Opitz über die Kleinformen der Oden und Sonette hinausstrebt zum Lehrgedicht oder zum »heroischen« Gedicht. Die »Gliedhaftigkeit«, die die römische und nachrömische Lyrik, wie Conrady gezeigt hat, bis hin zum Barock charakterisiert, gefährdet die Einheit dieser größeren Dichtungen. Wo ein übergreifendes Organisationsprinzip zugrunde liegt, wie in *Vielguet*, da ist es gedanklich-reflektierender Art: die Frage nach dem höchsten Gut. Diese Frage wird schließlich mit dem Idealbild einer anspruchslosen ländlichen Retraite beantwortet, zuerst aber wird gesagt, was das höchste Gut nicht sei, wobei die Reihe solcher »gliedhaft« nebeneinander gestellter Scheingüter sich prinzipiell beliebig fortsetzen ließe. Sind hier die einzelnen Glieder aber noch durch die übergreifende Frage verbunden, so scheint in *Zlatna* oder im *Lob des Krieges Gottes* die Abfolge der einzelnen Teile viel weniger zwingend. Die *Trostgedichte* entfalten das Thema: Schrecken des Krieges und mögliche Trostgründe in den verschiedensten Hinsichten, aber innerhalb der vier Teile gibt es kein Fortschreiten: der metaphysische Trost wird schon im ersten Buch gegeben; das Thema des zweiten Buches: die Tugend, die erst in widrigen Umständen sich voll verwirklichen kann, klingt schon im ersten Buch an (V. 305 ff., bes. V. 392 ff.). Odysseus ist, je wie das Thema es verlangt, einmal Inbegriff der constantia, ein andermal einer der wenig vorbildlichen Helden, durch deren Schilderung die Poesie ihre eigentlichen Aufgaben verfehlt (II, V. 417 ff. bzw. V. 23 f.). Der Krieg wird einmal als Urheber aller Laster geschildert, dann wieder ist er als Strafe Gottes eine Folge der Laster (I, V. 109 ff. u. V. 143 ff. bzw. V. 261 ff.). Die scheinbare Unstimmigkeit erklärt sich daraus, daß der Dichter sich einmal mit den Schrecken des Krieges, das andere Mal mit dessen theologischer Rechtfertigung befaßt. Noch auffallender sind solche »Widersprüche« im *Lob des Krieges*

Gottes, das ein Loblied auf die Kriegskunst mit einer satirischen Schilderung der Kriegsgreuel verbindet: ein Thema wird in allen seinen – vielleicht unvereinbaren – Aspekten aufgezeigt, ohne daß die Summe der Glieder sich noch stets zu einem Ganzen fügte. Geschmeidigkeit der Sprache, Glätte der Verse, Reinheit des Reims (mit einigen schlesischen Dialektfärbungen) – das sind die Vorzüge der besten Dichtungen von Opitz. Seine Verse sind fähig, auch kompliziertere syntaktische Gebilde aufzunehmen, die angebliche Starre des Alexandriners ist durch häufiges Enjambement aufgelockert, die Gliederung des Sonetts vermeidet die allzu scharfe Zäsur zwischen Quartetten und Terzetten zugunsten einer komplizierteren Architektonik. Mit all dem ragt Opitz kaum über den Durchschnitt der europäischen Renaissance-Dichter heraus, aber für die deutsche Literatur markiert er einen Neubeginn, wenn auch das Lob seines Freundes Zincgref – gemäß panegyrischer Konvention – heute einige Oktaven zu hoch gestimmt erscheint:

Cedite, dicam ipsis, Romani, cedite Graii;
Germanus qui vos exsuperabit adest[5].

5. *Weltl. Poemata* I, (29.) unpaginierte S.

Inhalt

Geistliche Poëmata

Weltliche Poemata

Weltliche Poemata
Der Ander Theil